文库

丛书主编

郑 毅

# 金碑汇释

张中澍 等 校注

吉林文史出版社

图书在版编目（CIP）数据

金碑汇释 / 张中澍等校注. -- 长春 : 吉林文史出
版社, 2020.11
（长白文库）
ISBN 978-7-5472-7387-6

Ⅰ.①金… Ⅱ.①张… Ⅲ.①金石—碑文—研究—中
国 Ⅳ.①K877.424

中国版本图书馆CIP数据核字(2020)第216368号


金碑汇释
JINBEI HUISHI
出 品 人：张强
校　　注：张中澍等
整　　理：李亚超
丛书主编：郑毅
本版校注：李贺来
责任编辑：程明　董芳
装帧设计：尤蕾
出版发行：吉林文史出版社有限责任公司
电　　话：0431-81629369
地　　址：长春市福祉大路出版集团A座
邮　　编：130117
网　　址：www.jlws.com.cn
印　　刷：吉林省优视印务有限公司
开　　本：170mm×240mm　1/16
印　　张：11.75
字　　数：166千字
版　　次：2020年11月第1版　2020年11月第1次印刷
书　　号：ISBN 978-7-5472-7387-6
定　　价：98.00元

# 《长白文库》总序

中华优秀传统文化是中华民族的"根"和"魂",习近平总书记高度重视中华优秀传统文化,并将其作为治国理政的重要思想文化资源。"不忘本来才能开辟未来,善于继承才能更好创新。""优秀传统文化是一个国家、一个民族传承和发展的根本,如果丢掉了,就割断了精神命脉。"中华优秀传统文化具有多样性和地域性等特征,东北地域文化是多元一体的中华文化中的重要组成部分。吉林省地处东北地区中部,是中华民族世代生存融合的重要地区,素有"白山松水"之美誉,肃慎、扶余、东胡、高句丽、契丹、女真、汉族、满族、蒙古族等诸多族群自古繁衍生息于此,创造出多种极具地域特征的绚烂多姿的地方文化。为了"弘扬地方文化,开发乡邦文献",自20世纪80年代起,原吉林师范学院李澍田先生积极响应陈云同志倡导古籍整理的号召,应东北地区方志编修之急,服务于东北地方史研究的热潮,遍访国内百余家图书馆寻书求籍,审慎筛选具有代表性的著述文典300余种,编撰校订出版以《长白丛书》(以下简称《丛书》)为名的大型东北地方文献丛书,迄今已近40载。历经李澍田先生、刁书仁和郑毅两位教授三任丛书主编,数十位古籍所前辈和同人青灯黄卷、兀兀穷年,诸多省内外专家学者的鼎力支持,《丛书》迄今已共计整理出版了110部5000余万字。《丛书》以"长白"为名,"在清代中叶以来,吉林省疆域迭有变迁,而长白山钟灵毓秀,蔚然耸立,为吉林名山,从历史上看,不咸山于《山海经·大荒北经》中也有明确记录,把长白山当作吉林的象征,这是合情合理的。"(《长白丛书》初版陈连庆先生序)

1983年吉林师范学院古籍研究所(室)成立,作为吉林省古籍整理与研究协作组常设机构和丛书的编务机构,李澍田先生出任所长。全国高校古籍整理工作委员会、吉林省教委和省财政厅都给予了该项目一定的支持。李澍田先生是《丛书》的创始人,他的学术生涯就是《丛书》的创业史。《丛书》能够在国内外学界有如此大的影响力,与李澍田先生的敬业精神和艰辛努力是分不开的。《丛书》创办之始,李澍田先生"邀集吉、长各地的中青年同志,乃至吉林的一些老同志,群策群力,分工合作"(初版陈序),寻访底本,夙兴夜寐逐字校勘，联络印刷单位、寻找合作方，因经常有生僻古字，先生不得不亲自到车间与排版工人拼字铸模；吉林文史出版社于永玉先生作为《丛书》的第一任责编，殚精竭虑地付出了很多努力，为《丛书》的完成出版做出了突出贡献；原古籍所衣兴国等诸位前辈同人在辅助李澍田先生编印《丛书》的过程中，一道解决了遇到的诸多问题、排除了诸多困难，是《丛书》草创时期的重要参与者。《丛书》自20世纪80年代出版发行以来，经历了铅字排版印刷、激光照排印刷、数字化出版等多个时期，《丛书》本身也称得上是改革开放以来中国印刷史的见证。由于《丛书》不同卷册在出版发行的不同历史时期，投入的人力、财力受当时的条件所限，每一种图书的质量都不同程度留有遗憾，且印数多则千册、少则数百册，历经数十年的流布与交换，有些图书可谓一册难求。

1994年，李澍田先生年逾花甲，功成身退，由刁书仁教授继任《丛书》主编。刁书仁教授"萧规曹随"，延续了《丛书》的出版生命，在经费拮据、古籍整理热潮消退、社会关注度降低的情况下，多方呼吁，破解困局，使得《丛书》得以继续出版，文化品牌得以保存，其功不可没。1999年原吉林师范学院、吉林医学院、吉林林学院和吉林电气化高等专科学校合并组建为北华大学，首任校长于庚蒲教授力主保留古籍所作为北华大学处级建制科研单位，使得《丛书》的学术研究成果得以延续保存。依托北华大学古籍所发展形成的专门史学科被学校确定为四个重点建设学科之一，在东北边疆史地研究、东北民族史研究方面形成了北华大学的特色与优势。

2002年，刁书仁教授调至扬州大学工作，笔者当时正担任北华大学图书馆馆长，在北华大学的委托和古籍所同人的希冀下，本人兼任古籍所所长、《丛书》主编。在北华大学的鼎力支持下，为了适应新时期形势的发展，出于拓展古籍研究所研究领域、繁荣学术文化、有利于学术交流以及人才培养工作的实际需要，原古籍研究所改建为东亚历史与文献研究中心，在保持原古籍整理与研究的学术专长的同时，中心将学术研究的视野和交流渠道拓展至东亚地域范围。同时，为努力保持《丛书》的出版规模，我们以出文献精品、重学术研究成果为工作方针，确保《丛书》学术研究成果的传承与延续。

在全方位、深层次挖掘和研究的基础上，整套《丛书》整理与研究成果斐然。《丛书》分为文献整理与东亚文化研究两大系列，内容包括史料、方志、档案、人物、诗词、满学、农学、边疆、民俗、金石、地理、专题论集12个子系列。《丛书》问世后得到学术界和出版界的好评，《丛书》初集中的《吉林通志》于1987年荣获全国古籍出版奖，三集中的《东三省政略》于1992年获国家新闻出版总署全国古籍整理图书奖，是当年全国地方文献中唯一获奖的图书。同年，在吉林省第二届社会科学成果评奖中，全套丛书获优秀成果二等奖，并被国家新闻出版总署列为"八五"计划重点图书。1995年《中国东北通史》获吉林省第三届社会科学优秀成果二等奖。2005年，《同文汇考中朝史料》获北方十五省（市、区）哲学社会科学优秀图书奖。

《丛书》的出版在社会各界引起很大反响，与当时广东出现的以岭南文献为主的《岭南丛书》并称国内两大地方文献丛书，有"北有长白，南有岭南"之誉。吉林大学金景芳教授认为"编辑《长白丛书》的贡献很大，从《辽海丛书》到《长白丛书》都证明东北并非没有文化"。著名明史学者、东北师范大学李洵教授认为："《长白丛书》把现在已经很难得的东西整理出来，说明东北文化有很高的水准，所以丛书的意义不只在于出了几本书，更在于开发了东北的文化，这是很有意义的，现在不能再说东北没有文化了。"美国学者杜赞奇认为"以往有关东北方面的材料，利用日文资料很多。而现在中文的《长白丛书》则很有利于提高中国东北史的研究"（《长白丛书》出版十周年纪念会上的发言）。中国社会科学院边疆史地研究中心主任厉声研究员认为："《长白丛书》已经成为一个品牌，与西北研究同列全国之首。"（1999年12月在《长白丛书》工作规划会议上的发言）目前，《长白丛书》已被收藏于日本、俄罗斯、美国、德国、英国、加拿大、澳大利亚、韩国及东南亚各国多所学府和研究机构，并深受海内外史学研究者的关注。

为了更好地传承和弘扬优秀地域文化，再现《丛书》在"面向吉林，服务桑梓"方面的传统与特色，2010年前后，我与时任吉林文史出版社社长的徐潜先生就曾多次动议启动出版《长白丛书精品集》，并做了相应的前期准备工作，后因出版资助经费落实有困难而一再拖延。2020年，以十年前的动议与前期工作为基础，在吉林省省级文化发展专项资金的资助下，北华大学东亚历史与文献研究中心与吉林文史出版社共同议定以《长白丛书》为文献基础，从《丛书》已出版的图书中优选数十种具有代表性的文献图书和研究著述合编为《长白文库》加以出版。

《长白文库》是在新的历史发展时期对《长白丛书》的一种文化传承和创新，《长白丛书》仍将以推出地方文化精华和学术研究精品为目标，延续东北地域文化的文脉。

《长白文库》以《长白丛书》刊印40年来广受社会各界关注的地方文化图书为入选标准，第一期选择约30部反映吉林地域传统文化精华的图书，充分展现白山松水孕育的地域传统文化之风貌，为当代传统文化传承提供丰厚的文化滋养，是一件功在当代、利在千秋的文化盛举。

盛世兴文，文以载道。保存和延续优秀传统文化的文脉，是人文社会科学研究者的社会责任和学术使命，《长白丛书》在创立之时，就得到省内外多所高校诸多学界前辈的关注和提携，"开发乡邦文献，弘扬地方文化"成为20世纪80年代一批志同道合的老一辈学者的共同奋斗目标，没有他们当初的默默耕耘和艰辛努力，就没有今天《长白丛书》这样一个存续40年的地方文化品牌的荣耀。"独行快，众行远"，这次在组建《长白文库》编委会的过程中，受邀的各位学者都表达了对这项工作的肯定和支持，慨然应允出任编委会委员，并对《长白文库》的编辑工作提出了诸多真知灼见，这是学界同道对《丛书》多年情感的流露，也是对即将问世的《长白文库》的期许。

感谢原吉林师范学院、现北华大学40年来对《丛书》的投入与支持，感谢吉林文史出版社历届领导的精诚合作，感谢学界同人对《丛书》的关心与帮助！

郑　毅
谨序于北华大学东亚历史与文献研究中心
2020 年 7 月 1 日

# 《金碑汇释》序

　　近年来我国金史之学大兴，人才辈出，论著如雨后春笋，多中青年学者，这实在是一个可喜的现象。喜的是学术界汰除偏见，有人肯于钻研金史，从而我国金史学界后继有人，青胜于蓝，促成了当前金史学昌盛繁荣的局面。

　　治金史之学，除研究文献资料外，金石学、语言文字学亦当兼顾。单以金石而论，金石证史早为学术界所注意。而金代碑铭汇集，向缺断代专书。《满洲金石志》收罗虽富，是以地区为范围；收入碑铭虽兼录有关文献记载，但限于体例，未能校勘详释。今《金碑汇释》编出，既启收集金断代碑铭之先声，更创校读注释石刻之善例，俾益学林参考，有助金史研究，则功莫大焉。

　　盖史传多隔代所撰，文简而易漏；碑文皆当时定稿，虽溢美而详明，既可补阙兼能正史。如得胜陀仅见《金史·地理志》会宁府之会宁县下者，仅十八字；誓师详情《太祖纪》《撒改传》均未详书。赖本书所录碑文详之。娄室、希尹神道碑事迹远多于史传，堪补《金史》之略。此即本书之价值所在，一也。

　　娄室碑文虽见杨宾《柳边纪略》诸书，而碑今已不存，移录、校勘兼加注释，尤足珍贵。是本书价值之所在，二也。

　　女真文为金国书，天会、皇统间之娄室碑、大定十七年之希尹碑，何以碑阴无国书，大定二十五年之得胜陀颂反有之。且希尹乃创制国书之人，岂非怪事。因此颇疑大定二十五年以前女真国书实未应用，以三碑互校可以得解。再证之西安碑林发现之"女真字文书"及附带发现钱币年代，可得互证。是本书价值之所在，三也。

　　详加钩考，互比印证，金碑之集录价值决不止上述三端。详细阅读，当能于文字之间披沙得宝。有识之士，当不以我之言为过当也。

　　然而，本书只限三碑，地域皆在一省，若能广收当时金境内之碑铭刻字，勒为一集，价值又当远出本书之上。深望编者以此为远景而规划焉。

启琮书于沈阳

一九八八年元月

## 附记

承金先生厚望，突破吉林金碑地域界限，广征海内传世女真文石刻资料，博采五通女真文碑，勒为一集。

鉴于吉林龙潭山遗迹报告及阿什哈达摩崖，为吉林地区内罕见遗著或著名遗迹，特从附载。

编　者
一九八九年七月

# 《长白丛书》序

　　吉林师范学院李澍田同志，悉心专研历史，关心乡邦文献，于教学之余，搜罗有关吉林的书刊，上自古代，下迄辛亥，编为《长白丛书》，征序于予，辞不获命。爰缀予所知者书于简端曰：

　　昔孔子有言："夏礼吾能言之，杞不足征也。殷礼吾能言之，宋不足征也。文献不足故也，足则吾能征之矣。"说者以为："文，典籍也。献，贤也。"这是因为文献对于历史研究相辅相成，缺乏必要的文献，历史研究便无从措手。古代文献，如十三经、二十四史之属，久已风行海内外，家传户诵，不虞其失坠，而近代文献往往不易保存。清代学者章学诚对此曾大声疾呼，唤起人们的注意。于其名著《文史通义》中曾详言之。然而，保存文献并不如想象那么容易。贵远贱近，习俗移人，不以为意，随手散弃者有之。保管不善，毁于水火，遭老鼠批判者有之。而最大损失仍与政治原因有关。自清朝末叶以来，吉林困厄极矣，强邻环伺，国土日蹙，先有日、俄帝国主义战争，继有军阀割据，九一八事变后，又有敌伪十四年统治，国土沦亡，生民憔悴。在政权更迭之际，人民或不免于屠刀，图书文物更随时有遭毁弃和掠夺命运。时至今日，清代文书档案几如凤毛麟角，九一八事变以前书刊也极为罕见。大抵有关抨击时政者最先毁弃，有关时事者则几无孑遗。欲求民国以来一份完整无缺的地方报纸已不可能，遑论其他。

　　新中国成立以来，百废俱兴，文教事业空前发展。而中经"十年内乱"，公私图书蒙受极大损失，断简残篇难以拾掇。吉林市旧家藏书，"文革"期间遭到洗劫，损失尤重。"粉碎四人帮"后，祖国复兴，文运欣欣向荣，在拨乱反正的号召下，由陈云同志倡导，大张旗鼓，整理古籍，一反民族虚无主义积习，尊重祖国悠久文化传统，为振兴中华，提供历史借鉴。值此大好时机，李澍田同志以一片爱国爱乡的赤子之心，广泛搜求有关吉林文史图书，不辞劳苦，历访东北各图书馆，并远走京沪各地，仆仆风尘，调查访问，即书而求人，因人而求书，在短短几年内，得书逾千，经过仔细筛选，择其有代表性者三百种，编为《长白丛书》。盖清代中叶以来，吉林省疆域迭有变迁，而长白山钟灵毓秀，巍然耸立，为吉林名山，从历史上看，不咸山于《山海经·大荒北经》中也有明确记录，把长白山当作吉林的象征，这是合情合理的。

丛书中所收著作，以清人作品为最多，范围极其广泛，自史书、方志、游记、档案、家谱以下，又有各家别集、总集之属。为网罗散佚，在宋、辽、金以迄明代的著作之外，又以文献征存、史志辑佚、金石碑传补其不足，取精用宏，包罗万象，可以说是吉林文献的总汇。对于保存文献，具有重大贡献。

回忆酝酿编纂之际，李澍田同志奔走呼号，独力支撑，在无人、无钱的条件下，邀集吉长各地的中青年同志，乃至吉林的一些老同志，群策群力，分工合作，众志成城，大业克举。在整理文献的过程中，摸索出一套先进经验，培养出一支坚强队伍。这也是有志者事竟成的一个范例。

我与李澍田同志相处有年，编订此书之际，澍田同志虚怀若谷，对于书刊的搜求，目录的选定，多次征求意见。今当是书即将问世之际，深喜乡邦文献可以不再失坠，故敢借此机会聊述所怀。殷切希望读此书者，要从祖国的悲惨往事中，培养爱国家、爱乡土的心情，激发斗志，为"四化"多作贡献。也殷切希望读此书者，能够体会到保存文献之不易，使焚琴煮鹤的蠢事不要重演。

当然，有关吉林的文献并不以汉文书刊为限，在清代一朝就有大量的满、蒙文的档案和图书，此外又有俄、日、英、美各国的档案和专著，如能组织人力，有计划、有步骤地进行整理，提要钩玄勒成专著，先整理一部分，然后逐渐扩大，这也是不朽的盛业，李君其有意乎？

吉林　陈连庆　谨序
一九八六年五月一日

# 目　录

# 完颜娄室神道碑

张中澍　校注

# 校注前言

完颜娄室是金朝的开国元勋之一。在完颜阿骨打、吴乞买灭辽攻宋的过程中，娄室既是运筹帷幄的谋臣，又是攻城陷阵的骁将。他统率大军从东北战场一直打到西北，驰骋在大半个中国的土地上，所向无敌，可谓战功卓著，威名赫赫。公元 1131 年 1 月 9 日（金天会八年十二月初九日），在攻宋的征途中，娄室病死于泾州（今甘肃泾川一带），归葬于济州东南奥吉里（今吉林省长春市郊区石碑岭）。神道碑即立于其墓前。但该墓早被盗掘，神道碑早已佚失，现该墓区仅存龟趺和一些石板（详见《北方文物》1986 年第 4 期载刘红宇所撰《长春近郊的金代完颜娄室墓》一文）。据《吉林通志》记，该碑清康熙中尚存，而乾隆时成书的《满洲源流考》就已征引不全，因知，其佚当在乾隆时。又林琼在《北京晨报》上撰文（《北晨艺圃·吉林金娄室墓志及古器》，1936 年 11 月 16 日）指出系宣统二年（1910）日本人盗掘该墓葬时，连同墓内随葬品一起盗走。可资参考。

《完颜娄室神道碑》是金朝政府为其最高统治者及娄室本人歌功颂德而立，自有其局限性。但娄室既为开国元勋，本有功可歌，歌功是要以事实作根据的。史实抑或有夸大之处，但并非凭空捏造，而金初的一些宝贵史料，亦正保存于这歌功之中。《娄室碑》的下落不明，实是史林一件憾事。赖有《柳边纪略》抄传其碑文，可谓不幸中之万幸。传世碑文虽部分段落已有残缺，但大部完整，尚可一斑而窥见全豹。

《娄室碑》建于其殁后近五十年，距金开国时间较近，但亦隔了一段时间。因较近，所以一些人对当年的业绩记忆犹新，写来事实更为可靠，间隔一段时间，有利于显露事件的全貌，且可消除或减少人为的干扰，使之得以更加客观地记录史实，冷静地评述功绩，而且由于所记史实和娄室个人密切相关，就可能比一般史料所记更为详尽，更为具体。神道碑须经当时朝廷批准方得建立。因之，不只是形制，就是碑文内容亦必须经有关部门的审查、复核、批准之后，方可建立。这样就使它有可能比其后所撰史传，足为翔实，尤为准确。

《娄室碑》不仅对研究娄室本人具有重要价值，而且对研究金初时宋、辽、金的历史，也是一份不可多得的宝贵资料。有鉴于此，笔者不揣冒昧，对碑文进行了校注，并作了一些必要的考释，考订了明显的讹误，增补了个别脱漏，并征引了部分有关史料，以便同好者之研讨。

校注依据吉林大学图书馆所藏清刊本《柳边纪略》(《鹤斋丛书》本，下简称清刊本)和《辽海丛书》中所收《柳边纪略》(下简称《丛书》本，如两本则只简称《纪略》)及《吉林通志·金石志》(下简称《通志》)诸书所录碑文。限于材料和个人水平，讹误之处，所在多有，公诸同好，以俟斧正。如对研究这一史实尚可提供某些方便，则是笔者莫大的欣慰。

# 碑文校注

大金①開府儀同三司②金源郡壯義王③完顏公神道碑④

**校注** 《纪略》记：“船厂（即今吉林市）西二百里薄屯山（即今石碑岭），有金完颜娄室神道碑，高八尺八寸，阔四尺五寸，厚一尺二寸，顶高三尺。两面（《通志》作南面）镂蛟龙，其阴残毁，其阳篆二十字，作五行，文曰：‘大金开府仪同三司，金源郡壮义王完颜公神道碑’。”

高士奇《扈从东巡日录》所记，唯厚度作“二尺二寸”，其他与《纪略》所记相同。

①大金　碑刻上的国号。往往在国号前加“有”“维”“皇”“圣”，或加“大”，又有变“大”为“巨”或更于“巨”旁加“金”作“鉅”者。这是唐宋碑共有的特点。叶昌炽《语石》卷一有专文论及。此碑文用“大金”概循唐宋以来碑刻文之常例。又唐宋之来往文书亦大都于国号前加“大”字，宋、金的国书、誓诏、册表、文状、牒檄等亦多如此。见《三朝北盟会编》和《大金吊伐录》。

《金史·地理志上》：“上京路即海古之地，金之旧土也。国言‘金’曰‘按出虎’，以按出虎水源于此，故名金源，建国之号，盖取诸此。”又《金史·本纪第二·太祖》记完颜阿骨打语：“辽以宾铁为号，取其坚也。宾铁虽坚，终亦变坏，惟金不变不坏。金之色白，完颜部色尚白。”因之名国号为金。

②開府儀同三司　三司即三公。西汉以大司徒（丞相、相国）、大司马（太尉）、大司空（御史大夫）为三公。东汉以太尉、司徒、司空为三公。杜佑《通典·职官十六》：“汉文帝元年始用宋昌为卫将军，位亚三司。后汉章帝建初三年，始使车骑将军马防班同三司。同三司之名自此始也。殇帝延平九年，邓隲为车骑将军仪同三司，仪同之名自此始也。魏黄权以车骑将军开府仪同三司，开府之名自此始也。”《文献通考·职官考十八》：“唐武德十年，改上开府仪同三司为上轻车都尉，开府仪同三司为轻车都尉，仪同三司为骑都尉。后又以开府仪同三司为文散官。”始以开府仪同三司为文散官，金亦以之为文

散官。《金史·百官志一》:"文官九品,阶凡四十有二:从一品上曰开府仪同三司……"《金史·完颜娄室列传》:"皇统元年,赠开府仪同三司,追封莘王。"

③金源郡壮义王 《金史·完颜娄室列传》:"以正隆例改赠金源郡王。"碑文作"正隆二年,改封金源郡"。《传》作"谥庄义",碑作"壮义",应以碑为正。《金史·百官志一》,"封王之郡号十",而金源名列首位。又,食邑"郡王五千户,实封五百户"。

④完颜公神道碑 神道碑是封建王朝为褒扬功臣而立于死者墓前的石碑,碑上刻记其一生功业。其制始于东汉,延续至清朝末年。

大金故开府仪同三司左副元帅①金源郡壮义王完颜公神道碑。

**校注**:此为碑身之碑题。《纪略》:"碑身作楷书。"清刻本误"左"为"右",此从《丛书》《通志》本。

①左副元帅 都元帅的副手。据《金史·百官志一》记载,都元帅府设于天会二年(1124年),有都元帅一员,从一品,左副元帅一员,右副元帅一员,皆为正二品,掌征讨之事。

翰林直学士①、大中大夫②、知制诰兼行祕书少监③、虞王府文学④、轻车都尉⑤、太原郡开国伯⑥,食邑七百户,赐紫金鱼袋⑦臣王彦潜⑧奉敕撰。

**校注**:《纪略》无"奉敕撰"三字,此处从《通志》。《扈从东巡日录》于王彦潜下有"撰文"二字,显系《日录》作者语,并非娄室碑原文。

《金史·熙宗本纪》:皇统六年"九月戊辰朔,以许王破汴,睿宗平陕西,郑王克辽及娄室、银术可皆有大功,并为立碑。"《金史·王兢列传》:"……皇统初,参政韩昉荐之,召权应奉翰林文字,兼太常博士。诏作《金源郡王完颜娄室墓碑》,兢以行状尽其实,乃请国史刊正之,时人以为法。"可见在此碑之前熙宗完颜亶曾为娄室立碑,其碑文当本之于王兢。据《金史·海陵本纪》正隆二年二月"癸卯,改定亲王以下封爵等第,命置局追取存亡告身,存者二品以上,死者一品,参酌削降。公私文书,但有王爵字者,皆立限毁抹,虽坟墓碑志并发而毁之"。皇统年间所立之碑,当毁于此时。王彦潜撰文之碑,据碑文自记,当在大定十七年(1177年)时,奉世宗完颜雍之命而撰立。中华书局标点本《金史》在《王兢传》校勘记中,以现存之娄室碑文为王彦潜所撰而怀疑皇统年间王兢作碑文之事,谓"兢似校者非作者",似未必允当。

①翰林直學士　据《金史·百官志》，翰林直学士居翰林侍讲学士之下，翰林待制之上，阶为从四品。衔内带"知制诰"（为皇帝起草制诰）与翰林院其他官员分掌词命，分判院事。

②大中大夫　清刊本"中"上脱"大"字，此处从《丛书》《通志》。金大中大夫为文散官，从四品上。

③祕書少監　《金史·百官志》："祕书少监在祕书丞之上，正五品，通掌经籍图书。"

④虞王府文學　虞王允升，本名斜不出，一名鹤寿，金世宗完颜雍子。大定十一年（1171年）十二月辛酉由徐王晋封为虞王。章宗继位，徙封隋王。明昌二年改封曹王。以后曾改封宛王。卫绍王即位，又徙封夔王。《金史》卷八十五有传。大定十七年王彦潜撰碑时，允丌正是虞王。

王府文学为亲王府属官，从七品，"掌赞导礼义，资广学问"，见《金史·百官志三》。

⑤輕車都尉　武官勋级，从四品。

⑥太原郡開國伯　郡伯为封爵，正、从四品，无实封。熙宗完颜亶天眷年定制，凡食邑同散官入衔。

⑦紫金魚袋　《金史·輿服志》："公服，大定官制，文资五品以上官服紫。""带制……三品、四品荔枝或御仙花金带，并佩金鱼。"

⑧王彦潜　《金史》无传。但于卷七十八《列传第十六·刘萼》有"子仲询，天德三年，赐王彦潜牓及第"。天德是海陵王完颜亮的年号，三年为公元1151年。赐刘仲询之及第，既以王彦潜为牓名，可知彦潜必为牓首。又其书卷八十五《列传第二十八·完颜永成》记，永成"大定七年，始封沈王，以太学博士王彦潜为府文学，永成师事之。"从而得知彦潜任虞王府文学之前，曾任太学博士和豫王府文学。


奉上大夫①、大名府路兵馬都總管判官②、飛騎尉③、賜緋魚袋④臣任詢⑤書。《吉林通志·金石志》本。


**校注：** 奉直大夫之"直"，《纪略》《通志》《扈从东巡日录》俱作"上"字。《金史·百官志》无奉上大夫之官名，《完颜希尹神道碑》写作"奉直大夫"，《纪略》无"书"字。

①奉上大夫　应为"奉直大夫"，文散官，从六品上。

②大名府路兵馬都總管判官　大名府路。金正隆二年（1157年）置。治

所在大名府（今河北大名县城东）。辖境相当今河北省大名、山东范县、夏津、恩城以西，山东东明、河南长垣以北和河南濮阳以东地。《金史·百官志》，诸总管府设"总管判官一员，从六品，掌纪纲总府众务，分判兵案之事"。

③飛騎尉　武官勋级，从六品。

④緋魚袋　绯衣和鱼袋。《金史·舆服志·公服》记，大定年间官制规定，文资（文职官员）的公服六品、七品服绯芝蔴罗。五品，服紫者红鞓乌犀带，佩金鱼，服绯红者红鞓乌犀带，佩银鱼……

⑤任詢　字君谟，号南麓，易州军市人。正隆二年（1157 年）进士。书法被誉为当时第一，画亦入妙品。《金史》卷一百二十五有传。《中州集》记其历官省掾、大名总幕、益都都司判官、北京盐使等，叙官较《金史》为详。所书碑刻传世的有《大天宫寺记》《奉国上将军郭建碑》。叶昌炽《语石》称《大天宫寺记》书法"突兀奇伟，壁立千仞"。又，《八琼室金石补正》收有庚辰年龙岩所书草书杜甫《古柏行》。吴荷屋（荣光）认为龙岩是任询自号，庚辰为正隆五年。

明威將軍①、東上閣門使②兼行太廟署令③、上騎都尉④、平原縣開國子、食邑五百戶⑤臣左光慶⑥篆額。

**校注：**《纪略》无"篆额"二字，此处从《通志》。

①明威将军　武散官，正五品下。

②東上閣門使　唐末、五代置阁门使，掌供奉乘舆：朝会游幸，大宴引赞，引接亲王、宰相、百僚、藩国朝见，纠弹失仪等事。宋置东、西上阁门使，多以处外戚勋贵。金因之。《金史》卷五十六《百官志》："东上阁门使二员，正五品。"

③太廟署令　《金史·百官志·太常寺》："太庙署。皇统八年太庙成、设署，置令丞，仍兼提举庆元、明德、永祚三宫。令一员，从六品，掌太庙、衍庆、坤宁宫殿神御诸物，及提控诸门关键，扫除、守卫，兼廪牺令事。"

④上騎都尉　武官勋级。《金史·百官志》："正五品曰上骑都尉。"《通志》释作"骑都尉则武官勋级之从五品也"。所释非上骑都尉之品位，误。

⑤平原縣開國子食邑五百戶　县子，封爵，正五品，无实封。据天眷年间定制，食邑同散官入衔。

⑥左光慶　字君锡。左企弓孙，左渊子。以荫，补阁门祗候入仕，历任西上、东上阁门副使，西上、东上阁门使，兼太庙署令，同知宣徽院事，少府监，

右宣徽使等官。"好古，读书识大义，喜为诗，善篆隶，尤工大字。世宗行郊礼，受尊号，及受命宝，皆光庆篆。凡宫庙牓署经光庆书者，人称其有法。"《金史·列传第十三》。

王諱婁室①，字斡里衍，與國同姓。蓋其先曰合篤②者，居阿注滸水③之源，爲完顔部人。祖洽魯直，贈金吾衛上將軍④，以財雄鄉里。枝屬浸蕃，乃擇廣土徙雅撻瀨水。拏隣麻吉等七水之人皆附麗焉。

①婁室 （1078—1131年）《大金国志》作一名娄宿，《满洲源流考》《通志》作"罗索"。《金史》卷七十二，《大金国志》卷二十七，《通志》卷七十六，皆有传。

②合篤洽魯直。《金史·娄室传》失载。

③阿注滸水 亦作"阿术浒、按出浒、安术虎、案出浒、案出虎、阿勒楚喀"。据《金史·地理志》"阿注浒"为"金"字的女真语音，阿注浒水即今黑龙江省阿城县境内的阿什河。

④金吾衛上將軍 武散官，正三品。

父白答①，贈金紫光禄大夫②，事世祖③爲七水部長④。時烏蠢⑤謀寇亂者搆爲兇惡，金紫公與同部人阿庫德協心一力拒之，以附世祖。

**校注**:《丛书》与《通志》"蠢"字上皆佚"乌"字，清刻本误作"焉"字，据《金史》增改。《通志》误"兇"为"匈"，误"部"作"郡"。

①白答 又作白达。《金史·完颜谢库德列传》："阿库德、白达皆雅达水浑完颜部勃堇"。"世祖初年，跋黑为变，乌春（即乌蠢）盛强，使人召阿库德、白达。阿库德曰：'吾不知其他，死生与太师共之。'太师，谓世祖也。白达大喜曰：'我心正如此耳。乌春兵来，坚璧自守，勿与战可也。'""天会十五年，准德、申乃因、阿库德、白达，皆赠金紫光禄大夫。"

②金紫光禄大夫 文散官，正二品上。

③世祖 完颜劾里鉢，《大金国志》作"核里颇，一名'核阇'。"乌古乃长子。天会十五年追谥圣肃皇帝，庙号世祖。事见《金史·世纪》。

④七水部長 即拿邻麻吉等七水人之长。

⑤烏蠢 阿跋斯水温都部人。"世祖初嗣节度使，叔父跋黑阴怀觊觎，间诱桓赧、散达兄弟及乌春、窝谋罕等。乌春以跋黑居肘腋为变，信之，由是

颇贰于世祖，而虐用其部人。"《金史》卷六七有传，作"乌春"。

王简重①刚健，矯捷過人，擐甲蒙胄，手之所及，無不超越。而器識深遠，幼不好弄②，卓然有成人風，爲鄉閭所愛。

①简重　简要、庄重。《后汉书·郑孔荀列传第十六·孔融》："时河南尹李膺以简重自居，不妄接士宾客，敕外自非当世名人及与通家，皆不得白。"

②幼不好弄　弄，游戏。《左传·僖公九年》："夷吾弱不好弄，能斗不过，长亦不改，不识其他。"

年十有四，金紫公知其材，曰："兒勝兵①矣。"乃獻於穆宗②。一與語，器之，曰："是子他日可以寄軍旅重任爾。"後阿拍③、留可④、蒲餘罕⑤等相繼逆命，王從之徵，屢立戰功受賞。

**校注：**《通志》"胜兵"下脱"矣"字，"从之"下脱"征"字。"穆宗"下似应有重字符号"："，代穆宗二字，下文当为"穆宗一与语"。

①勝兵　胜，承担。兵，兵事。

②穆宗　完颜乌古乃第五子，名盈歌，又作杨割，字乌鲁完。天会十五年，追谥孝平皇帝，庙号穆宗。事见《金史·世纪》。

③阿拍　《金史》作"腊醅"，活刺浑水讷邻乡纥石烈部人。兄弟七人，素有名声，及乌春等人为难，阿拍与其弟麻产亦积极响应，后被擒灭。事见《金史》卷六七《腊醅列传》。《通志》以阿阁版为阿拍，似与碑文不合，值得商榷。

④留可　统门、浑蠢水合流之地乌古论部人，忽沙浑勃堇之子。曾为乱，穆宗盈歌使撒改率军讨平之。留可先逃辽，后归降。事见《金史》卷六七《留可列传》。

⑤蒲餘罕　《金史》作"婆诸刊"，孩懒水乌林答部人，石显子。景祖乌古乃因石显不听命，遂以其阻绝海东路为由，请辽惩处。辽帝流石显于边地。乌古乃以计除石显，其子"婆诸刊蓄怨未发，会活刺浑水纥石烈部腊醅、麻产起兵，婆诸刊往从之。"事见《金史》卷六七《石显列传》。

又，《金史·世纪》："腊醅、麻产侵掠野居女直，略来流水牧马。世祖击之，中四创，久之疾愈。腊醅等复略穆宗牧马，交结诸部。世祖复伐之，腊醅等绐降，乃旋。腊醅得姑里甸兵百十有七人，据暮稜水守险，石显子婆诸刊亦在其中。世祖围而克之，尽获姑里甸兵。麻产遁去。遂擒腊醅及婆诸刊，皆献之辽。"

10

遼人蕭海哩①叛，入於系遼籍之女直部。穆宗使王覘知所在，勒兵討捕。王登先麋擊②，蒙賞，以甲冑具裝戰馬③。

①蕭海哩　哩，《金史》作"里"。《金史·世紀》："蕭海里叛，入于系案女直阿典部，遣其族人斡達剌來結和，曰：'愿與太師（指盈歌）為友，同往伐遼。'穆宗（盈歌）執斡達剌。会遼命穆宗捕討海里，穆宗送斡達剌于遼，募軍得甲千余。女直甲兵之數，始見于此，盖未嘗滿千也。軍次混同水，蕭海里再使人來，復執之。既而与海里遇。海里遙問曰：'我使者安在？'對曰：'与后人偕來。'海里不信。是時，遼追海里兵數千人，攻之不能克。穆宗謂遼將曰：'退尔軍，我當獨取海里。'遼將許之。太祖策馬突戰。流矢中海里首，海里墮馬下，執而杀之，大破其軍。使阿离合懣獻馘於遼。"其事在穆宗九年，遼天祚帝乾統二年（1102年）。

②麋擊　苦击而多杀。《汉书·霍去病传》："合短兵，麋皋兰下。"师古注："麋为苦击而多杀也。皋兰，山名也。"

③具裝戰馬　披着全副铠甲的战马。《晋书·桓伊传》："谨奉输马具装百具，步铠五百领，并在寻阳，请勒所属领受。"《宋书·宗愨传》："林邑王范阳迈倾国来拒，以具装披象，前后无际，士卒不能当。"

高麗出兵侵曷曷懶甸①，進築九城，宗子贈原王。付實款②帥師討之。王從攻其城，久而不克。王言之於帥曰："宜遏彼外援，絕其餉道，可不攻自下。"徒之，降其城五③。從魏王斡帶④討訛口渾⑤叛帥，攻其城，王登自東南隅，斧其樓柱。流矢中手，貫於柯⑥，攻猶不已。士衆從之以登城，遂成功，〔功〕居其最。

**校注**："丽"上原脱"高"字，据《金史》补。"甸"，《纪略》讹作"匈"，据《金史》《通志》改订。"从攻其城"，"通志"讹"从"作"使"。"遏彼外援"，《通志》脱"外"字。"贯於柯"，《通志》讹"於柯"为"其肘"。"遂成功"，以文意断之，其下应还有一功字，但诸本皆无，且其下亦未留渤字空格。原碑文"功"字下抑或有重字符号"："，被忽略而未录。

①曷曷懶甸　《金史》作"曷懶甸"，属金之合懒路。其地南与高丽接界，北与上京恤品路相接。相当于今朝鲜咸兴以北，东朝鲜湾西北岸一带，不包括图们江在内。《金史·太宗纪》：天会九年（1121年）正月戊申，"命以徒门水（今图们江）以西，浑疃（今珲春河）、星显（今布尔哈通河）、僝蠢（今嘎呀河）

三水以北闲田，给曷懒路诸谋克。"《东国舆地胜览》："咸兴本高丽旧地，久为女真所据。高丽睿宗二年，命尹瓘等逐女真……四年撤城，以其地还女真。"

②付實款　《金史》无传，但在其《世纪》《高丽传》中有记载，作"石適欢"。《满洲源流考》作"硕硕欢"。碑文"付实款"或为"什实款"之误。

③降其城五　《金史·高丽传》作"收叛亡七城"。

④斡帶　世祖子，太祖弟。《金史·高丽列传》作"斡塞"。《金史·完颜斡带列传》："康宗二年甲申，苏滨水诸部不听命，康宗使斡带等往治其事。"

⑤訛□渾　《金史》作"斡豁"。《金史·完颜斡带列传》："使斡带将兵伐斡豁……斡豁完聚固守，攻而拔之。"

⑥流矢中手，貫於柯　柯，斧柄。流矢穿透握斧柄之手，钉在斧柄上。

《金史·世纪·康宗本纪》对这一事件的记述是："穆宗末年，阿踈使达纪诱扇边民，曷懒甸人执送之。穆宗使石適欢抚纳曷懒甸，未行，穆宗卒，至是遣焉。先是，高丽通好，既而颇有隙。高丽使来请议事，使者至高丽，拒而不纳。五水之民附于高丽，执团练使十四人……二年（康宗）甲申，高丽再来伐，石適欢再破之。"

《金史》的《世纪》《高丽列传》《斡赛列传》《斡鲁列传》，皆谓高丽之侵曷懒甸，筑九城，在斡带讨斡豁之后。《斡赛列传》："康宗二年甲申，斡带治苏滨水诸部，斡赛、斡鲁佐之，定诸部而还。久之，高丽杀行人阿聒、胜昆，而筑九城於曷懒甸。斡赛将内外兵……高丽兵数万来拒，斡赛分兵为十队，更出迭入，遂大破之。"

《斡鲁列传》："高丽筑九城于曷懒甸。斡赛母疾病，斡鲁代将其兵者数月。斡鲁亦对筑九城与高丽抗，出则战，入则守。""未几，斡赛复至军，再破高丽军，进围其城。七月，高丽请和，尽归前后亡命及所侵故地，退九城之戍，遂与之和。"（《斡赛列传》）

碑文中所述娄室的诸项事绩，皆在完颜阿骨打起兵反辽之前，多为史传所不载，有的史事虽已见诸史传中，亦未有片言只字提及娄室在事件中的作用和功绩。

年二十一，代父爲七水部長①。

①年二十一，代父爲七水部長　《金史·完颜娄室列传》："年二十一，代父白答为七水部长。"以其逝世之年逆推之，娄室始为七水部长应在宋哲宗元符元年，辽道宗寿昌四年，即1098年。

太祖方圖義舉，間召王與同部人銀尤可①閭曰："遼人驕矜，且其見侵無厭，又轄他部人阿克束②弗吾畀，吾欲先翦其外邑，以張吾軍，然後進伐，何如？"王進曰："遼人內外□□□之余其時□□。"

**校注：**"阿克束"，清刻本、《丛书》本皆作"陶□束"，《通志》作"陶□东"。本碑文后有"叛人阿克束于是始获"，据以订补。《通志》本于"其时"之上脱"之余"二字。

①银尤可　宗室子，从完颜阿骨打灭辽攻宋战功卓著，与完颜希尹同时被赐予铁券。天会十三年致仕，加官保大军节度使、同中书门下平章事，迁中书令，封蜀王。海陵王正隆年间降为赠金源郡王。大定十五年谥武襄。《金史》卷七二有传。《辽史》《大金国志》"可"作"割"。

②阿克束　即阿疎。星显水纥石烈部人。穆宗时与同部人毛赌禄等起兵投辽。完颜阿骨打每以不遣罪人阿疎为藉口反辽，天辅六年为阇母、娄室俘获。《金史》卷六七有传。

其時太祖攻取寧江州①，王登先以戰。

①寧江州　《辽史·地理志》："宁江州，混同军，观察，清宁中置。初防御，后升。兵事属东北统军司。"

《松漠纪闻》卷上："宁江州去冷山百七十里……每春冰始泮，辽主必至其地，凿冰钓鱼，放弋为乐。女真率来献方物……阿骨打起兵，首破此州，驯致亡国。"

宁江州当今何地，历来众说纷纭。高士奇认为大乌喇虞村（今永吉县乌拉街）"即辽之宁江州也"（《扈从东巡日录》）；杨宾认为"古宁江州应在今（敦化县）厄黑木站"（《柳边纪略》）；《吉林通志》和日本人松井等所撰《满洲的辽代疆域》中则主张在今扶余县三岔河乡石头城子；日人池内宏认为在扶余县榆树沟（大榆树）；三上次男认为在扶余县小城子或五家站。李健才先生近年考证，"宁江州当在今扶余县西部的伯都讷城"（《东北史地考略》，吉林文史出版社，1986 年 4 月版，第 77 页）。

关于攻陷宁江州，《辽史·天祚纪》记：天庆四年，"阿骨打乃与弟粘罕、胡舍等谋，以银尤（术）割、移烈、娄室、阇母等为帅，集女直诸部兵，擒辽障鹰官。及攻宁江州，东北路统军司以闻。时上在庆州射鹿，闻之略不介意，遣海州刺史高仙寿统渤海军应援萧挞不也，遇女直战于宁江东，败绩。"《大金国志》卷一所记与之略同。

《辽史·萧兀纳列传》作："及金兵来侵，战于宁江州，其孙移敌蹇死之。兀纳退走入城，留官属守御，自以三百骑渡混同江而西，城遂陷。"

《金史·太祖纪》："进军宁江州，诸军填堑攻城。宁江人自东门出，温迪痕、阿徒罕邀击，尽殪之。十月朔，克其城。"十月朔当公元 1114 年 10 月 30 日。

收國元年①，擢授猛安②。奉命總督銀尤可、蒙□、麻吉③等往平係遼籍女直④諸部。既降一部長，而各部長告急於遼，援兵三千且至。王率其已降，捲斾逕徑，掩其不備，大破之，追殺千餘人。明日破奚部，又敗援兵三千，斬其將，俘獲監斬銀牌使者。諸部以次平之。

**校注：**"收國之年"，各本均作"□□"，此据《金史》补见注①"麻吉"，各本均作"□吉"，此据《金史》补，见注③。

①收國元年　完颜阿骨打建立金王朝之年，当辽天庆五年，宋政和五年，公元 1115 年。娄室之授猛安恰在金攻取宁江州之后，故知"元年"前泐字当为"收国"。

②猛安　又作"明安"。金初，诸部之民平居以耕渔射猎为业，有警则征为兵。猛安为当时亦兵亦民的组织单位。据《金史·太祖本纪》，太祖二年（1114年），"初命诸路以三百户为谋克，十谋克为猛安。"同书《兵志》："猛安者千夫长也，谋克者百夫长也。"

③麻吉　各本均作"□吉"。为麻吉宗室子，银术可之弟。年十五隶军中，从破高丽、下宁江州、黄龙府、咸州、信州、沈州及东京、中京，皆有功，大小三十余战，所至皆捷。战于高州，中伏矢而亡。皇统中，赠光禄大夫。《金史》卷七十二有传。从其传中"平係辽女直，克黄龙"，推知碑文中"吉"上之泐字当为"麻"。

④平係遼籍女直　係辽籍女直，即熟女真。《金史·完颜娄室列传》："太祖克宁江州，使娄室招谕係辽籍女直，遂降移煐益海路太弯照撒等。败辽兵于婆剌赶山。复败辽兵，擒两将军。既而益改、捺末懒两路皆降。进兵咸州，克之。诸部相继来降，获辽北女直系籍之户。"

14

宗室斡古魯①略地咸州②，以其敵重，使會王合兵禦之。乃往敗其戍兵三千於境，斬其將，遂會斡古魯。既而聞敵兵且至，王留四謀克精銳各守其一門，與斡古魯濟水分兩翼，王居左翼，敗其所衝，追殺略盡。斡古魯軍引卻□，退城，

□與所留諸謀克整陳而立③。王返兵擣敵背，六敗之。

**校注：** 清刻本第一个"斡古魯"作"斡魯古"。《通志》"略地"作"略城"。"敗其戍兵三千於境，斬其將"，《通志》作"敗其戍兵三千，斬其將於境"。"济水分两翼"，《纪略》作"济水□翼"只记渤一字，"左翼"三本皆误作"左击"，据《满洲源流考·疆域》所引碑文增补订改。又，《金史·太祖本纪》记克咸州事在收国元年之前一年。

①斡古魯 《金史》作"斡魯古"，《满洲源流考》作"乌樗古"。金宗室子，从太祖伐辽，屡败辽军，"与娄室克咸州……太祖嘉之，以为咸州军帅"。久在咸州，多立功亦多自恣，被劾去职。天辅六年卒。事见《金史》卷七十一《斡鲁古勃堇列传》。

②咸州 《辽史·地理志》："咸州安东军，下，节度。本高丽铜山县地，渤海置铜山郡。地在汉候城县北，渤海龙泉府南。地多山险，寇盗以为渊薮，乃招平、营等州客户数百建城居之。初号郝里太保城，开泰八年置州。兵事属北女直兵马司。"

据《金史·兵志》记，完颜阿骨打得咸州后，"收国元年十二月，始置咸州军帅司，以经略辽地，讨高永昌"。

《松漠纪闻》："宿州北铺，四十里至咸州南铺，四十里至铜州南铺。"宿州为今辽宁省昌图，铜州为今中固。咸州介于宿、铜之间，当为今辽宁省开原老城镇。

③整陈而立 陈同阵，战阵。

咸州既下，因徇地黃龍府①。太祖自將進達魯古城②。將與遼兵遇，遣使馳召王以軍赴之。太祖見其馬力疲極，益以三百匹，命居右翼。明日兵交，以眾寡不侔，爲敵所圍者九。王所向披靡，輒潰圍而出，竟大破之③。

①黃龍府 《辽史·地理志》："龙州，黄龙府，本渤海扶余府。太祖平渤海还，至此崩，有黄龙现，更名。保宁七年，军将燕颇叛，府废。开泰九年，迁城于东北，以宗州、檀州汉户一千复置。"

《金史·地理志》："隆州，下，利涉军节度使……天眷三年，改为济州，以太祖来攻城时大军径涉，不假舟楫之祥也，置利涉军……贞祐初，升为隆安府。"

清乾隆修《一统志》："隆安城在（郭尔罗斯）前旗东南二百里……以地考之，此龙安城即隆安之讹，乃辽黄龙府旧址也。"曹廷杰《东三省舆地图说》

补充说:"今吉林省西北二百八十里农安城在伊通河西二里,有农安塔。知农安、龙安皆沿隆安而易其字者也。"辽之黄龙府当在今吉林省之农安县城。

②達魯古城　亦作达卢骨、达卢古、挞鲁噶、达鲁虢、徒鲁古。《辽史·太宗本纪》记太宗从太祖"东平渤海,破达卢古部"。天显三年正月"己未,黄龙府罗涅河女直达卢古来贡"。二月"辛丑,达卢古来贡"。圣宗统和十九年"八月庚戌,达卢骨部来贡"。《辽史·百官志》记北面属国官,诸国王府有"达卢古国王府"。从中可见达鲁古当为附属辽的女真族的一支。《金史·太祖本纪》记,阿骨打起兵伐辽,使"实不迭往完睹路执辽障鹰官达鲁古部副使辞列、宁江州渤海大家奴。于是达鲁古部实里馆来告曰:'闻举兵伐辽,我部谁从?'太祖曰:'吾兵虽少,旧国也,与汝邻境,固当从我。若畏辽人,自往就之。'"阿骨打所言"旧国",当是同族之意。可见达鲁古既与阿骨打同为女真族,又与其紧密相邻。达鲁古城当是辽为驻兵统辖达鲁古部而设。碑文作太祖"将与辽兵遇,遣使驰召王以军赴之"。《完颜娄室列传》作"太祖趋达鲁古城,次宁江州西,召娄室"。由此观之,达鲁古城应在宁江州之西。其具体位置,众说纷纭,尚无定论,曹廷杰《东三省舆地图说》从音转考虑认为"他虎城即挞鲁噶城,亦即辽之长春州";日本松井等推定达鲁古城应在今洮儿河之南(见《满洲历史地理》);津田左右吉认为达鲁古部的四至"东拉林河,南、西、北三面临松花江",达鲁古城的位置应在宁江州西,松花江右岸;《中国历史地图集》的作者认为达鲁古部在"今吉林省拉林河以西地区";李健才先生根据其多年实地考察和研究推定,"辽代达鲁古城当在今吉林省扶余县城北十里的土城子"(《东北史地考略》吉林文史出版社,1984年,第92页)。

③衆寡不侔,爲敵所圍者九。王所向披靡,輒潰圍而出,竟大破之　侔,相当、相等。众寡不侔,人数的多少相差过于悬殊,因而无法相比。

《金史·完颜娄室列传》:"太祖趋达鲁古城,次宁江州西,召娄室。娄室见上于军中。上见娄室马多疲乏,以三百给之,使隶左翼宗翰军,与银术可纵兵冲其中坚,凡九陷阵,皆力战而出。"

《金史·索道银术可列传》:"太祖与耶律讹里朵战于达鲁古城,辽兵二十余万……大败辽军。"

《金史·太祖本纪》:收国元年(1115年)正月庚子"进逼达鲁古城。上登高望辽兵若连云灌木状,顾谓左右曰:'辽兵心贰而情怯,虽多不足畏。'遂趋高阜为阵。宗雄以右翼先驰辽左军,左军却。左翼出其阵后,辽右军皆力战。娄室、银术可冲其中坚,凡九陷阵,皆力战而出。宗翰请以中军助之。上使宗翰往为疑兵。宗雄已得利,击辽右军,辽兵遂败。"

上文记娄室为宗翰属金左翼军，为辽右翼军所困，经宗翰请太祖以中军相助，加上宗雄所率金右翼的配合，始胜辽兵。"左翼"与《完颜娄室列传》所记相同，而《金史·完颜宗翰列传》所记与此恰恰相反，却与《娄室碑》正好相同："辽都统耶律讹里朵以二十余万戍边，太祖逆击之，宗翰为右军，大败辽人于达鲁古城。"《娄室碑》《完颜宗翰列传》所记应为可靠，此役中娄室军应属金军之右翼。中华书局标点本《金史·完颜娄室列传》已据碑文改作右翼。但对《太祖本纪》中所记，既未加注说明，亦未据改。

太祖將進取黃龍，召諸將議方略。王進曰："黃龍，遼之銀府，所以圍邊者，拒守甚堅。若不行遏其巡屬，使絕外援<sup>①</sup>，則未易可拔。請試效之。"太祖乃令王以軍行。自遼水以北，咸州以西暨諸奚部城邑，悉討平之<sup>②</sup>。進壁府城東南<sup>③</sup>，扼敵軍出入，且巡其邨堡，凡有以應援者，使不得交通，度城中力屈可攻，使馳奏。太祖遂親御諸軍以至，圍之。

**校注：**"若不行遏其巡屬"之"遏"，《纪略》作"额"，费解。此处从《通志》。"咸州"《通志》误作"威州"。

①若不行遏其巡属，使绝外援　遏，遏止，断绝。巡属，周围的属部。意谓如果不设法先行征服黄龙府城周围的属部，断绝其外援，这座城是很难攻取的。

②悉讨平之　《金史·太祖本纪》，收国元年七月，"九百奚营来降"。

③进壁府城东南　壁，营垒。

《史记·项羽本本纪》："诸侯军救钜鹿下者十余壁，莫敢纵兵。及楚击秦，诸将皆从壁上观。"其《高祖本纪》记，刘邦"晨驰入张耳、韩信壁，而夺之军"。

王攻東南隅，選壯秉茝倚梯<sup>①</sup>，望其樓櫓<sup>②</sup>，乘風縱火。王乃毀民家、堞<sup>③</sup>，趨士力戰，至火燃靴傷足而不知。諸軍繼進，敵遁不守<sup>④</sup>。太祖嘉其功，賞御馬一，奴婢三百，仍賜誓券<sup>⑤</sup>，恕死罪。

①秉茝倚梯　茝，茝陆，花之细软柔脆者，燃之易于起火。《易·夬·九五》："苋陆夬夬，中行无咎。"其注谓，"苋陆，草之柔脆者也。"梯，据《避戎夜话》载，金之攻城工具有火梯、云梯，"皆与城橹齐高，亦有高于城者，皆可以烧楼橹。云梯、编桥可以倚城而上"。

②樓櫓　守城者于城墙之上所筑高台防御工事。

17

③民家、堞　民家，居民房屋。堞，城上的矮墙。

④敵遁不守《辽史·天祚皇帝本纪》，天庆五年"九月丁卯朔（1115 年 9 月 20 日），女直军陷黄龙府"。

《金史·太祖本纪》，收国元年"八月戊戌（初一，1115 年 8 月 22 日），上亲征黄龙府……九月，克黄龙府"。

⑤誓券　即铁券，是封建社会皇帝分封诸侯王，或赐予功臣以某种特权时颁发的凭证，其制可能起源于汉。据《金史·百官志》记："铁券以铁为之，状如券瓦，刻字画栏，以金填之，外以御宝为合，半留内府，以赏殊功。"金代铁券的实物及刻文的具体内容尚不得详知，但据陶宗仪《辍耕录》中关于唐昭宗乾宁四年赐给武肃王钱镠铁券的记载，可知金代的铁券在形制上与唐代是相同的，其刻文可能也系沿袭唐代。钱镠铁券的刻文除刻有封爵、官职、邑地及据以受封的功绩外，还刻有誓词和给予的特权："长河有似带之期，泰华有如拳之日，惟我念功之旨，永将延祚子孙。使卿长袭宠荣，克保富贵。卿恕九死，子孙三死，或犯常刑，有司不得加责……宜付史馆，颁示天下……"可资参考。

太祖之敗遼，破敵兵九，俱王挑戰有功。天輔元年，及斡魯古、阿思魁①等平乾顯路，攻克顯州②，遂與大帥邪律捏里③、佛頂戰于蕛蔾山，大破之④。遂下川⑤、成⑥、徽⑦三州，徙其民於咸州、黄龍之地。於是，太祖命王爲黄龍路統牧⑧。

**校注**：《纪略》"天辅"下无涘字空格，《通志》于其下注有缺字，并于全文后释缺字为"元年"，此处从《通志》。诸本于"阿思"下均标涘一字。《金史·完颜忠列传》记，收国二年"与斡鲁、蒲察会斡鲁古，讨高永昌，破其兵，东京降。遂与斡鲁古等御耶律捏里，败之于蕛蔾山，拔显州，乾惠等州降"。《金史》的《太祖本纪》《斡鲁古列传》亦有类似记载，只是用其本名迪古乃。由是可知，"阿思"下所涘当为"魁"字本字。

①阿思魁　完颜忠，本名迪古乃，字阿思魁，完颜石土门之弟。完颜阿骨打将举兵，阿思魁参决大计，起兵后阿思魁又以兵会之。深得阿骨打器重。从征多有战功。天辅初，代石土门为耶懒路都勃堇，累官至同中书门下平章事。大定二年，追封金源郡王。《金史》卷七十有传。

②顯州　《辽史·地理志》："显州奉先军，上，节度。渤海显德府地，世宗置以奉显陵。显陵者东丹人皇王墓也……以人皇王爱医巫闾山水奇秀因葬

焉……州在山东南。"显州州治在今辽宁省北镇县西南五里，辖境相当今北镇县及其东南地区。

③邪律捏里　耶律淳，小字捏里。天祚帝时封秦晋国王，拜都元帅。天祚逃入夹山，自立于燕京，称天锡帝，年号建福。向金乞降，事未定而病死。

④战于蒺藜山，大破之　《辽史·天祚皇帝本纪》：天庆七年八月，"命都元帅秦晋王赴沿边，会四路兵马防秋。九月，上自燕至阴凉河，置怨军八营……凡二万八千余人，屯卫州蒺藜山。""十二月丙寅，都元帅秦晋国王淳遇女直军，战于蒺藜山，败绩。女直复拔显州旁近州郡。"卫州即渭州，头下军州，属上京道。蒺藜山在今辽宁省义县北。

《金史·太祖本纪》：天辅元年"十二月甲子，斡鲁古等败耶律捏里兵于蒺藜山，拔显州。乾、懿、豪、徽、成、川、惠等州皆降。"同书《完颜娄室列传》：耶律捏里军蒺藜山，斡鲁古、娄室等破之，遂取显州。"同书《斡鲁古勃堇列传》："耶律捏里军蒺藜山，斡鲁古以兵一万，戍东京。太祖使迪古乃（即阿思魁）、娄室复以兵一万益之……斡鲁古等攻显州，知东京事完颜斡论以兵来会，即以兵三千先渡辽水，得降户千余，遂薄显州。郭药师乘夜来袭，斡论击走之。斡鲁古等遂与捏里等战于蒺藜山，大败辽兵，追北至阿里真陂，获佛顶家属。遂围显州，攻其城西南，军士神笃逾城先入，烧其佛寺，烟焰扑人，守陴者不能立，诸军乘之，遂拔显州。"

据《辽史》，耶律捏里蒺藜山之败在天庆七年十二月丙寅（十三日，1118年1月6日），《金史》则作同年十二月甲子（十一日），相差二日。

碑文记战蒺藜山之前已下显州，《金史》之《太祖本纪》《完颜娄室列传》则作败耶律捏里兵于蒺藜山之后，遂拔显州。《辽史·天祚皇帝本纪》作败辽军于蒺藜山后"复拔显州旁近州郡"，而《金史·斡鲁古勃堇列传》则作战蒺藜山之前金之完颜斡鲁虽以兵三千薄显州，败郭药师，但未下；还是其后围显州，攻而下之，未知孰是。

《纪略》所录碑文于"耶律淳"下，空泐三字，《通志》则于其下空泐二字，且释其泐字为"捏里"。考《金史》中涉及到耶律淳之处，一般皆用于其小字捏里，而不用"淳"字，《娄室碑》似不应例外。且在并非耶律淳本人传状碑志的《娄室碑》中，亦无并书其名与小字的必要，因之，碑文"耶律"下之"淳"字，似为抄碑之误植。其下当泐四字。《金史·斡鲁古勃堇传》有"耶律捏里、佛顶遗斡鲁古书，请和"及大败辽兵"获佛顶家属"的记载，可知辽军当是由捏里、佛顶二人率领。据之补订碑文泐字为"捏里、佛顶"。这样改一字，补三字又恰好与原录碑文字数相符。

⑤川 川州原名白川州,辽应历元年(951年)改为川州。治所在咸康(今辽宁朝阳东北),辖区相当今辽宁省朝阳、义县北部,

《辽史·地理志》:"川州,长宁军,中,节度。本唐青山州地。太祖弟明王安端置。会同三年,诏为白川州。安端子察割以大逆诛,没入,省曰川州。"

⑥成 成州头下军州,原属中京道,后改隶上京道。《辽史·地理志·上京道》:"成州,长庆军,节度。圣宗女晋同长公主以上赐媵臣户置。在宜州北一百六十里,因建州城。北至上京七百四十里。户四千。"辽宜州治所在宏正(今义县东北),辖区约当今辽宁省义县。成州当在今义县之北。

⑦徽 徽州《辽史·地理志·上京道》:"徽州,宣德军,节度。景宗女秦晋大长公主所建。媵臣万户,在宜州之北二百里,因建州城。北至上京七百里,节度使以下,皆公主府署。"

⑧太祖命王爲黄龍路统牧 《金史·完颜娄室列传》:"太祖取黄龙府,娄室请曰:'黄龙一都会,且僻远,苟有变,则邻郡相扇而起。请以所部屯守。'太祖然之,仍合诸路谋克,命娄室为万户,守黄龙府。"同书《太祖本纪》,天辅二年三月"庚子,以娄室言黄龙府地僻且远,宜重戍守,乃命合诸路谋克,以娄室为万户镇之"。天辅二年三月庚子(十八日)相当于1118年4月10日。

皇弟遼王杲①統諸軍以平中京②,王爲先鋒。至□山。敗其節度使雅里斯③之兵三千。

**校注:**"辽王"下"纪略"泐一字,《通志》泐二字,此处据《金史》补,见注①。"以平中京",《通志》误作"以平诸京"。

①遼王杲 完颜杲,本名斜也,世祖第五子,阿骨打弟。天辅年间为忽鲁勃极烈,都统内外诸军,下中京,取西京。太宗吴乞买即位后,为谙班勃极烈,与宗翰共治国政。天会三年伐宋,任都元帅。天会八年殁。皇统三年追封辽越国王,正隆时封辽王,大定十五年谥智烈。《金史》卷七十六有传。

《金史·杲列传》:"天辅五年,为忽鲁勃极烈,都统内外诸军,取中京,实北京也,蒲家奴、宗翰、宗幹、宗磐副之。"六年正月,"进至中京,辽兵皆不战而溃,遂克中京。"据之以补碑文辽王下之缺字为杲。

②中京 辽五京道之一,治所在大定府(今辽宁省凌源市),辖区约当今内蒙古自治区之奈曼旗、克什克腾旗以南,辽宁省医巫闾山、大凌河以西,河北省滦河以东地区。金贞元元年(1153年)改为北京。

《金史·太祖本纪》,天辅五年"十二月辛丑,以忽鲁勃极烈杲为内外诸

军都统，以昱、宗翰、宗幹、宗望、宗盘等副之。"六年正月"乙亥，取中京"。《辽史·天祚皇帝本纪》作保大"二年春正月乙亥，金克中京"。乙亥为十五日，金攻下中京当在1122年2月23日。

③败其节度使雅里斯 《金史·完颜娄室列传》："从果取中京，与希尹等袭走迪六、和尚、雅里斯等。"同书《完颜希尹列传》："辽人迪六、和尚、雅里斯弃中京走，希尹与迪古乃、娄室、余睹袭之。"

偕完颜希尹、耶律余篤等帥師徇地奚部，所向輒克①。始與余篤以騎二千襲遼主於鴛鴦濼②，遼主遁去，追至白水弗及，獲其內帑輜重。

校注：完颜渤二字，据《金史·完颜娄室列传》《完颜希尹列传》补。

①徇地奚部，所向輒克 《金史·完颜娄室列传》"与希尹等""败奚王霞末，降奚部西节度讹里刺"。

《金史·完颜希尹列传》："奚人落虎来降，希尹使落虎招其父西节度使讹里刺，讹里刺以本部降。"

②襲遼主於鴛鴦濼 辽主，辽天祚帝耶律延禧。

《辽史·天祚皇帝本纪》，保大二年春正月，"上出居庸关至鸳鸯泺""余睹引金人逼行宫，上率卫兵五千余幸云中"。

《金史·完颜希尹列传》："（完颜宗翰）使希尹经略近地，获辽护卫耶律习泥烈，知辽主猎于鸳鸯泺……宗翰欲亲往，希尹、娄室曰：'此小寇，请以千兵为公破之。'……几及辽主于白水泺南。辽主以轻骑遁去。尽获其内库宝物，逐至西京。"

大軍圍其西京①，城堅拒守。王與皇弟闍母②攻東面。制攻具以三木駢欀爲洞垣右長廊，使士卒行其下，以塞隍塹。又作樓車，鞏之以革，施四輪其上，出陴堞以闞敵，諸軍乘之而遂克城。與闍母徇地天德③、雲內④、東勝⑤、寧邊⑥四州及其旁諸部，悉降之。叛人阿克束于是始獲。

校注："骈欀"《通志》误作"骑搽"。

①西京 辽重熙十三年（1044年），升云州为大同府，建号西京。地当今山西省大同市。辖境约当今山西雁门地区，河北省张家口地区，内蒙古乌加河、东胜县以东，多伦以西地区。

《辽史·地理志·西京道》："晋高祖代唐，以契丹有援立功，割山前、代北地为赂，大同来属，因建西京……初为大同军节度，重熙十三年，升为西京，府曰大同。统州二县七。"

②阇母　金世祖第十一子，完颜阿骨打异母弟。在灭辽攻宋中，屡立战功，官至左元帅都监。天会六年殁。熙宗时，追封吴国王；海陵时，改封谭王；大定二年，徙封鲁王。《金史》卷七十一有传。

《丛书》误母为"毋"。据《金史》改

《金史·完颜阇母列传》："宗翰等攻西京，阇母、娄室等于城东为木洞以捍蔽矢石，于北隅以刍葵塞其隍。城中出兵万余，将烧之。温迪罕蒲匣率众力战，执旗者被创，蒲匣自执旗，奋击却之。又为四轮革车，高出于堞，阇母与麾下乘车先登，诸军续之。遂克西京。"

③天德　天德军，古军镇名，唐开元中置天安军于大同川，乾元中改天德军，移永济栅。辽初，耶律阿保机攻取其城，尽掠吏民以东去，后设招考司而渐复置之。地约当今内蒙古乌拉特旗境。

④云内　州名。辽初置代北、云、朔招讨司，改云内州。治所在柔服（今内蒙古土默特左旗西北）。辖境约当今内蒙古固阳县及土默特左右二旗。

⑤东胜　辽因唐于南河地置决胜州，故将其所置州名作东胜州。治所在榆林（金改名东胜），地在今内蒙古托克托县。辖境约当今内蒙古托克托及准格尔旗东北部。

⑥宁边　《辽史·地理志·西京道》："宁边州，镇西军，下，刺史。本唐隆镇，辽置，兵事属西南面招讨司。"

《金史·完颜娄室列传》："娄室遂与阇母攻破西京。复与阇母至天德、云内、宁边、东胜，其官吏皆降，获阿疎。"《辽史·天祚皇帝本纪》《金史·太祖本纪》所记，与之略同。


都统斡鲁<sup>①</sup>以诸军次白水，王营中夜有光如炬起矛端，王戒严曰："将有重敌。"明日，闻夏人出兵三万援辽<sup>②</sup>，过云内矣。斡鲁以诸军会天德。辽王前后遣骑数百迎敌，竟为所掩<sup>③</sup>，惟数骑得还。

**校注**："矛"下"端"字以文意补。"如炬"《丛书》误作"如矩。""辽王"三本皆误作"辽主"。

①斡鲁　完颜斡鲁，韩国公劾者之子。收国初，以破高永昌功为南路都统。后为西南路都统，率军袭辽天祚帝，俘其妻子宗族，得其传国玺。及宗翰等伐宋，斡鲁行西南、西北两路都统。天会五年，殁。《金史》卷七十一有传。

②夏人出兵萬援遼 《金史·太祖本记》载西夏此次援辽在天辅六年（辽保大二年，1122 年）六月，《辽史·西夏列传》同。率军将领，《金史》中《完颜娄室列传》《西夏列传》俱作李良辅，唯《辽史·西夏列传》作"保大二年，天祚播迁，乾顺率兵来援，为金师所败"。恐误。

③遼王前後遣騎數百迎敵，竟爲所掩 "辽王"，三本皆作"辽主"，当有误。从碑文前后之意看遣骑迎敌者自应是作为我方的金人，不应是对方的辽主。从"竟为所掩"的"竟"字和"数骑得还"的"还"字亦可知碑文作者所说"为掩""得还"应是我方（金人）绝非敌方。既然"遣骑""为掩""得还"都应是金人，自然所出现的不应是辽主。何况，金军同两夏作战，如何会插进个辽主遗骑迎敌？《金史·完颜娄室列传》："夏人救辽，兵次天德，娄室使突撚补攧以骑二百为候兵，夏人败之，几尽。阿土罕复以二百骑往，遇伏兵，独阿土罕脱归。"突撚补颠、阿土罕先后率兵迎敌，正与碑文"数遣"相符，"几尽""独阿土罕脱归"恰同碑文"惟数骑得还"相合。因之可以断定遣骑迎敌的绝非辽主。据《金史·太祖本纪》记天辅五年"十二月辛丑，以忽鲁勃极烈杲为内外诸军都统"，率大军以伐辽。又，同书《杲列传》："斡鲁、娄室败夏将李良辅，杲使完颜希尹等奏捷。"可知碑文中所记遣骑迎敌者有可能既不是斡鲁，也不是娄室，而是征辽的内外诸军都统完颜杲。据《杲列传》，完颜杲皇统三年，被追封为辽越国王，"正隆例封辽王"。大定年间所作《娄室碑》文中称果为辽王，与《杲列传》所记依正隆例改封的王爵正合。因之，现传碑文中的"辽主"应是"辽王"之误植。

時方暑雨，斡魯與諸帥議方略，皆曰："彼眾我寡，宜請濟師於朝，比其至①。姑擇草牧，以休養士馬。"王獨曰："敵據我前，倘吾軍若縱之，其勢益張，我雖不戰，亦必來爭利，或劫取新降人民，則沮吾士氣。所請濟師豈能遽集邪？願得精騎一千，與辭不失②、拔離速③二將以偕。見可則戰，雖則固壘，以俟合軍。"宗室付古廼訶之曰："爾安輕舉？我軍既寡，馬力疲甚，將何以交戰？"王曰："制敵如救烈火，一後其時，反爲所乘，則難益爲功，宜必迎戰。"付古廼拔佩刀勃然曰："諸帥皆不欲，爾敢咈眾耶？"王厲聲曰："我獨欲戰者，非爲身計，蓋國家大事耳。阿昆④乃欲屈忠勤之志，而沮諸軍之氣乎？"亦挺刃相向，諸帥大驚，起扞⑤之。

校注："时方暑雨"，《通志》误作"时方暑，而"。"草牧"，《通志》误作"草木"。"或劫取"，《通志》作"若劫取"。"付古廼"，《逌志》作"付古乃"。"尔安轻举"，

《通志》作"尔安敢轻举"。"我独与战",《通志》与《丛书》俱作"我独欲战",此从清刻本。此外"辽海丛书""通志""黑龙江大学出版社整理本"皆作:"欲",且从上下文,前面说"诸帅皆不欲",则"欲"字与前文统一,意思更为连贯,只有柯愈春整理本写作"与",建议改为"欲",或两存。"沮诸军之气"之"沮",《通志》误作"阻"。"挺刃相向",《通志》作"拔刀相向"。

①宜請濟師于朝,比其至　济师,增兵。《左传》桓公十一年二月:"莫敖曰:'盍请济师于王?'对曰:'师克在和,不在众。商周之不敌,君之所闻也。成军以出,又何济焉?'"《注》:"济,益也。"比,介词。及,等到。全句意为应请求朝廷增派军队来,等援军到来之后,再行进攻。

《金史·完颜娄室列传》:"时久雨,诸将欲且休息,娄室曰:'彼再破吾骑兵,我若不复往,彼将以我怯,即来攻我矣。'乃选千骑,与习失、拔离速往。"

②辭不失　《金史》卷七十《完颜习不失列传》:"习不失本作辞不失,后定为习不失,昭祖之孙,乌骨出之次子也。""习不失健捷,能左右射。"世祖劾里钵时多有战功。完颜阿骨打伐辽,使领兵千人,夹侍左右。收国元年,为阿买勃极烈。天辅七年七月殁。

③拔離速　宗室子,银术可弟。"娄室拒夏人出陵野岭,留拔离速以兵二百,据险守之。"《金史》卷七十二有传,作"拔离速"。

④阿昆　昆,兄。阿昆即阿哥或兄长。《诗·王风·葛藟》:"终远兄弟,为他人昆。"《笺》:"昆,兄也。"娄室与付古乃疏族同姓,故称之为阿昆。

⑤扞　同"捍",捍卫。此处指将二人隔开。


斡魯壯其言,從之,以二將與王偕行。將至邪俞水,登高以望,夏軍隊伍不整,方濟水。遣使馳報斡魯①曰:"今觀敵衆而無威,易與耳。將挑戰僞遁而致之。請速以師進。"王乃分所將爲二旅②,更出□□□□□□□□□引卻,其□繼出,進退以誘之。退凡□□過宜水,乃再整行列,奮銳氣馳擊,敵兵遂退却。我大軍亦至,合擊之,敵乃大潰③。追至邪俞水,殺數千人。敵赴閒結陳,俄水□□□□□□□□□□□□□□□□□□□□於河之東,降四部族。迭剌部既降復叛,討平之。


**校注**:"斡魯"下《通志》标泐二字,《丛书》标泐三字。此处从清刊本。泐字据《金史·完颜娄室列传》补。"更出"下《通志》标泐二字,《丛书》标泐九字,此处从清刻本。"进退以诱之。退",《通志》无后"退"字,《纪略》的后一"退"字,或属下句。《通志》于"诱之"下只标泐二字,此处从《纪略》。

"过"下之"宜"字，据《金史·完颜娄室列传》补。

①遣使馳報斡魯 《金史·完颜娄室列传》："斡鲁壮其言，从之。娄室迟明出陵野岭，留拔离速以兵二百据险守之。获生口问之，其帅李良辅也。将至野谷，登高望之。夏人恃众而不整，方济水为阵，乃使人报斡鲁。"

②分所將爲二旅 《金史·完颜娄室列传》："娄室分军为二，迭出迭入，进退转战三十里。"

③過宜水……敵乃大潰 《金史·西夏列传》：天辅六年，"夏将李良辅将兵三万来救辽，次天德境野谷，斡鲁、娄室败之于宜水，追至野谷，涧水暴至，漂没者不可胜计。"同书《完颜娄室列传》："过宜水，斡鲁军亦至，合击败之。"同书《斡鲁列传》所记与《西夏列传》略同。

太祖平燕，皇子宗望①，由閒道東下，至昌平②，以取糧餉。太祖
□□□□□□□□□□□□□□□□□□□□□□□□□

校注："糧餉"下《通志》无"太祖"二字，只注有缺文，而无缺文字数，此处从《纪略》。

①宗望 完颜宗望，本名斡鲁补，又作斡离不，阿骨打第二子。启伐宋之策，与宗翰率兵攻宋，陷汴京，俘宋徽、钦二帝，立张邦昌为"楚帝"。后欲释宋帝南归，未果。天会五年六月庚辰（宋建炎元年六月二十二日，1127年8月1日），殁于右副元帅任上。

②昌平 县名，辽属南京道。今属北京市地，在北京市西北。

太祖聞遼主越①在陰山，命斡魯既皇子宗望引兵追襲，以王爲先鋒，道出龍門，擒其都統耶律大石②。至白水，又擒□□□□□□□□□□□□□□□□□□□□□□□□□□□
仁③。

校注："又擒"下《通志》只标泐二字，此处从《纪略》。

①越 远。《左传》襄公十四年四月："使厚成叔吊于卫，曰：'寡君使瘠闻君不抚社稷而越在他境，若之何不吊？'"杜预注："越，远也。"

②擒其都統邪律大石 《金史·太祖本纪》，天辅七年"四月丁亥（初四，1123年5月1日），遣斡鲁、宗望袭辽主于阴山……辽兵复犯奉圣州，林牙大石壁龙门东二十五里。都统斡鲁闻之，遣照立、娄室、马和尚等率兵讨之，生获大石，悉降其众"《完颜娄室列传》略同。

《辽史·天祚皇帝本纪》:保大三年四月"丙申（十三日，1123 年 5 月 10 日），金兵至居庸关，擒耶律大石。"

③至白水，又擒……仁 《辽史·天祚皇帝本纪》，保大三年四月"戊戌（十五日，5 月 12 日），金兵围辎重于青塚……秦王、许王、诸妃、公主，从臣皆陷没"。"丙午（二十三日，5 月 20 日），金兵送族属辎重东行，乃遣兵邀战于白水泺，赵王习泥烈、萧道宁皆被执。上遣牌印郎君谋卢瓦送兔纽金印伪降，遂西遁云内。"

《金史·完颜宗望列传》:"斡鲁为都统，宗望副之，袭辽主于阴山、青塚之间。宗望、娄室、银术可以三千军分路袭之。将至青塚，遇泥泞，众不能进。宗望与当海四骑以绳系辽都统林牙大石，使为乡导，直至辽主营。时辽主往应州，其嫔御诸女见敌兵奄至惊骇欲奔，命骑下执之。有顷，后军至。辽太叔胡卢瓦妃，国王捏里次妃，辽汉夫人，并其子秦王、许王、女骨欲、余里衍、斡里衍、大奥野、次奥野、赵王妃斡里衍、招讨迪六、详稳六斤、节度使孛迭、赤狗儿皆降。得车万余乘。惟梁王雅里及其长女乘军乱亡去。娄室、银术可获其左右舆帐……辽主自金城来，知其族属皆见俘，率兵五千余决战。宗望以千兵击败之。辽主相去百步，遁去。获其子赵王习泥烈及传国玺。追二十余里，尽得其从马。"

又破西山巨盗赵公直，出师於朔漠①之境，生擒公直②。

①朔漠　本泛指北方沙漠地带。此处则指朔州。

朔州　北齐天保六年（555 年）置。隋大业初废，后改为马邑郡。唐武德四年（621 年）复名朔州。五代后晋天福初割与契丹。治所与辖境约当于今山西省朔县。

②生擒公直　《金史·完颜娄室列传》:"宗翰遣娄室戍朔州，筑城於霸德山西南二十里，遂破朔州西山兵二万，擒其帅赵公直。"同书《太宗本纪》记此事在天会元年十一月。

天會初，遼主播越①應、朔②間，斡魯遣將分兵三路追襲
□□□□□□□□□□□□□□□□□□□□□□□□□□□追之，疾馳六十里，及之于風山。遼主以其騎陳而立，王馳之，其衆潰，遼主以六十餘騎犇。王戒士卒曰："無□□□□□□□□□□□□□□□□□□□□□□□□□馬出其□□□馬□胄而□□□□

26

詔書所以招諭之意③。遼主□□□□□□□□□□□□□□□□□□□
□□□□□□□□□□□□□□□□□遂獲以歸④。□□□□□□□□□
□□□□□□□□□□□□□□□□□□□□□□□□□□□□□□□□
□□□□□□□□□□□□□□□□□使請降。輒名□□□□使馳奏。
王不能平，□□□□□□□□□□辨之執政⑤，□□□□□□□□□□
□□□□□□□□□□□□□□□□□徇國，戮力
於石馬，遂獲遼君，厥功茂焉。自今或罹罪，□□□□罰，餘釋勿論，藏之
册府⑥，有如□□。

**校注**：泐字数《通志》大都未标，此处从《纪略》。"藏之册府"清刻本作"藏
之明府"，"明"字当是"册"字之讹。

①播越　流离，逃亡。《左传》昭公二十六年王子朝："兹不穀震荡播越，
窜在荆蛮，未有攸底。"

②應、朔　应州、朔州。

应州：战国赵地。秦属雁门郡。唐为金城县。后唐明宗时置州。因州北
有龙首山，南有雁门山，二山相应，故名应州。辽以后沿置。地当今山西省
北部应县。

③詔書所以招諭之意　《金史》卷七十二《完颜海里列传》："从娄室追及
辽主于朔州阿敦山，辽主从数十骑逸去，娄室遣海里及术得，往见辽主，谕
之使降。辽主已穷蹙，待于阿敦山之东，娄室因获之。"

④遂獲以歸　《辽史·天祚皇帝本纪》，保大五年二月，耶律延禧"至应
州新城东六十里，为金人完颜娄室等所获"。

《金史·太宗本纪》，天会三年"二月壬戌（二十日，1125年3月26日）
娄室获辽主于余睹谷"。

⑤王不能平……辨之執政　从这段残泐碑文看，在擒辽天祚帝耶律延禧
抑或其他方面，似有埋没娄室功绩处，故娄室曾向朝廷申诉，可惜碑文已泐，
不得其详。

⑥藏之册府　册府亦作"策府"，古时帝王藏图书档案之处。从文意看，
应指赐娄室铁券之事。《金史·完颜娄室列传》："其后，复袭辽帝于余都谷，
获之。赐铁券，惟死罪乃笞之，余罪不问。"同书《太宗本纪》天会三年三月
辛巳（初九，1125年4月4日），"是日，赐完颜娄室铁券。"

前面碑文记攻取黄龙府时，已有太祖完颜阿骨打嘉其功"仍赐誓券，恕
死罪"之文。《通志》谓前文所记"太祖嘉其功，恕死罪，殆非铸铁，与后赐

不同，故《传》不言耳"。未知确否。

□□□□□□□□□□□□□□□□□□□□□□□□□□□□□□□□□□□□□□□□□□王领先锋军①取马邑②，破敌雁门③，围代州，克之，执其将李嗣本④，进降忻州⑤，又降戍将耿守思等。

校注:《通志》只在"王锋军"之上泐二字，此处泐字数从《纪略》。"执其将"下泐一字，据《大金国志》补，见注④

①王领先锋军　据《金史》之《太宗本纪》《完颜宗翰列传》，金天会三年十月甲辰（宋宣和七年十月初七，1125年11月3日），诏诸将伐宋。"谙班勃极烈杲领都元帅居京师，宗翰为左副元帅，自太原路伐宋。""宗翰发自河阴，遂降朔州，克代州，围太原府。宋河东、陕西军四万救太原，败于汾河之北，杀万余人。"时娄室即在宗翰部下，领先锋军。

②马邑　县名。唐开元五年（717年）置，治所在大同军城（今朔县东北），属朔州。后晋石敬瑭以赂契丹，入于辽。宋宣和五年，守将曾以朔州降宋。金人复取之。金以之属京西路。

③雁门　宋代州辖县（中下县），地当今雁门关附近。

④围代州，克之，执其将李嗣本　《金史·太宗本纪》，天会三年十二月"戊申（宋宣和七年十二月十一日，1126年1月6日），宗翰克代州。"

代州　隋开皇五年（585年）改肆州置，治所在广武（后改雁门，今代县）。宋代州雁门郡（防御州）辖县四:雁门、崞、五台、繁峙。地约当今山西省代县、繁峙、原平、五台。后入于金。详见《宋史·地理志·河东路》。

《宋史》卷四百五十二《李翼列传》:"李翼，麟州新秦人。宣和末为代州西路巡检使，屯崞县。金人取代，执守将嗣本，遣来谕降，翼射却之，帅士卒坚守。"

《大金国志》卷三《太宗文烈皇帝一》:粘罕"长驱至代州，守将李嗣本率兵拒守，汉儿又擒李嗣本以降，时十二月初九日也。"《大金国志》所记较《金史》早三日。同书卷五又记"粘罕遂入西京，屯于大内，以代州降守李嗣本知河南府事。"据《大金国志》补碑文"嗣本"上之泐字为"李"。

⑤忻州　隋开皇十八年始置，治所在秀容（今山西忻县）。宋忻州辖县二:秀容、定襄。地约当今山西省定襄、忻县。后入于金。

《宋史·徽宗纪》:宣和七年十二月"己酉（十二日，1126年1月7日），中山奏金人斡离不（宗望）、粘罕（宗翰）分两道入攻。郭药师以燕山叛，北

金碑汇释

边诸郡皆陷。又陷忻、代等州，围太原府。"

太□□□□□□□□□□□□□□□□□□□□□□□□□□□□□□□□□□□□□□□□□□□□□□□□□□而宋之援兵日集，银尤可獨不能辨。宗翰①遣王以軍與之協力。遇宋將樊夔之衆十萬於□城，破之②。又敗③□□□□□□□□□□□□□□□□□反譽奪擊，大破之。遂獲九字菫④。軍趣汾州⑤，掩平遥、介休、靈石，攻拔汾州，招石州⑥及諸縣邑，降之。

校注：《通志》脱"太"与"而"字，只于"宋"字之上，标泐二字，此处泐字从《纪略》。"援兵日集"之"集"《通志》误作"进""遣王以军"之"军"《通志》误作"毕"。"反譽夺击"《通志》作"奋击"。"辦"字《纪略》作"辨"，此从《通志》。

①宗翰　完颜宗翰,本名粘没喝,宋人译作粘罕,国相撒改之长子。性强勇,灭辽中屡立战功。攻宋时为金军左副元帅。熙宗完颜亶时,宫太保、尚书令。天会十四年殁。《金史》卷七十四有传。

②遇宋將樊夔之衆十萬於□城，破之　《金史·完颜银术可列传》："宋樊夔、施詵、高丰等军来救太原，分据近部，银术可与习失、盃鲁、完速大破之。"据碑文樊夔部殆是娄室破之。

③又敗　《金史·完颜娄室列传》："银术可围太原，宋统制刘臻救太原，率众十万出寿阳，娄室击破之，继败宋兵数千于榆次。宋张灏军出汾州，拔离速击走之。灏复营文水，娄室与突葛速、拔离速与战，灏大败。"

④字菫　金初称部长（部族之首领）为字菫，掌理本部军事民政，熙宗完颜亶时废止。此处之字菫当泛指军队中之中下级军官。

⑤汾州　春秋时晋地。秦为太原郡。汉属太原、西河郡。北魏置汾州。北齐称南朔州。唐初又改为汾州。宋汾州为军事州，辖县五：西河、平遥、介休、灵百，相当于今山西省汾阳、介休、平遥、孝义、灵石等县地。治所在汾阳。

⑥石州　战国时为赵国离石邑，汉属太原郡。北周建德六年（557年）改西汾州置。隋唐时辖地较广，宋分其一部置晋宁军，辖地遂缩小。宋石州为军事州。大观三年（1109年）后辖县三：离石、平夷、方山。地约当今山西省离石、方山二县。治所在今离石。

《金史·太宗本纪》，天会四年"十月，娄室克汾州，石州降。"同书《完颜娄室列传》："宗翰定太原，娄室取汾、石二州及其属县温泉、方山、离石。"

　　宗翰以大軍進□□□□□□□□□□□□□□□□□□孟津①。復遣子活女②與諸將繼之。突葛速③等破敵，降河陽④。而宋人既撤河橋，活女於是自津遡流行三十里⑤，見河水□□□□□□□□□□□□□□□□□□□□□□□□□□□□浮深涉淺而馳於中洲⑥，俄已登岸。臨岸敵望之以爲神，不擊自遁。諸軍畢濟，遂取洛京及鄭州。

　　**校注**："宗翰以大军进"之"进"字，《纪略》无，据《通志》补。津上渤字"孟"据《金史》补，见注①渤字《通志》只于"进"下标渤三字，于"见河水"下标渤二字，此处从《纪略》。"驰於中洲"之"洲"，《通志》误作"州"。

　　①孟津　在今河南孟津县东北，孟县西南。相传周武王伐纣与诸侯会盟于此，故又名盟津。

　　《金史·太宗本纪》天会四年十一月"乙亥（宋靖康元年十一月十四日，1126 年 11 月 29 日），宗翰克隆德府。活女渡盟津。西京、永安军、郑州皆降"。

　　《金史·完颜活女列传》："大军至河，无船，不得渡。娄室遣活女循水上下，活女率军三百，自孟津而下，度其可渡，遂引军以济，大军於是皆继之。"碑文"津"上之"孟"字，据之以补。

　　②活女　完颜娄室子。随娄室从军，屡立战功。娄室殁，袭合扎猛安，代为黄龙府路万户。后以军功迁为元帅左监军，封隋国公，卒六十一岁。《金史》卷七十二有传。

　　③突葛速　完颜突葛速，又作突合速。宗室子，挐罕塞人。金攻宋时为宗翰麾下，屡立战功。"及再举伐宋，宗翰命娄室率军先趋汴。娄室至泽州，突合速、沃鲁以五百骑为前驱，往招河阳。先据黄河津，宋兵万余背水阵。进击败之，皆挤于水，遂降河阳。"天眷三年为元帅左监军，后封定国公，卒年七十二。《金史》卷八十有突合速传。

　　④河陽　春秋晋地，汉县，北齐废，隋开皇时复置。宋属孟州。治所在今河南省孟县南。

　　⑤自津遡流行三十里　遡，即溯。溯流当是逆流而上，而《金史·完颜活女列传》作"自孟津而下，度其可渡，遂引军以济"。又似顺流而下，未知孰是。

　　⑥馳於中洲　洲指四周为水包围的陆地。此处指河中间为河水包围的小块陆地。驰於中洲即于河中间陆地处奔驰而过。《大金国志》卷三十九《初兴风土》："〔善〕骑，上下崖壁如飞，济江河不用舟楫，浮马而渡。"

《宋史·钦宗纪》：靖康元年十一月，"金人至河外，宣抚副使折彦质领师十二万拒之。甲戌（十三日，1126年11月28日）师溃，金人济河，知河阳燕瑛、西京留守王襄弃城遁。"

合大軍圍汴，與孛堇□□□□□□□□□□□□□□□□□□□□□□□□□冒圍出戰。王見其鋒鋭，不以逆擊，使活女率精兵橫截之①。敵衆亂，王乃督諸軍進戰，手中流矢，整轡挺槍、馳擊自若。敵大敗奔城，而城中□□□□□□□□□□□□□□□□□□□爲諸軍所覆②。

**校注**：《通志》予"孛堇"下注有缺，无缺字数，于"城中"下标缺三字，此从《纪略》。

①冒圍出戰……橫截之　《金史·活女传》："宋将郭京出兵数万，趋娄室营，活女从旁奋击，敌乱，遂破之。"

②爲諸軍所覆　此处当指宋之汴京为金宗翰所率诸路军攻占。《金史·太宗本纪》：天会四年闰十一月"癸巳（宋靖康元年闰十一月初二，1126年12月17日），宗翰至汴。丙辰（十五日），克汴城"。

《宋史·钦宗纪》："内辰，妖人郭京用六甲法，尽令守御人下城，大启宣化门出攻金人，兵大败。京托言下城作法，引余兵遁去。金兵登城，众皆披靡。金人焚南薰诸门……京城陷。"

既克宋，帥府俾王統諸軍西趣陝津①，討河東未附郡縣。至澠池，大破宋帥范致虚②勤王之師三十萬，僵屍盈溝，致虚僅以數十騎遁去，遂克陝府③。濟河④□□，又破敵二萬，降解州⑤。

**校注**："西趣"，《通志》作"西赴"，此从《纪略》。"宋帅"，《纪略》作"宋师"，此处从《通志》。

①帥府俾王統諸軍西趣陝津　帥府，指金人之帅府。俾，使。《书·大禹谟》："俾予从欲以治。"《传》："使我从心所欲而政以治民。""帥府俾王"即帅府使王。《金史·完颜娄室列传》："宗翰已与宗望会师于汴，使娄室率师趋陝津，攻河东郡县之未下者。"同书《完颜宗翰列传》："河北诸将欲罢陕西兵、併力南伐。河东诸将不可""议久不决，奏请于上，上曰：'……陕右之地，亦未可置而不取。'于是娄室、蒲察帅师，绳果、婆卢火监战，平陕西。"陝津，即茅津，又称大阳津，在今陕西省平陆县西南茅津渡。

②范致虚　字谦叔，宋建州建阳人。举进士。徽宗时累官尚书左丞。靖康初，任陕西宣抚使。金人分道再攻汴京，诏致虚会兵入援。"致虚军出武关至邓州千秋镇，金将娄宿以精骑冲之，不战而溃，死者过半。"《宋史》卷三百六十二有传。

③陕府　春秋时属虢国，后属晋。战国时先后为魏、韩地。秦汉时陕县。北魏太和时置陕州。唐沿置。宋置陕州大都督府。辖县七：陕县、平陆、夏县、灵宝、芮城、湖城、阌乡。地约当今河南省三门峡市、陕县、灵宝，山西省平陆、芮城等，治所在今陕县。此处"克陕府当指攻克陕州府城"。

④济河　渡过黄河。

⑤解州　春秋晋地。汉置县。北魏分南解、北解，南解治虞乡。唐改虞乡为解县。五代汉乾祐元年（948年）以唐解县置州。宋解州辖三县：解县、闻喜、安邑。辖境约当今山西省之运城、闻喜县地，州治约当今运城市西南之解州。


攻河中①，城堅拒守，王使其弟倚梯閒關登陴②，俄援甲士三人上，與敵格鬥，諸軍繼進，克之。蒲人③西走，先出者焚橋而去，餘溺於河，使并流拯之，活其卒五百人。於是置蒲、解二守，以進士攝諸縣長吏，招撫散亡。以活女領二猛安軍留鎮中京④。又降絳⑤、慈⑥、隰⑦、石四州而還。


**校注：**"三人上"，《通志》作"二人上"。

①河中　府名。唐开元八年（720年）置。同年改为蒲州。乾元时复改河中府。宋代属永兴军路，辖县七：河东、临晋、猗氏、虞乡、万泉、龙门、荣河，约当今山西省西南部龙门山以南，运城、芮城以西及陕西大荔东南部。治所在河东，今山西永济县蒲州镇。

《宋史·高宗本纪》，建炎元年五月丙午（金天会五年五月十七日，1127年6月23日），"金人陷河中府，权府事郝仲连死之"。同书《郝仲连列传》："建炎元年，金人犯河中，守臣席益遁去。仲连时为贵州防御使，宣抚范致虚遣节制河东军马，屯河中，就权府事。金将娄宿以重兵压城，仲连率众力战。外援不至，度不能守，先自杀其家人。城陷不屈，及其子皆遇害。"

②閒關登陴　间关，形容攀登之艰险。陴，城上的女墙。

③蒲人　即宋河中府治所河东（蒲州城）的守兵。

④中京　即洛阳。东晋、南朝称洛阳为中京，以后遂以中京为其别名。

⑤绛　春秋晋地。战国属魏。秦汉属河东郡。北魏置东雍州。北周武成二年（560年）改为绛州。北宋绛州属河东路，辖县七，其治所为正平（今山西新绛）。

⑥慈　宋慈州，旧领吉乡、文城、乡宁三县。熙宁五年废，元祐元年复置，辖县一：吉乡。地约当今山西省吉县、乡宁县。

⑦隰　春秋时晋地。汉属河东郡。三国魏改属平阳郡，晋因之。隋开皇五年（585年），改西汾州置。大业初府废。唐武德元年（618年）复置。宋隰州属河东路，辖县六，约当今山西的石楼、隰县、永和、蒲县、大宁、孝义。治所隰川，即今山西隰县。

《金史·完颜娄室列传》："娄室破蒲、解之军二万，尽覆之，安邑、解州皆降，遂克河中府，降绛、慈、隰、石等州。"同书《太宗本纪》，天会五年五月，"娄室降解、绛、慈、隰、石、河中、岢岚、宁化、保德、火山诸城"。

元帥府將平陝西，以王嘗請之，使詣關圖上方略。還，率諸路軍合萬人以行。出慈州，乘冰渡河①而南，復與範致虛軍十六萬遇于朝邑②，大破之。遂降同③、華④，進破重敵於潼關。

校注："率诸路军"之"率"，《通志》作"帅"此从《纪略》。"乘冰"，《纪略》作"乘兵"，据《通志》及《宋史纪事本末》改，见注①改。

①乘冰渡河　《宋史纪事本末》卷六十二："娄室至河中，官军扼河西岸，不得渡，乃自韩城履冰过。"

②朝邑　县名。汉为临晋县地。北魏属澄城郡。宋属同州。地当今陕西省大荔县之朝邑。

③同　同州。汉左冯翊地。西魏废帝三年（554年）置州。隋唐沿之。宋属永兴军路，辖县六，监一。地约当今陕西省大荔、合阳、韩城、澄城、白水等县。治所在冯翊，约当今陕西省大荔。

《宋史·郑骧列传》："高宗初，以直秘阁知同州兼沿河安抚使……金将娄宿犯同州及韩城，骧遣兵据险击之。师失利，金人乘胜径至城下，通判以下皆遁去。骧曰：'所谓太守者，守死而已'。翌日，城陷，骧赴井死。"

④华　华州。春秋时晋地。北魏置华山郡。西魏废帝三年（554年）于华山置华州。隋大业初，废。唐初复置。宋华州属永兴军路，辖县五，约当今陕西省华县、华阴、潼关、蒲城等。治所在今华县。

《金史·完颜娄室列传》："使娄室取陕西，败宋将范致虚，下同、华二州。"

《宋史·高宗本纪》，建炎元年十二月"甲戌（金天会五年十二月十九日，1128年1月22日），金人陷同州，守臣郑骧死之。己卯（二十四日），金人陷汝州，入西京。庚辰（二十五日），金人陷华州。辛巳（二十六日），破潼关。

河东经制使王瓒自同州引兵遁入蜀"。

徇地京兆①，敗敵數萬於長樂坡，遂克京兆，擒其經制使傅亮。轉降鳳翔②、隴州③。鳳翔尋叛，進軍城下，破其援兵十餘萬，攻拔之。

校注："傅亮"之"傅"，清刻本讹作"得"，"破其援兵"之"其"讹作"无"，据《丛书》《通志》订改。

①京兆　府名。唐开元元年（713年）改雍州署。宋属永兴军路。"宣和二年（1120年）诏永兴军守臣等衔不用军额，称京兆府。"辖县十三。治所在长安（今陕西西安市西北）。

《宋史·高宗本纪》：建炎二年正月"乙未（金天会六年正月初十，1128年2月12日），金人破永兴军，前河东经制副使傅亮以兵降，经略使唐重、副总管杨宗闵……俱死之。"同书《唐重列传》，高宗即位，唐重"乃以天章阁直学士知京兆府，寻兼京兆府路经略制置使……金将娄宿渡河陷韩城县，时京兆余兵皆为经制使钱盖调赴行在……及金兵围城，城中兵不满千，固守逾旬，外援不至，而经制副使傅亮以精锐数百夺门出降，城陷。重以亲兵百人血战。诸将扶重去，重曰：'死，吾职也'。战不已。众溃，中流矢死。"

②鳳翔　府名。唐至德二年（757年）升凤翔郡置。宋因之，属秦凤路，统县九。地当今陕西省宝鸡、岐山、凤翔、扶风、郿县、麟游等地。府城在天兴，即今凤翔。

《宋史·高宗本纪》，建炎二年三月，"是月，金人陷凤翔府，守臣刘清臣弃城去"。

《金史·太宗本纪》，天会六年二月，"宗翰复遣娄室攻下同、华、京兆、凤翔，擒宋经制使傅亮"。

③隴州　西魏废帝三年（554年）置。北周后废。唐武德初改陇东郡复置。宋陇州属秦凤路，辖县四，治所在汧源（今陇县）。

還，敗敵三萬於武功①。日中，復敗三萬於近地，又破十萬於渭南。北趣鄜延②，徇下諸郡，招降折可求③，收麟④、府⑤、豐⑥二州及諸城堡。

校注："麟"字据《金史·完颜娄室列传》补。

①武功　地在今陕西宝鸡东，郿县东北。

②鄜延　路名。宋康定二年（1041年）分陕西路地置，统延州、鄜州、丹州、

坊州、保安军，四州一军。辖境约当今陕西省宜君、黄龙、宜川以北，吴堡、大里河、白于山以南地区，治在延州，地当今延安市。元祐四年（1089年），升延州为府。

③折可求　折可求出自河西折氏。折氏自唐末据有麟、府二州，入宋以来"世为知府州事"。据《折继闵神道碑》所记，折可求在北宋政和末年的官职是"右武大夫，康州刺史，充太原路军马都监，知府州，兼麟、府州管界都巡检使，兼河东第十二将同管勾麟府路军马公事"。（《中国考古学会第一次年会论文集》第458页，文物出版社，1980年版）。

关于折可求降金，《金史·完颜娄室列传》记："娄室、蒲察克丹州，破临真，进克延安府，遂降绥德军及静边、怀远等城寨十六，复破青涧城。宋安抚使折可求以麟、府、丰三州及堡寨九，降于娄室。"

《宋史·高宗本纪》记："金人犯晋宁军，守臣徐徽言拒却之，知府州折可求以城降。"时在建炎二年十一月，相当于天会六年。而《金史·太宗本纪》则记天会七年"二月戊辰（十九日，1129年3月11日），宋麟府路安抚使折可求以麟、府、丰三州降"。

《宋史纪事本末》卷六十二记，娄室"执可求之子彦文（宋政和末年为成忠郎，阁门祇侯），使为书招可求，遂以所属麟，府、丰三州降金"。

④麟　州名。唐开元十二年（724年）以胜州之银城、连谷二县置。宋麟州属河东路，辖县一，州治在吴儿堡（今陕西绥德西北）。

⑤府　府州，五代后唐以麟州东北河滨之地置。宋属河东路，称永安军，又改靖康军。辖县一，府谷。地当今陕西省东北部，黄河西岸府谷县。

⑥豐　丰州。宋开宝初置。庆历元年，为西夏攻陷，不久收复。嘉祐七年（1062年）以府州萝泊川辖地复建为州，属河东路。有县二：永安，保宁。辖境约当今内蒙古河套东南一部分和陕西省府谷县以北地方。府治萝泊川在今府谷县东北。

克晉寧軍①，殺其守徐徽言②。京西陝府叛，復討平之。又破重敵於渭水、終南，略地西北。

①晋宁军　宋元符二年（1099年）以石州之葭芦寨置，划该州临泉县属之，后又将其定胡县亦划归晋宁军管领。知军同时任岚石路沿边安抚使，兼岚、石、隰州都巡检使。地约当今陕西吴堡、山西三交一带。

②徐徽言　字彦猷，衢州西安（今浙江省衢县）人。少为诸生，泛涉经史，

有奇志。大观二年（1109年）因荐举而赐武举绝伦及第。以讨西夏功，累迁秉议郎。靖康中，以武经郎知晋宁军，兼岚石路沿边安抚使。阴结汾、晋土豪数十万人，欲收复被金军占领之故地，未果。时环河东皆陷，独晋宁不下。后城中水食尽，城陷，徽言与子冈俱死。《宋史》四百四十七卷有传。

《金史·太宗本纪》，天会七年二月"己巳（二十日，1129年3月12日）娄室、塞里、鹘沙虎等破晋宁军，其守徐徽言据子城拒战。庚午（二十一日），率众溃围走，擒之。使之拜，不拜。临之以兵，不动。命降将折可求谕之降，指可求大骂，出不逊语，遂杀之"。同书《完颜娄室列传》："晋宁所部九寨皆降，而晋宁军久不下，娄室欲去之，赛里不可，曰：'此与夏邻，且生他变。'城中无井，日取河水以为饮，乃决渠于东，泄其水，城中遂困。李位，石乙（《宋史·徐徽言传》作'石斌'）启郭门降，诸将率兵入城。守将徐徽言据子城，战三日，众溃，徽言出奔，获之。"后不屈被杀。

宋將吳玠①率軍二十萬來拒，遇於武河，戰十有四合而敵氣始衰，遂大破之。

**校注**："武河"，《通志》作"武功"，此从《纪略》。

①吴玠（1093—1139年）　字晋卿，德顺军陇干（甘肃静宁）人，后迁居水洛（甘肃庄浪）。少沉毅有志节，知兵，善骑射。未冠即从军，屡立战功。宋军富平败后，他率军先后守和尚原、仙人关等地，数挫金兵，官至四川宣抚使。据《宋史·吴玠传》，此时吴玠任泾原路马步军副总管。"金师娄宿与撒离喝长驱入关，（曲）端遣玠拒于彭原店……金兵来攻，玠击败之……金军整军复战，玠军败绩。"《高宗本纪》记这一战事发生在建炎四年四月戊寅（初七，1130年5月15日）。

郟府又叛①，往討之。既成圍，使以薪芻②絕池築甬，列衝棚臨城攻之。池水忽涸，王戒將士曰："敵泄池水，必突地欲焚甬也，嚴備之。"既而煙出於壍，遂撤攻具而退。須臾大發，甬爲所焚③。敵復引水自固。王使以沙囊塞壍。於是梯衝并進④，數日攻克⑤，擒其將李彥仙⑥及援兵之將趙士伯，戮之。

**校注**："彦仙"据《宋史》之《高宗本纪》《李彦仙列传》补。

①郟府又叛，往讨之　《宋史·高宗本纪》，建炎二年（1128年）三月，"石壕尉李彦仙举兵复陕州"。十一月，"金人围陕州，守臣李彦仙拒战，却之"。

②薪芻　薪，作燃料用的木材。芻，割下的茅草。以薪筑甬，以芻绝池。

③甬爲所焚 《宋史·李彦仙列传》："娄宿率叛将折可求众号十万来攻，分其军为十，以正月旦为始，日轮一军攻城。聚十军并攻，期以三旬必拔。彦仙意气如平常，登谯门，大作伎乐，潜使人缒城而出，焚其攻具。金人愕而卻。"

④梯衝并進 宋石茂良《避戎夜话》，金人"攻城之具，又有火梯、云梯、编桥、鹅车、洞子（兵法为木驴也）、撞竿、兜竿之类。火梯、云梯、编桥皆与城橹齐高，亦有高于城者，皆可以烧楼橹。云梯、编桥可以倚城而上，下皆用车轴推行。"（上海书店，1982年版，第172页）

⑤數日攻克 《宋史·高宗本纪》，建炎四年"正月丁巳（初四，1130年2月13日），娄宿陷陕州，守臣李彦仙死之"。

⑥擒其將李彦仙 李彦仙（1095—1130）字少严，初名孝忠，宁州彭原（今甘肃庆阳）人，善骑射。靖康元年（1126年）从军，以上书言事得罪逃亡，易名再入军中。金人下陕州，彦仙复之，因而受命知陕州兼安抚使，迁武节郎、合门宣赞舍人。后以军功授右武大夫、宁州观察使兼同虢制置。彦仙守孤城再逾年，城陷，"彦仙易敝衣走渡河曰：'吾不甘以身受敌人之刃。'既而闻金人纵兵屠掠，曰：'金人所以甘心此城，以我坚守不下故也，我何面目复生乎？'遂投河死。"事见《宋史》卷四四八《李彦仙列传》，似未被擒，与碑文所记不同。


鄜延復叛①，於是王已感末疾。睿宗皇帝②時爲元帥，將親平陝右，使王先討定鄜延。


**校注**："於是"之下似缺一"时"字。

①鄜延復叛 《宋史·高宗本纪》：建炎四年七月"宣抚司遣统制官吕世存、王俊复鄜州，其余州县多迎降"。九月"金人陷延安府，执吕世存，又陷保安军"。

②睿宗皇帝 名宗尧，初名宗辅，本名讹里朵。太祖子。天会十年转任左副元帅。天会十三年五月殁。大定年间谥为睿宗。事见《金史》卷十九《世纪补》。《金史·太宗本纪》，天会八年七月："先遣娄室经略陕西，所下城邑叛服不常，其监战阿卢补请益兵。帅府会诸将议曰：'兵威非不足，绥怀之道有所未尽。诚得位望隆重、恩威兼济者以往，可指日而定。若以皇子右副元帅宗辅往，为宜。'"同书《完颜娄室列传》："于是睿宗以右副元帅，总陕西征伐。时娄室已有疾。"


而宋將張浚率步騎十八萬壁富平①，睿宗皇帝會諸軍迎敵。王至，見敵遊兵千余逾溝來覘，乃率百餘騎邀擊，而設伏於陌，以輕騎誘之出，將前伏發，返響夾擊之，斬馘略盡，執生口以獻，遂領左翼。及敵兵遇於兩溝之間，自日中戰至於昏，六合而後敗之[②]。始合，右翼引卻。王援之，乃復振。明日，睿宗皇帝宴賚有功將士，顧謂王曰："力疾鏖戰[③]，以殉國家，遂破大敵，雖古之名將何以加也。"悉以帝筵所用金銀酒具及細堅甲冑副以馬鎧戰馬七匹，賞之。

①張浚率步騎十八萬壁富平　張浚（1097—1164 年），字德远，汉州绵竹（今四川绵竹）人。徽宗时进士。建炎三年（1129 年）知枢密院事，力主抗金，并建议经营川陕，被任为川陕宣抚处置使。次年，因东南形势紧张，遂积极集军陕西反攻，以牵制金军。富平之战，虽遭失利，但给金军以巨创。后以吴玠等坚守秦岭北麓，保住了全蜀。秦桧执政后，被排斥在外。绍兴三十一年（1161 年）虽重被起用，但因主持孝宗隆兴元年（1163 年）的北伐失利，复被主和派排挤去职。事迹见《宋史》卷三百六十《张浚列传》。

富平　县名，地当今陕西省中部西安市东北，铜川市南之富平县。三国魏以秦频阳县地置，晋移于今县西怀德城，西魏大统五年（539 年）移今治。宋属耀州感德军。

《金史》卷十九《世纪补》：威"是时，宋张浚兵取陕西，帝（指宗辅）至洛水治兵，张浚骑兵六万，步卒十二万壁富平"。

②遂领左翼……六合而后败之　《金史·完颜娄室列传》："睿宗与张浚战于富平，宗弼左翼军已却，娄室以右翼力战，军势复振，张浚军遂败。"同书《世纪补》作"帝（指宗辅）至富平，娄室为左翼，宗弼为右翼，两军并进，自日中至于昏暮，凡六合战，破之"。《世纪补》所记与碑文同，《完颜娄室列传》作娄室领右翼，疑有误。

《宋史·张浚列传》："时金帅兀术犹在淮西，浚惧其复扰东南，谋牵制之，遂决策治兵，合五路之师以复永兴。金人大恐，急调兀术由京西入援，大战于富平。泾原帅刘錡身率将士薄敌阵，杀获颇众。会环庆帅赵哲擅离所部，哲军将校望见尘起，惊遁，诸军皆溃。"同书《吴玠列传》，建炎四年（1130 年）"九月，浚合五路兵，欲与金人决战。玠言宜各守要害，须其弊而乘之。及次富平，都统制又会诸将议战，玠曰：'兵以利动，今地势不利，未见其可。宜择高阜居之，使不可胜。'诸将皆曰：'我众彼寡，又前阻苇泽，敌有骑不得施，何用他徙？'已而敌骤至，與柴囊土，藉淖平行，进薄蜀营，军遂大溃，五路皆陷，巴蜀大震。"

③力疾鏖战，以殉国家　《金史·完颜娄室列传》："睿宗曰：'力疾鏖战，以徇王事，遂破巨敌，虽古名将何以加也。'以所用犀玉金银器，及甲胄，并

马七匹与之。"

由是疾增劇，以天會八年十二月九日卒於涇州<sup>①</sup>，回口之西原，年五十有三。軍中哭之如親喪焉。訃聞，太宗<sup>②</sup>震悼，詔親衛<sup>③</sup>馳驛護其喪，歸葬於濟州<sup>④</sup>之東南奧吉里，復遣皇子鶻沙虎<sup>⑤</sup>、宗子銀尤可逆之。車駕還自中京，道臨其終南之際觀<sup>⑥</sup>至奠，哭久之，所以贈賻者良厚。

**校注**："中京"以下，《丛书》作"道出终南之际，亲至祭奠，临哭久之"；《通志》作"道出终南，亲至祭奠，临哭久之"，皆较清刻本字少且有异，此处从清刻本。

①卒於涇州　泾州，宋属秦凤路，辖县四：保定、灵台、良原、长武。治所在保定（今甘肃泾川）。辖地约当今甘肃省东北部泾川、灵台、长武一带。

《金史·完颜娄室列传》只记卒年，未及月日。同书《太宗本纪》作天会八年十二月丁丑，与碑文同。而《大金国志·娄室传》作"天会十年薨"，有误。

天会八年十二月九日当为公元 1131 年 1 月 9 日。以此推之，娄室当生于辽道宗大康四年、宋神宗元丰元年。

②太宗　名晟，本名吴乞买，金太祖完颜阿骨打弟，继阿骨打为帝，1075 年至 1135 年在位，事见《金史·太宗本纪》。

③親衛　武官名，隋始置，与勋卫、翊卫合称三卫，为皇帝身边及宫廷警卫人员。唐因之。宋以外戚及翰林学士、观察以上官员之子孙任亲卫，为皇帝扈从或值卫于殿陛。金代因之。

④濟州　即隆州。据《金史·地理志》，天眷三年改黄龙府为济州。大定二十九年嫌与山东路济州同名，更名隆州。《娄室碑》立于大定二十七年，其时正称济州，州治地当今农安县城附近。

⑤鶻沙虎　又作"斛沙虎"，太宗吴乞买子，封滕王。

⑥際觀　"际"恐是"祭"字之误。观，道观，道教的庙宇。《大金国志》卷三十六："金国崇重道教，与释教同。自奄有中州之后，燕南，燕北皆有之。"祭观或是在陕西终南的道教庙宇里为娄室设立的祭奠场所。

天會十四年，追贈使相<sup>①</sup>。官制行<sup>②</sup>，改贈開府儀同三司，又追封莘王。正隆二年，改封金源郡<sup>③</sup>。配曰溫都氏，追封王夫人<sup>④</sup>。

①追赠使相　《金史·完颜娄室列传》，天会"十三年，赠泰宁军节度使兼侍中，加太子太师"。

使，当指泰宁军节度使。相，当指侍中，侍中在秦汉时本为丞相属官。魏晋时其地位即相当于宰相。北周、隋、唐初曾改名为纳言。唐武德四年复名侍中，又曾改称黄门监或迳名为左相。北宋为门下省长官，金初因之。海陵王完颜亮正隆元年罢中书门下省，侍中亦随之废除。

②官制行 《金史·熙宗本纪》，天眷元年"八月甲寅朔（初一日，1138年9月6日），颁行官制"。十月"辛未（十八日），定封国制"。《松漠纪闻》则记天眷二年臣下才上《奏请定官制札子》，由翰林学士代熙宗完颜亶撰诏作答："其所改创事件，宜令尚书省就便从宜施行。"据《金史·完颜娄室列传》，娄室之在皇统元年"赠开府仪同三司，追封莘王"。莘王在金代所封三十个小国中，居第二十九。

③改封金源郡 正隆二年二月癸卯（初七日，1157年3月19日）海陵王完颜亮下令改定亲王以下封爵等第，存者二品以上，死者一品参酌削降。娄室的改封当在此时。根据天眷元年所定封国制，郡王之号有十个，金源郡居第一。白号之姓中，有二十七姓可封为金源郡王。

④追封王夫人 《金史·百官志》："亲王母、妻，封一字王者旧封王妃，为正从一品，次室封王夫人。承安二年，敕王妃止封王夫人，次室封孺人。郡王母、妻封郡王夫人。"

子男七人。長曰活女，官至儀同三司，京兆尹①，本路兵馬都總管；曰斡魯，光禄大夫、迭剌部節度使②；曰謀衍，崇進③，留守東京④；曰什古乃，金吾衛上將軍⑤，留守北京⑥。孫男仕者：曰斛魯，鎮國上將軍⑦，世襲猛安；曰度剌，世襲謀克⑧；曰寧古，符寶祇候⑨；曰撒葛祝，太子内直郎⑩；曰辭烈，宿衛士⑪。

**校注**："斛魯"，《通志》误作"解鲁"。"符寶祇候"，"宝"字清刻本讹作"实"。"镇国上将军"，《丛书》误作"镇国上军将"。

①京兆尹 金京兆府路所辖京兆府，皇统二年（1142年）置总管府。统县十二，镇十。治所在长安，地当今陕西省西安市西北。《金史·百官志》："诸总管府谓府尹兼领者都总管一员，正三品，掌统诸城隍兵马甲仗，总判府事。"

②迭剌部节度使 《金史·地理志·西京路》："迪烈又作迭剌女古部族，承安三年改为土鲁浑扎石合节度使。"同书《百官志》："诸部族节度使：节度使一员，从三品，统制各部，镇抚诸军，余同州节度。"

③崇进 文散官，"从一品上曰开府仪同三司，中曰仪同三司。中次曰特进，下曰崇进。"

④留守東京　金东京辽阳府，统县四，镇一，设留守司，治所存辽阳（今辽宁省辽阳市），辖区约当今辽宁东部和吉林西南部。留守司置留守一员，正三品，带本府尹兼本路兵马都总管。

⑤金吾衞上將軍　武散官，正三品中。

⑥留守北京　金北京大定府原为辽中京，金贞元元年（115 年）改为北京，设留守司，统县十一、镇二、治所在大定府（今内蒙古宁城县西北大明城）。辖地东至今辽宁省锦州、阜新、西到今河北省滦河流域，南至今秦皇岛、古北口、长城一带，北到内蒙古赤峰市、敖汉旗。其留守之官职、品位、职掌与东京同。

⑦鎮國上將軍　武散官，从三品下。

⑧謀克　见前文之猛安注。

⑨符寶祇候　原名牌印祇候，大定二年改为符宝祇候，以后又改为符宝郎，属殿前都点检司，掌管御宝及金牌、银牌等。《金史·选举志》："符宝郎，十二人，正隆二年格，皆同护卫，出职与从七品除授。大定二年格，并同护卫。"

⑩太子内直郎　属宫师府正七品官。

⑪宿衞士　属殿前都点检司，负责宫禁值宿警卫。

王鷔勇果毅，濟以明略。始自伐遼，迄於克宋。率身先行陳前，數千百戰未嘗不捷。獨追獲遼主。至於取汴。箠馬①以涉大河。威名震懾南北。自國初迄今，言將帥臣無能出其右者。

**校注**："数千百战"，《通志》误作"数千百里"。
①箠馬　箠，马鞭。箠马，用马鞭打马。

大定①十六年，天子思其功烈，詔圖像太祖原廟②。明年大祫③，配饗太宗廟庭④，謚曰壯義⑤。又敕詞臣譔次之⑥，建碑墓隧⑦。

**校注**："图像"，《通志》误作"图仁"。
①大定　金世宗完颜雍的年号，大定十六年是公元 1176 年。
②圖像太祖原廟　正庙之外别立之庙为原庙。《金史·礼志》："海陵天德四年，有司言：'燕京兴建太庙，复立原庙。三代以前无原庙制，至汉惠帝始置庙于长安渭北，荐以时果，其后又置于丰、沛，不闻享荐之礼。今两都告享宜止于燕京所建原庙行事。'于是，名其宫曰衍庆，殿曰圣武，门曰崇圣。"太祖原庙即完颜阿骨打原庙衍庆宫。

《金史·世宗本纪》记其事于大定十四年，作"十月乙卯朔（初一日，1174年10月28日）诏图画功臣二十八人衍庆宫圣武殿之左右庑"。比碑文所记早一年。又同书卷七十《完颜习室列传》作"世宗思太祖、太宗创业艰难，求当时群臣勋业最著者，图像于衍庆宫""并习室凡二十一人"。所列名单中娄室居第十位。所记总人数较《世宗本纪》多一人。

③大祫 祫，古代天子诸侯宇庙祭礼之一。集合远近祖先神主于太庙合祭。《公羊传·文公二年》："大事者何？大祫也。大祫者何？合祭也。"

据《金史·礼志》记，大定十一年规定，以"三年冬祫，五年夏禘"为常礼。

④配享太宗庙庭 《金史·世宗纪》，大定十七年正月"戊申，诏于衍庆宫圣武殿西建世祖神御殿，东建太宗、睿宗神御殿"。娄室当配享于太宗神御殿庙庭。

⑤谥曰壮义 《金史·世宗本纪》，大定十七年十月"癸酉（初七日，1177年10月30日），有司奏'衍庆宫所画功臣二十人，惟五人有谥，今考检余十五人功状，拟定谥号以进'。诏可。"娄室当在未定谥号的十五人之中，定谥号于此时。

⑥譔次之 譔次即譔录。《礼记·祭统》："铭者，论譔其先祖之有德善、功烈、勋劳、庆赏、声名，列于天下，而酌之祭器，自成其名焉，以祀其先祖者也。"《疏》云："论为论说，譔则譔录，言子孙为铭，论说，譔录其先祖道德善事。"

⑦建碑墓隧 墓隧即墓道，又名神道。由此可知《完颜娄室神道碑》当建于大定十七年。


臣窃惟王之考金紫公，在世祖戡难定乱①时，为不二心之臣，书勋史册。王以忠贞才武，辅佐太祖、太宗徵伐，功无与二，称颂至今，《传》所谓"世济其美②"者欤！

**校注**："世济其美"，《通志》脱"其美"二字。
①戡难定乱 指平定跋黑、乌春之乱，见上文白答注。
②世济其美 《左传》文公十八年："世济其美，不陨其名。"《疏》："世济其美，后世承前世之美。不陨其名，不坠前世之美名。言其世有贤人，积善而至其身也。"


铭曰：金兴受命，实始剪遼①。武元载旆②，畴若戎昭③。王惟世臣④，熇熇忠蓋⑤。视敌无前，身先行陈。武元致届⑥，顺天应人。天讨有罪，生此虎臣。

靡堅不摧，靡強不踣⑦。

**校注**：“致届”，《丛书》《通志》皆误作“致庙”，此从清刻本。

①實始翦遼　翦，剪灭。《诗·鲁颂·閟宫》：“居岐之阳，实始翦商。”郑笺：“剪，断也。”

②武元載斾　武元，完颜阿骨打。太宗吴乞买天会三年（1115年）三月，谥其为武元皇帝。載斾，置建旌旗。《诗·商颂·长发》：“武王载斾，有虔秉钺。”

③疇若戎昭　疇若，谁能。《尚书·舜典》：“疇若予工。”《传》：“问谁能顺我百工事者。”又《尚书·尧典》：“疇咨若时登庸。”《传》：“疇，谁；庸，用也。谁能咸熙庶绩顺是事者，将登用之。”后来遂以“疇若”“疇咨”作访求之意。

戎昭　戎，兵事。昭，明白，通晓。《左传》宣公二年：“戎昭果毅以听之之谓礼。”《疏》：“昭，明也，兵戎之事明。”“疇若戎昭”即访求有军事才干的人。

④王惟世臣　惟，是，为。《尚书·益稷》：“万邦黎献，共惟帝臣。”《传》：“献，贤也。万国众贤，共为帝臣。”

⑤熇熇忠蓋　熇熇，火热、炽烈。忠蓋，竭尽忠心。范仲淹《除枢密副使召赴阙陈让第五状》：“伏望圣慈，察臣等忠蓋之恳……早赐允俞。”

⑥武元致届　致届即“致天之届”。届即极，通殛，有罚字之意。“致天之届”即恭行天罚。《诗·鲁颂·閟宫》：“致天之届，于牧之野。”《疏》：“纣为无道，天欲诛之。武王本行天意，故云：‘致天之届’。”“武元致届”是说完颜阿骨打起兵灭辽是恭行天罚，如作“致庙”则不可解。

⑦踣　破、灭、败亡。《左传》襄公十一年：“隳命亡氏，踣其国家。”《注》：“踣，毙也。”《管子·七臣七主》：“故设用无度，国家踣。”

薄伐①雲朔，至于漠北。匪學孫吳，出奇縱橫。以寡覆衆，殄殲夏兵。掩追亡逋，屢執醜虜。反馨風山，卒獲遼主。

①薄伐　薄，聊。《诗·小雅·六月》：“薄伐狎狁，至于太原。”《传》：“言逐出之而已。”

迨及伐宋，經營太原。所在寇敵，如雲之屯①。王鋒一臨，如晛之雪②。膚公之奏，奚啻三捷③。

校注："晛"，《通志》误作"睍"，此从《纪略》。

①如雲之屯　以云聚集喻军队多而盛。

②如晛之雪　晛，太阳的光热。如晛之雪，像太阳的光热消融积雪一样。《诗·小雅·角弓》："雨雪浮浮，见晛曰消。"

③膚公之奏，奚啻三捷　公，通功。肩公，大功。《诗·小雅·六月》："薄伐狁，以奏膚公。"《传》："奏，为；膚，大；公，功也。"奚啻，何止，岂但。《吕氏春秋·当务》："跖之徒问于跖曰：'盗有道乎？'跖曰：'奚啻其有道也。'"

宋既畫疆，乃復渝盟①。王弗解甲，師弗留行。宋阻洪河，舟梁既撤。靡杭一葦，長驅而入②。先之鞏洛③，合圍汴梁。困獸搏鬭，擊之而僵。

①宋既畫疆，乃復渝盟　《金史·太宗本纪》，天会四年正月"辛巳（十五日，1126年2月8日），宋上誓书、地图，称侄大宋皇帝，伯大金皇帝。癸未（十七日），诸军解围。二月丁酉朔（初一日），夜，宋将姚平仲兵四十万来袭宗望营，败之。己亥（初三日），复进师围汴。"

②靡杭一葦，長驅而入　没用任何摆渡工具，涉水长驱直入。《诗·卫风·河广》："谁谓河广，一苇杭之。"《传》："杭，渡也。"《笺》："谁谓河水广欤？一苇加之，则可以渡之，喻狭也。"《正义》："言一苇者，谓一束也。可以浮之水上而渡，若浮伐然，非一根苇也。"

③鞏洛　鞏县、洛水流域一带。《金史·完颜娄室列传》："娄室取偃师，永安军、鞏县降。撒刺答败宋兵于氾水。于是，荥阳、荥泽、郑州、中牟相次皆降。"

亦既克汴，趣師關陝。貔貅裹糧，金湯失險。富平之役，□□□□。王身屬疾，威猶靡及。以死勤事，雖疾亦力。勁敵何有？力戰乃克。寇壘既清，陝右遂平。王誠有功，□□□□。維昔先正①，□□□□。□□□□，□□□□。肖形以圖，寫勳而□。□□□□，千載如生。□□□□，□□□□。

校注："先正"，《通志》误作"先王"。

①維昔先正　先正，先代之贤臣。为撰碑文者语。《尚书·说命》："昔先正保衡，作我先王。"《传》："保衡，伊尹也。""正，长也。言先世长官之臣。"又《尚书·文侯之命》："亦惟先正，克左右昭事厥辟。"《疏》："亦惟先世长官之臣，能左右明事其君，君圣臣贤之故。"碑文中之"維昔先正"当是从上引之"昔先正""亦惟先正"衍化而来。

44

# 完颜希尹神道碑

陈相伟　校注

# 校注前言

完颜希尹神道碑，座落在吉林省舒兰县八城子乡东北约十二华里的完颜希尹家族墓地，由东而西排列在第二墓区高台之上。

土筑的高台，略呈方形，南北长11米，东西宽12米，隆起地表1.5—2米许。方台四周砌以规整的石条，台东有砖筑的台阶。在台上及其附近发现大量的金代建筑材料，如青砖、筒瓦和瓦当等。发掘资料表明，此系碑亭遗址。

神道碑耸峙于方台中央。由碑额、碑身和龟趺三部分组成。龟趺，南偏东10°，长2.35米，宽1.40米，高0.4米。背刻龟甲纹，边饰回纹。龟趺上承之碑身，呈圭形，高3.02米，宽1.35米，厚0.40米。碑身上为碑额，高0.92米，宽1.40米。上刻缠绕的四龙，龙首两两并列伸向两侧；在龙身纠结之中，前后有圭形额框，背面框底空白；正面额框篆书五行，行四字，曰："大金故尚书左丞相金源郡贞宪王完颜公神道碑"二十字。碑体壮观巍峨高大，通高总计4.34米。碑的上部较下部略窄，棱角正与仰视的透视线相仿而斜度稍大；碑向东偏斜5°。

碑之正、背两面皆镌刻碑文，书体严正遒劲，浑厚有力。除碑额正面二十字较大，正、背两面碑文每个字均系4厘米见方。经核对，正面碑文27行，每行多为56字，最少18字；碑文剥泐严重，当是多年仰面露天，遭风雨剥蚀所致。正面碑文计有1373字。背面碑文合计24行，其中正文17行，铭文7行；正文每行字数不一，多在40—50字之间，最少仅有13字；铭文每行10句，每句皆为4字，最后一行8句。背面碑文前两行上部字迹模糊，整面文字较正面清晰，当是仆地深埋未受侵蚀之故。背面碑文计有1090字，其中正文为818字，铭文为272字。正、背两面碑文总计为2463字。

神道碑倾倒，断作五块。光绪二十年（1894年）吉林将军长顺在神道碑右侧约2.40米处修筑一小碑，石灰岩质，座为长方体。碑高1.42米，宽0.80米，厚0.25米，上方抹角，碑身由两块大小相同的石材上下组成，两侧有细腰的鸠尾榫槽，据说原以铸铅衔接。碑正面楷书十一行，行二十字，顶格。它记叙了神道碑断裂及修整经过，指出"吉林有事通志甄及金石，杨司马同桂物色得此"。又曰："盖金故金源郡王完颜希尹神道碑中断矣。拓以视予，漫灭什二三。"长顺遂采取"命锻人箍而立焉，因题以识"的措施予以保护。

铭刻墓主人"功业"，具有纪念意义的神道碑，通常与墓地同在一处。查希尹墓地最早见诸记载的是康熙二十三年（1684年）《盛京通志》二十二卷陵墓条："完颜希尹墓，即叶鲁谷神。金章宗以希尹始制国字，加封赠谥，立庙于上京纳里浑庄，岁时致祭。其墓应在今乌喇界内，旧址无考。"此载为寻觅希尹墓址和神道碑提供了宝贵线索。

最先揭示完颜希尹神道碑具体地点，并加以详尽著录和考证的，当推《吉林通志》一二〇卷"金石"条："金完颜希尹碑高□尺□寸，宽□尺□寸，正面二十七行，碑阴二十四行，行五十六字。正书额题大金尚书左丞相金源郡贞宪王完颜公神道碑，篆书。在吉林府东北二百里小城子。"后来金毓黻先生在《辽东文献征略》卷四·金石下指出："碑在今吉林省舒兰市东北小城子地方。《吉林通志》云，小城子在吉林城东北二百里，盖其时舒兰尚未设治，故专纪至吉林之道里也。碑石仆地中断，为杨司马同桂所发现。"泯灭了八百余年的重要碑石重现异采。

杨同桂何时发现并捶拓了这通石碑，史无明载。杨同桂，字伯馨，顺天通州（今河北通县）人。曾在吉林、奉天及黑龙江各地充任帮办、发审营务总办等职。光绪二十年（1894年）任长春府知府。他思路敏捷，才学出众，刚直不阿，是清末海龙首任通判杨文圃之子，光绪六年至十年（1880—1884）随父寓海龙，曾亲自调查并著录海龙摩崖女真字碑。希尹碑是他充任《吉林通志》分纂时期巡访获得的。罗福颐在《满洲金石志》序中说："岁己丑（光绪十五年）宗室伯羲祭酒（盛昱）始遣京佑李云从拓辑安之高句丽好大王碑；未几，吉林将军长顺，开馆创修吉林通志乃访得金得胜陀碑、完颜希尹神道碑。"民国年间曾任舒兰县长的袁庆清为希尹碑付出巨大心力，他在民国十九年（1930年）刊印的《金完颜希尹碑释文》一书的"跋"中写道：

"谨按鸡林古为边徼之地，文献古迹寥若凤毛。有金一代虽崛起东北，定都白城，然金石之迹祇有完颜希尹一碑可资考证。碑在舒兰市东九十里小城子镇北，不知何年被仆中断，与翁仲石碣共湮没于荒野漫草之中者久之。光绪二十年，吉林将军郭勒伯长顺命工箍立，始窥其全碑，高一丈六尺，宽四尺五寸。正面二十七行，碑阴二十四行，每行五十六字，共二千八百余字，而伐辽伐宋，诛灭叛党，勋业彪炳，般般可考，足为金史生色。文系王彦潜所撰，词笔简峻，具秦汉风。碑为任询所书，法度庄严，有平原气，尤令阅者不忍释手。万山环绕之中，得此金石至宝，诚足贵也。因关系文化甚重，

48

不敢自私，爰将金碑招工拓印，分送名人硕士，俾广流传，诚恐字迹漫灭，难于卒读，并将释文印刊附赠，以资参考，是为序。"

袁氏序文弥补了《吉林通志》缺少的形制数据，从此拓本广为流传，并修建了碑亭。

在《释文》最后，袁氏写道："按拓此碑初衷，原在醵金建亭，借资保护，深恐碑处荒郊，风雨摧残，人畜仆毁，字迹磨灭，难于识别也。现经详为核算，招工备料及印制释文，所须各款计之，每份约核现洋四元之谱。工本既重，定价不得不高，暂行定价每份五元。盖为余款建亭以符初衷，有不得不尔者。他日亭台落成，八百年前金石古迹，永传于不坠者，皆海内文人雅士之所锡予。况东北于国为荒僻之区，得此金石，增光无量，定踊跃输将共襄盛举也。"

一九三一年东北沦陷时期后，日本学者对东北的文物古迹进行大规模的劫掠和盗掘。完颜希尹家族墓地亦未幸免。一九三六年春，日本学者园田一龟首先调查了完颜希尹家族墓地，他在《金完颜希尹の坟墓に就て》（载《考古学杂志》第 29 卷 2 期）中，对希尹碑记述如下："希尹墓前的神道碑，奉金世宗的敕命建立。额题：'大金故尚书左丞相金源郡贞宪王完颜希尹神道碑'。本文正书。碑身高一丈，幅四尺五寸，厚一尺三寸五分。篆额高约三尺。碑文赑屃高出地上一尺五寸，首尾全长六尺七寸。因此神道碑之总高地上约近一丈五尺，是东北现存金代古碑中最大的石碑。然台地附近耕地中有不少散乱的瓦片，其中有瓦当，可见当时有碑亭建筑。此神道碑为大定二十年建立，距今约 750 年。何时倒坏，折断为大小五块倒在草丛中？"园田氏第一次报道有关石碑明确而具体的数据记录，并确认了碑亭遗址，此为 1980 年科学发掘所证实。不过园田氏大定二十年建立之说，笔者持有异议。

嗣后，由伪满民生部（康德八年，1941 年）出版的《吉林、滨江两省的金代史迹》一书中，对碑刻字大小作了实测，测得每个文字皆"约一寸五分见方"。

《东三省古迹遗闻续编》（二四·七）对希尹碑的记叙较为简略："陵前有一巨碑，巍然独峙，修长约二百英寸，广为四分之一，碑下有赑屃。碑为风雨剥蚀，全体多破裂，断纹罅隙十余处，加以苔鳞皱，字迹强半漫灭。可摸索而碎认者十无四五矣。"根据调查认为"神道碑台地东、南、西三面原应有石垣，其正面有石阶，惜已破坏，今已不见。"发掘资料表明，上述所谓的"石垣"实为碑亭四边的础石，并非围绕石碑另筑一周"石垣"；正面碑亭台阶为砖筑，而非石砌。

与此同时，我国学者相继开展了希尹碑的捶拓、著录、校释和研究，罗福颐先生的《满洲金石志》、金毓黻先生的《辽东文献征略》以及徐炳昶先生的《校金完颜希尹神道碑书后》（《史学集刊》第一期，民同廿五年四月版）等，是本期希尹碑研究成果的代表作品，成绩斐然，但均有局限。对希尹碑正规的考古调查、发掘和研究工作，是新中国成立后正式展开的。20世纪50年代末，有关部门调查未获成效；一九六一年三月，经国务院批准希尹碑与希尹墓地一起被列为吉林省重点文物保护单位；次年秋，省博物馆派出调查组，赴舒兰小城子乡东村完颜希尹家族墓地进行了全面复查，对附近的墓葬作了记叙和实测，并对希尹碑作了详细的校核和测量，取得了有史以来第一手实地调查数据和资料，成效卓著。正当全面揭开希尹家族墓地，并对希尹碑进行全部捶拓、校勘、注录，测量绘制实物图象之际，"文化大革命"开始了……

　　一九六六年八月这通历经近八百年的稀世古碑不幸被当作"四旧"炸毁。一九八〇年秋在发掘中获得大小碑石约 1 800 余块。龟趺和碑额已荡然无存，现仅留碑身下部的一小部分保存在吉林省博物馆。

# 碑文校勘

　　欲对完颜希尹神道碑作深入细致的研究，必先提供一个比较精确可靠的摹本。笔者依据以往实地著录的资料，并以北京图书馆馆藏希尹碑拓本为底本，参照《吉林通志》《完颜希尹碑释文》《满洲金石志》《校金完颜希尹神道碑书后》以及《满洲金石志稿》，对碑文逐句逐字的进行了复核。比较了诸本的异同，判定了碑文的原字。现将校勘结果略述于下，以供参考。

　　为方便起见，文中将《吉林通志》简称"吉本"，《完颜希尹碑释文》简称"袁本"，《满洲金石志》简称"罗本"，《校金完颜希尹神道碑书后》简称"徐本"，《满洲金石志稿》简称"稿本"。校本中的1，2，3……为碑文正面行数，背1，背2，背3……为碑阴行数。

　　碑正面额题大字篆书五行，行楷四字，计二十字。书作"大金故尚书左丞相金源郡贞宪王完颜公神道碑"。查《金史》卷七十三《完颜希尹列传》称，完颜希尹谥为"贞宪"；而同书卷三十五《礼志》贞宪郡王庙条，却记作"贞献"。以碑文校之，当以"宪"字为是。

1. 碑题以下皆楷书。碑题十八字，与额题不同者"故"字下将"尚书"两字省略，其余字同额题。又徐本"左"字下将"丞"书作"丕"，误。

2. 书敕撰人，计四十九字，拓本不清者十一字。"士"字下吉、袁、稿本皆有"大"字，罗、徐本均无，对照拓本以罗、徐本为是。徐本"书"字下书作"小""皿"，吉、袁、罗、稿本皆识"少监"。徐本"尉"字下空三格，吉、袁、罗、稿本皆识作"平原郡"。徐本"王"字下空二格，吉、袁、罗、稿本皆识作"彦潜"。以上诸字拓本已不可识，以《完颜娄室神道碑》验正，应以吉、罗等本为是。

3. 为书丹人，计二十六字，拓本不清者十二字。徐本"判"字下空一格，吉、袁、罗、稿本皆识作"官"。"官"字下，吉、袁、稿本皆空一格，徐本书作"几"，罗本识作"飛"。"任"字下徐本空一格，吉、袁、罗、稿本皆识作"詢"。拓本字迹不清，以《完颜娄室神道碑》证之，当以吉、罗稿本为是。

4. 为篆额人，计三十六字，拓本不清者十一字。"军"字稿本缺漏"東"字，吉、袁、罗、徐本皆作"東"，拓本"東"字甚明。"使"字下吉、袁、稿本皆作"東"字，罗、徐本均书作"兼"，而拓本"兼"字清晰。"令"字下吉、袁、稿本皆漏"上"字，而罗、徐本皆有"上"，以拓本证之，罗、徐为是。"尉"字下吉、袁、罗、徐、稿本皆空二格，拓本为一裂纹，字不可识。以《完颜娄室神道碑》校之，当为"平原"二字。"左"字下徐本空一格，下作"慶"字，吉、袁、罗、稿本皆作"光慶"。拓本"光"字不可识，"慶"字依稀可辨。以《完颜娄室神道碑》校之，当为"光慶"两字。

碑正面第二、三、四行所书撰文、书丹和篆额人的官衔、地址和姓名，与清杨宾《柳边纪略》所录《金完颜娄室神道碑》完全相同。以上拓本不清或空格处，若以完颜娄室神道碑文补之当不致误。

5. 自此行以下为神道碑正文。计四十二字，拓本不清者十六字。"道"字下吉、袁、罗、徐、稿本皆空一格。拓本为裂隙，字不可识。"心"字下徐本书作"疒"，吉、袁、罗、稿本皆识作"臂"，从拓本残留笔画着，当系"臂"字。"其"字下，吉本空四格，袁、罗、徐、稿本皆空五格，以格距测之，以空五格为确，吉本当少空一格。

6. 计四十九字，拓本不清者十六字。"顧"字下徐本空二格，吉、袁、罗、稿本皆识作"謂丞"，细审拓本尚存"罒""乀"，当为"謂丞"。"朕"字下吉、袁本皆识作"閲"，稿本识作"視"，罗、徐本皆识作"觀"，证之拓本，以罗、徐本为确。"乃祖"字下，徐本空三格，吉、袁、稿本皆识作"丞相"，其下又均空一格，拓本为一裂隙，"丞"字上部尚存，"相"字不可识。"相"字下吉、袁、徐、稿本皆空一格，唯罗本识作"勳"，拓本字不可识。"嘉歎丞相"句下罗、徐本皆空五格，袁、稿本皆空四格，唯吉本未空格。拓本正当裂隙，以格距测之，当以罗、徐本为是。细审"相"字下尚存"力"，疑当是"勳"字。该句下吉本未空格，下作"嗣諸"，袁、稿本空四格，下亦作"嗣諸"，拓本字不可识。"美"字下吉、罗本作本"於"，袁、徐、稿本皆作"于"，以拓本验之，袁、徐、稿本为是。

7. 计五十六字，拓本不清者十八字。"謂"字下袁本作"爲"字，吉、罗、徐、稿本皆作"有"，以拓本验之，吉、罗等本为是。"有"字下徐本作"夭"，吉、袁、罗、稿本皆作"喬"字，吉、袁等本为确。"之"字下徐本作"謂"，吉、袁、罗、稿本作"謂"字，吉、袁等本为是。"詩"字下徐本空四格，吉、袁、罗、稿本皆作"曰文武受"，拓本"詩"字下为裂缝，"曰文武受"不可识，其下"命"字尚存。"無"字下徐本空四格，稿本作"曰子"，吉、袁、罗本皆作"曰予小子"，拓本"無"字下为裂缝，以残留笔画看，以"曰予小子"为是。"勞"字下稿本作"子"；又"兹"字下稿本皆作"子"，吉、袁、罗、徐本皆作"予"，拓本字不可识。

8. 计五十二字，拓本不清者二十五字。"先王"下徐本空一格，吉、袁、罗、稿本皆作"爾"，拓本字模糊，从现存笔画看当系"爾"字。"與"字下吉、袁、徐、稿本皆作"享"，而罗本作"享"，罗本为是。"郡王"下吉本空六格（多空一格），袁、稿本皆空四格；徐本"郡王"下空三格，下作"力"，之下又空一格；罗本"郡王"下空三格，下作"初名"，拓本"名"字可识，其上为残字"幼"，当为"幼"字。"曾"字下罗、徐本皆空二格，吉、袁、稿本皆识作"祖"；"祖"字下吉本未空格，而袁、稿本皆空一格。以格距验正，袁、稿本为是。拓本值裂缝，字不可识。"完"字下徐本书作"亥"，吉、袁、罗、稿本皆作"颜"，从拓本残留笔画看当系"颜"字。"颜"字下吉、袁本作"某"，而罗、徐、稿本皆作"部"，拓本"部"字尚明。"昭祖"下徐本作"冐"，吉、袁、罗、稿本皆作"同"，拓本字迹模糊，据《金史·完颜欢都列传》记："祖石鲁，与昭祖同时同部同名。"当系"同"字。"其"字下徐本作"臣又月"，吉、袁、罗、稿本皆作"賢明"，拓本"賢明"尚可辨认。

9. 计五十四字，拓本不清者二十五字。"國"字下吉、袁、稿本皆空二格，徐本"國"字下书作"丿"，下空一格，罗本作"人皆"，拓本"人"字仅存左撇，"皆"字尚可辨识。"賢"字下稿本作"其"，吉、袁、罗、徐本皆作"某"，拓本"某"字尚可辨。"祖"字下徐本作"歺""系"，吉、袁、罗、稿本皆作"统遂"，拓本尚存"歺"当为"劲"字，诸本皆误。"遂"尚可辨认。"事"字下吉本空十格；袁、稿皆空十二格；罗本先空六格，下识作"祖"，其下又空八格；徐本"事"作"亖"，下空三格，下作"祖"，其下又空一格，后残存笔画作"开寸司□□皿"；拓本"事"字下为裂缝字不可识，为三空格，下"祖"字可辨，其下从残留笔画当为"赠"，下面为"开府仪"尚可识，"同"字仅存"司"，"三司"为裂隙，字不可识。"司"字下以笔画辨识当为"戴"字。又"事"字下以拓本格距测之，其下为十二格，据此吉本少空二格，而罗本则多空三格。"父"字下徐本作"亖"，吉、袁、罗、稿本皆作"桓"，以拓验之，吉、袁等为是。"世"字下徐本空一格，吉、袁、罗、稿本皆作"萧"，拓本字虽模糊以笔画辨之当系"萧"字。"功"字下徐本书作"儿"，吉、袁、罗、稿本皆作"见"，以拓本证之，袁、罗本为是。

10. 计五十二字，拓本不清者十六字。"有"字下徐本作"恒"，吉、袁、罗、稿本皆作"桓"，拓本"桓"字可识。"司"字下徐本空二格，吉、袁、罗、稿本皆作"戴国"，拓本正值裂缝，字不可识。"公"字下吉、袁、稿本皆空八格；罗本"公"字下先空一格，下作"沈"，其下空一格，下作"有"，其下空三格，下作"过从"，其下又空一格；徐本"公"字下空一格，下作"沈"，其下作"点"，下作"有"，其下空四格，下作"过"，其下作"丶""乚"；拓本"公"字下为裂缝先空一格，下可识为"沈"，其下空一格，下面"有"字可见，其下空三格，下为"过从"隐约可辨，其下空一格。

11. 计五十四字，拓本不清者十四字。"议"字下吉、袁、稿本作"特□"，罗、徐本皆作"时王"，拓本"时王"可辨。"皆"字下吉、袁、稿本皆空一格，徐本作"，"，罗本作"侍"，拓本尚存"彳"，当为"侍"字。"与"字下吉、袁、稿本皆空八格，罗、徐本"与"字下识作"闻"字，其下空七格，拓本"闻"字可识，其下为裂缝，字不能辨。"纳"字下吉、袁、稿本皆作"松"，徐本作"公"，罗本作"公"，拓本尚存"汾"，当为"淞"字。

12. 计五十四字，拓本不清者十四字。"献"字下徐本作"炊"，吉、袁、罗、稿本皆作"款"，吉、袁等本为确。"围"字下吉、袁本作"甯"，稿本书作"甯"，罗、徐本书作"宁"，证以拓本罗、徐本为是。"夷"字下吉、袁、稿本作"堑"，罗、徐本书作"壄"，罗、徐本为确。"出"字下稿本作"家"，吉、袁、罗、徐本皆作"河"，拓本"河"字可辨。"河"字下罗、徐本皆空一格，吉、袁、稿本皆作"店"，拓本值裂缝，字不可识。据《金史·太祖本纪》载："俄与敌遇于出河店。""出河"字下当为"店"字。"店"字下吉、袁、稿本皆空六格，罗、徐本作"之"，罗、徐本为是。徐本"之"字下空五格，其下作"儿"，而吉、袁、罗、稿本皆作"克"，拓本"克"字甚明。"辅"字下吉、袁、罗、稿本皆作"五"，徐本作"三"，拓本字迹模糊，细审其笔画确为"三"字。

13. 计五十三字，拓本不清者二十七字。"與"字下吉、袁、稿本皆空四格，罗、徐本空三格，其下徐本作"心"，而罗本作"定"，以拓本细审之，"與"字下当为"諸"，罗、徐空三格下当为"悉"字。"多"字下吉、袁、稿本皆空一格，罗、徐本皆作"所"，拓本字同罗、徐本。"招"字下吉本下空二格，袁、稿本空三格，徐本作"扌"" 阝"，罗本"招"字下作"降"，拓本"招"仅存"扌"，当为"招"，而"降"字甚明。"降"字下吉、袁、稿本皆空一格，罗本空二格，徐本先空一格，下书作"大"，从拓本残存笔画当为"及侯"两字。

14. 计五十六字，拓本不清者二十七字。"安"字下吉、袁、徐、稿本皆空一格，罗本作"方"，与拓本同。"集"字下袁本空二格，吉本空四格，罗、稿本空三格，拓本"集"字下两字不可识，其下"遼"字可辨。"遼"字下徐本作"叮"，罗、稿本作"衛"，拓本"衛"字可识。"土"字下吉、袁、稿本皆空二格，徐本作"羽"" 尼"，罗本作"習尼"，与拓本同。"者"字下吉、袁、稿、徐本皆作"遽"，罗本作"邃"，与拓本同。"附"字下吉本空八格，袁、稿本作"詳"，其下空七格，徐本作"詿"，罗本作"詳"与拓本字同。"詳"字下罗本空六格，下作"襲"，徐本"詳"字下空二格，下作"二"，以拓本证之当为"王"字。其下作"昏"，拓本"昏"字甚明。"於"字下吉、袁、罗、稿本皆空六格，徐本则作"方足匚聿口匕断L丁"，拓本为一大裂隙，从残留笔画看是："於是进军古北口遼"。"拒"字下吉、袁本作"鬪"，稿本作"闘"，徐本作"弖"，罗本书作"關"，拓本为裂隙，字不可识。"我"字下徐本作"不亠三"，其下空二格，吉、袁、罗、稿本皆识作"前"，其下空二格，下皆识作"軍"，拓本为大裂缝，字不可识。

15. 计五十六字，拓本不清者二十九字。"軍"字下徐本作"絲"，吉、袁、罗、稿本皆作"繼"，证以拓本，吉、袁等本为是。"之"字下吉、袁本为"悉獲"，罗、徐、稿本皆作"剿殺甚象"，拓本"剿殺甚象"依稀可见，吉、袁两本当有误。"象"字下徐本作"忄心"，吉、袁、罗、稿本皆作"悉"，从字形和上下句语气当系"悉"字。"己"字下吉、袁、罗、稿本空三格，其下作"王"，徐本空四格，拓本"己"字下尚存"辶"，当为"遁"字。"遁"字下为"王"字。"王"字下尚存"叮"，当为"命"字。"命"字下"耶"字尚可识。"耶"字下吉、袁、罗、稿本空一格。徐本作"聿"，以拓本验之当系"律"字。"律"字下吉、袁、罗、徐，稿本皆空一格，拓本字不可识。其下吉、袁、稿本皆空格，徐本作"与"，而罗本作"馬"，拓本字迹模糊，从笔画辨之实为"篤"字，由此推断"篤"字上当系"余"字。"主"字下徐本作"兀"，罗本作"覺"，吉、袁、稿本皆作"遁"，拓本尚存"宄"，字形当以罗本为是。"覺"字下吉、袁、稿本皆空一格,罗、徐本作"之"字,与拓本字同。

16.计五十二字,拓本不清者二十三字。"之"字下徐本作"圠",吉、袁本空一格,罗、稿本作"地",拓本"地"字可辨。"太"字下徐本空二格,吉、袁、罗、稿本作"祖",拓本为缝隙,今从吉、袁等本。"祖"字下吉、袁、罗、稿本皆空二格,唯徐本先空一格,下书作"木",拓本尚存"个",当为"命",其下从残留笔画看当为"杲"字。"討"字下吉、袁本作"司諸",罗、徐、稿本作"部",其下罗本空一格,徐本书作"疒",稿本作"族",与拓本字同。"族"字下徐本作"口",罗本空一格,吉、袁、稿本皆作"諸",与拓本字同。"遷"字下徐本空一格,吉、袁、罗、稿本皆作"向",拓本"向"字可辨。

17.计五十六字,拓本不清者二十一字。"金"字下吉、袁本皆作"帛",罗、徐、稿本皆作"器",拓本"器"字甚明。"翰"字下徐本作"絲",吉、袁、罗、稿本皆作"絕",与拓本字同。"諸"字下吉,袁本作"軍",罗、徐、稿本皆作"帥",拓本"帥"字可识。"以"字下徐本作"亼""帥",吉、袁、罗、稿本皆作"銳師",拓本"銳"字模糊,"師"字可辨。"襲"字下罗、袁、稿本皆空四格,吉本空三格,徐本"襲"字下先空一格,其下作"祟",其下又空一格,下作"一",拓本"襲"字下,字不可识,其下以笔画看当系"宗"字,其下二字不可识,又下"照"字可辨。"爲"字下吉、袁本空三格,罗、稿本空二格,徐本"爲"字下作"前",其下空一格,拓本"爲"字下"前"字可辨,其下字不可认。"遼"字下徐本作"宀",吉、袁、罗、稿本皆作"主",与拓本字同。"主"字下吉、袁、稿本皆作"棄",罗、徐本书作"弃",与拓本字同。

18.计五十六字,拓本不清者二十三字。"目"字下吉、袁、罗本作"旰",稿本作"旴",徐本作"昕",与拓本字同。"昏王"下徐本作"迥",吉、袁、罗、稿本作"遇",拓本字迹模糊,今从吉、袁等本。"三"字下吉、袁本空二格,罗、徐、稿本皆作"敗之",与拓本字同。"以"字下徐本作"仴",吉、袁、罗、稿本皆识作"偏"字,拓本尚存"份",当系"偏"。

19.计五十六字,拓本不清者二十四字。头一字吉、袁、稿、罗本皆空一格,徐本作"去",从拓本残留笔画看当为"去"字。"及"字下吉、徐本作"羣",袁、罗、稿本作"群",与拓本字同。"先"字下吉,袁、罗、稿本皆空一格,徐本作"鈔",以拓本细审之当系"鋒"字。"使"字下吉、袁本空二格,徐本作"嘗權",稿本作"嘗權",罗本作"嘗權",与拓本字同。"西"字下徐本先书作"ナ",其下空二格,吉、袁、罗,稿本"西"字下皆作"南西北",拓本"南西北"模糊,今从之。"統"字下去吉、袁、稿本皆空四格,罗本"統"字下作"初",其下空二格，下作"聲"，徐本"統"字下为"初夏人"，其下作"殳"，拓本"初"字可辨，"夏人"模糊，其下以笔画辨识当为"擊"字。"言"字下徐本作"兴"，吉、罗、袁、稿本皆空一格，以拓本残留笔画看当为"與"字。"六"字下罗本书作"馆"，吉、袁、稿、徐本皆作"館"，与拓本字同。

20.计五十六字，拓本不清者二十一字。"我"字下吉、袁、稿本皆空四格，徐本作"了""貽"，其下空二格，罗本"乃貽"，其下亦空二格，拓本"我"字下"乃貽"可识，其下二字空，以笔画度之，当为"書於"。"王"字下吉、袁、罗、稿本皆空六格，徐本则先空二格，下书作"戈"，其下作"爲"，其下空一格，下又书作"可"，拓本"我"字下"爲"字模糊，其下有一字不可识，又下"信者"可辨，以义联系"信"字上当系"失"字。"責"字下吉、袁、稿本作"攘"，罗、徐本作"讓"，与拓本字同。"讓"字下吉、袁本作"無"，罗、徐、稿本皆作"且"，拓本"且"字甚明。

21.计五十六字，拓本不清者二十字。"至"字下罗、徐、袁、稿本皆作"克"，唯吉本则无，拓本"克"字甚明，是为吉本遗漏。"立"字下吉、袁、稿本皆空一格，罗、徐本作"張"，与拓本字同。"爲"字下吉、袁、罗、徐、稿本皆作"界"，同拓本。"民"字下吉、袁、徐本皆作"田"，罗、稿本识作"由"，与拓本字同。"先"字下吉、袁、稿本皆空九格，徐本书作"鈇""工"，其下空四格，下作"右監軍"，罗本"鋒經"，其下空四格，下为"右監軍"，以拓本笔画看当是"鋒經"，其下四字不可识，"右監軍"隐约可辨。"師"字下吉、袁本书作"趨"，罗、徐本书作"趣"或"趣"，拓本字作"趣"。

22.计五十六字，拓本不清者十五字。"東"字下吉、袁、徐本书作"所"，罗本书作"厮"，与拓本字同，稿本误作"而"。"撫"字下吉、袁、徐、稿本作"之"，罗本作"定"，以拓本笔画看罗本所识为是。"分"字下吉本作"道"，袁、罗、徐、稿本皆作"遣"，拓本"遣"字清楚。"先"字下吉、袁、罗、徐、稿本皆空二格，拓本为裂隙，以残存笔画审视当作"克太"两字。"年"字下徐本书作"石""伞"，吉、袁、稿本作"將舉"，罗本识作"再舉"，以拓本细审之当以罗本为是。"克"字下稿本作"汴"，吉、袁、罗、徐本皆作"汴"，与拓本字同，稿本有误。

23.计五十四字，拓本不清者十四字。"賜"字下吉本作"鐵"，袁、罗、徐、稿本皆作"誓"，拓本尚存"誓"，当系"誓"字。"於"字下吉、袁、稿本作"淮"，罗、徐本作"睢"，与拓本字同。"軍"字下吉、袁、稿本皆空一格，徐本书作"辶"，罗本作"返"，从拓本笔画看，以"遂"字为是。"河"字下吉、袁本作"宗翰□□□"，稿本作"即澶漠□□"。罗、徐本作"取澶濮大名"，拓本"澶濮"隐约可辨，"取""大""名"仅存偏傍，今从罗、徐本。

24.计五十六字，拓本不清者十二字。"淮"字下吉、袁、稿本皆空三格，徐本书作"㠯""艹"，罗本作"襲構"，拓本值裂隙，"襲"字可辨，"構"仅存上半部，今从罗本。

25.计五十六字，拓本不清者十二字。"往"字下吉、袁本空一格，罗本作"缙"，徐、稿本作"縉"，与拓本字同。"山"字下徐本作"門"，吉、袁、罗、稿本皆作"閱"，拓本作"閱"。"異"字下吉本作"誥"，徐本作"言"，袁、罗、稿本作"誥"，拓本爲裂隙，以笔画看当系"誥"字。

26.计五十六字，拓本不清者十二字。"邀"字下吉、徐、稿本皆空一格，袁、罗本作"兩"，与拓本字同。"六"字下吉、稿本作"鞠"，袁、罗、徐本皆作"鞠"，与拓本字同。

27.计五十六字，拓本不清者十一字。"百"字下徐本作"車"，吉、袁、稿本作"董"，罗本书作"董"，与拓本字同。"發"字下吉、袁、稿本皆空二格，罗、徐本先空一格，下皆识作"王"，今从之。"還"字下吉、袁本空八格，稿本"還"字下空六格，下识作"奏請"，徐本书作"丁"，其下空五格，下作"奏請"，罗本"還"字下识作"朝"，其下空五格，下作"奏請"，拓本字迹模糊，今从罗本。

碑阴亦满镌汉文，共计二十四行，分碑文和碑铭两部分。前半部系碑文十七行，后半部为碑铭七行。这面碑刻前十行每行开头部分剥泐严重，字迹难辨；其余部分字迹较正面清晰。

背1（总28） 计五十四字，拓本不可识者二十字，不清者八字。

自第一字开始以下徐、稿本空二十三格，以拓本格距验证，该本校对精确，吉、袁本头一字以下空二十一格，少空二格，罗本头字识作"制"，其下空六格识作"識"，其下又空十四格又识作"授"，从"制"至"授"总计二十二格，罗本则少一格。拓本字难辨，今从罗本。"侍"字下徐本空二格，罗本作"中"，下空一格，吉、袁、稿本作"中加"，拓本为裂隙，"中"字不可识，"加"字尚存部分字傍。"舊"字下稿本书作"萌"，吉、袁、罗、徐本皆作"萌"，与拓本同。"古"字下吉、袁本作"新"，罗、徐、稿本皆作"斯"，拓本"斯"字颇清。

背2（总29） 计五十六字，拓本字不可识者十四字，不清者十四字。头一字徐本作"召"，吉、罗、袁、稿本皆作"詔"，以拓本笔画看当系"詔"字。"往"字下徐本空六格，下作"落""孚"，其下空六格书作"乚"，下空三格作"入"，其下又一格；"往"字下吉、袁、稿本作"征之"，其下空十八格；罗本作"征之"，其下空二格，下作"其"，其下空一格又作"落"，其下空六格，下作"以"，其下空三格，下作“入而”。拓本模糊，“往”字下之“征”字尚存偏傍，“之”字隐约可辨，“落”字下“孚”字可识，左侧尚存“冫”，当系“浮”字。“入”字下尚存“⻆”，当系“朝”字。“捷”字下吉、袁、稿本皆作“辭曰”，罗、徐作“初陛”，拓本“初”字可辨，“陛”不可识，由此知吉、袁、稿本遗漏“初陛”两字。“陛”字下徐本书作“鬲”“日”，罗本作“辭日”，而吉、袁、稿本皆作“辭曰”，以拓本验之，当以罗本为是。

背3（总30） 计五十字，拓本不清者十五字。头一字诸本皆空格，拓字不可识。第二字徐本作“貝”，吉、袁、罗、稿本皆作“賞”，与拓本字同。“賞”字下吉、袁、稿本皆作“征”，徐本空一格，罗本作“軍”，拓本尚存“冖”，当系“軍”字。“軍”字下徐本作“土”，吉、袁、罗、稿本皆作“士”，拓本“士”字甚明。“又”字下吉、袁、徐、稿本皆空一格，罗本作“有”，拓本尚存“ナ”，当为“有”字。“不”字下吉、袁、稿本皆空一格，徐本作“釣”，罗本作“鈞”，与拓本字同。“爲”字下徐本书作“卜”，吉、袁、稿、罗本皆作“非”，以拓本笔画看当为“非”字。“磐”字下吉、袁、稿、徐本皆空四格，罗本作“聞之”，其下空一格，下为“王”，拓本字迹模糊，今未从。“辨”字下吉、袁本书作“於”，罗本书作“扵”，徐、稿本书作“于”，拓本字同徐、稿本。“于”字下徐本书作“一”，吉、袁、罗、稿本皆作“帝”，拓本为裂隙，今从之。“太”字下徐本作“傅”，吉、袁、罗、稿本皆作“傅”，拓本同。

背4（总31） 计五十三字，拓本不清者十三字。头一字徐本空一格，吉、袁、罗、稿本皆作“世”，拓本“世”字可辨。“請”字下徐本作“土”，吉、袁、罗、稿本皆作“者”，拓本尚存“耂”，当系“者”字。“畏”字下吉、袁、稿、徐本空一格，罗本作“讒”，与拓本字同。“耳”字徐本空一格，吉、袁、罗、稿本皆无空格，以格距验之徐本实多此格。“自”字下徐本空一格，吉、袁、罗、稿本皆作“以”，拓本爲裂隙，以上下字联之当是“以”字。“太”字下徐本作“傅”，吉、袁、罗、稿本皆作“傅”，与拓本字同。

背5（总32） 计五十二字，拓本不清者十一字。头二字徐本皆空格，吉、袁、罗、稿本头一字空格，下作“議”，拓本头字不可识，第二字以笔画看当系“議”字。“立”字下徐本空一格，吉、袁、稿本皆作“熙”，罗本作“閔”，拓本尚存“卪”，当系“閔”字。“爲”字下吉、袁、罗、稿本皆空二格，徐本先空一格，下作“師”，拓本“師”字可辨，其上尚存“乄”，当系“太”字。

背6（总33） 计五十六字，拓本不清者六字。头二字徐本先空一格，下书作“們”，吉本作“宗雋”，罗、袁、稿本皆书作“宗儁”，与拓本字同。吉本作“雋”有误。“儁”字下稿本空一格，吉、袁、罗、徐本皆作“代”，拓本“代”

字甚明。"代"字下徐本空二格，吉、袁、罗、稿本皆作"爲左"，拓本"爲"字模糊，"左"字残留字傍，今从之。"多"字下稿本作"移"，吉、袁、罗、徐本皆作"私"，拓本"私"字颇真。"奏"字下吉本作"遺"，袁、罗、徐、稿本皆作"遺"，与拓本字同。"使"字下吉、袁、稿本皆作"鞘"，罗、徐本书作"鞠"，拓本字同罗、徐本。

背7（总34） 计五十六字，拓本不清者四字。头一字不可识。第二字徐本作"月"，吉、袁、罗、稿本皆作"明"，今从之。"宗"字下吉作"雋"，袁、罗、徐、稿本皆作"儁"，与拓本字同。"儁與"下吉、袁、稿本皆作"同□"，徐本上空一格，下书作"卜"，罗本亦系上空一格，下识作"同"，拓本"同"字可辨，其上以笔画辨之，当系"之"字。"太"字下徐本作"傅"，吉、袁、罗、稿本皆书作"傅"。吉、袁、罗、稿本作"殿"，以拓本残留笔画辨之，当为"殿"。

背8（总35） 计五十字，拓本不清者五字。头一字吉、袁、稿本空一格，徐本作"門"，罗本作"閣"，拓本"門"内有细划"各"，当为"閣"字。"措"字下吉、袁、稿本皆作"間"，罗、徐本则作"閒"，拓本字同罗、徐本。"封"字下吉、袁、稿本皆空一格，徐本书作"冄"，罗本作"陳"，拓本"陳"字可辨。"后"字下吉、袁本作"與"，罗、徐、稿本皆作"欲"，拓本"欲"字甚明。

背9（总36） 计五十二字，拓本不清者七字。头二字吉、袁、稿本皆空二格，罗、徐本作"不可"，拓本"可"字可识，其上字尚存"厂"，当系"不"字。"葳"字下吉本识作"恕"，袁、罗、徐、稿本皆作"怒"，与拓本字同。"發"字下吉、袁、罗、稿本皆空一格，徐本作"八"，以拓本笔画辨之，当为"會"字。

背10（总37） 计四十四字，拓本不清者十四字。头一字徐本空一格，吉、袁、罗、稿本皆作"希"，拓本字不可识，其下爲"尹"，此当为"希"字。"姦"字下吉、袁本作"罪"，罗、徐、稿本皆作"狀"，以拓本笔画辨之，当系"狀"字。"太"字下徐本作"且"，吉本作"宗"，袁、罗、稿本皆作"祖"，拓本"祖"字可辨。

背11（总38） 计五十二字，拓本不清者七字。"明"字下罗本作"日"，吉、袁、徐、稿本皆作"旦"，拓本"旦"颇真。"詔"字下徐本作"井"，吉、袁、罗、稿本皆书作"并"，与拓本字同。"以"字下徐本书作"一"，吉、袁、罗、稿本皆作"征"，以拓本笔画辨之当系"征"字。

背12（总39） 计五十四字，拓本不清者六字。"理"字吉、稿本空二格，袁本空一格，罗、徐本先空一格，下作"之"，拓本为裂隙，"之"字可识，其上尚存"刂"，以笔画看当为"辨"字。"后之"下吉、袁、稿、徐本皆作"譖"，罗本则书作"譖"，拓本字同罗本。

背13（总40） 计五十六字，拓本不清者二十六字。头一字吉、罗本皆作

"在"，据拓本验对并无此字。该行首次吉、袁、稿本皆空一格，罗、徐本作"獲"，拓本"獲"字隐约可辨。"寶"字下徐本作"謹"，吉、袁、罗、稿本作"僅"，与拓本字同。"過"字下徐本作"以"，吉、袁、罗、稿本皆作"飲"，以拓本笔画辨之，当系"飲"字。"初"字下徐本作"辺"，吉、袁、罗、稿本皆作"追"，拓本为裂隙，今从吉、袁等本。"封"字下徐本书作"ㄋ""十""工"，吉、袁、罗、稿本皆作"豫國王"，以拓本笔画辨之当是。"曰"字下徐本空二格，吉、袁、罗、稿本皆作"貞憲"，拓本为裂缝，下字尚存"心"，当为"貞憲"两字。"雪"字下徐本作"卄"，吉、袁、罗、稿本皆作"其"，以拓本笔画辨之，当为"其"字。

背14（总41） 计四十八字，拓本不清者八字。头两字吉、袁本作"□冤"，罗、徐、稿本皆作"非罪"，拓本"非"字明显，"罪"字依稀可辨。"庭"字下稿本作"合"，吉、袁、罗、徐本皆作"庭"，拓本"庭"字可辨。"詞"字下徐本作"口"，稿本作"至"，吉、罗、袁本皆作"臣"，与拓本字同。"撰"字下徐本作"才"，吉、袁、罗、稿本皆作"次"，以拓本笔画看当为"次"字。"彥"字下吉、袁、稿本皆作"潛"，徐本作"潛"，罗本书作"潛"，与拓本字同。

背15（总42） 计二十四字，拓本不清者三字。

背16（总43） 计四十八字，拓本不清者四字。该行罗、徐本所录近同："今天子丕承基緒以延功臣之賞王之先自邢公而下世篤忠貞至王則□□□□遂爲世家今丞相守道亦克負荷用光輔"。稿本与罗、徐本亦同，只是"貞"字下空三格，下又空四格，其下文字与罗、徐相同。吉、袁本则将上下句颠倒置之，开头皆空二格下接"遂爲世家……光輔"后，才是"今天子丕承其緒……"以格距验之吉，袁本少空二格。以拓本校对则以罗、徐本所录为是。"則"字下所空四格，正值裂缝，字不可识。

背17（总44） 计十三字，拓本不清者二字。

背18行（总45） 以下系神道碑铭。计七行，每行十句，每句四字；第七行（背24，总51）最后一行为八句，每句字数同前。这四字一句计七行总计272字的碑铭，上半部字迹模糊不清，下半部则比较清晰。

背18（总45），计四十字，拓本不清者十字。由上而下第五句吉、袁、稿本作"忠萃"，徐本作"尢出"，罗本则作"忠出"，拓本"出"字可辨，其上尚存"儿"，当系"忠"字。第六句"其"字下徐本空一格，吉、袁、罗、稿本皆作"美"，以拓本笔画辨之当为"美"字。第九句徐本书作"寸"，吉、袁、罗、稿本皆作"時"，以拓本笔画辨之当系"時"字。

背19（总46） 计四十字，拓本不清者十三字。首句头一字古本作"宏"，袁、罗、徐、稿本皆作"弘"，拓本"弘"字颇真。第六句"王"字下吉、袁本空一格，罗、徐、稿本皆作"其"，以拓本笔画辨之当为"其"字。"其"字下吉、袁本作"守道"，稿本识作"克道"，罗、袁本先作"克"，其下空一格，拓本"克"字可辨，其下字不可识。第七句"载"字下吉、袁本作"旆"，罗、徐、稿本皆作"旆"，拓本字同罗、徐等本。

背 20（总 47） 计四十字，拓本不清者十字。"鋭"字下吉本作"沙"，袁、罗、徐、稿本皆作"涉"，拓本"涉"颇真。第二句"以"字下徐本空三格，吉、袁、罗、稿本先空一格，下作"予"，其下又空一格，拓本为裂缝，以残存笔画审视当为"麽"，其下尚存"予"，又下字不可识。第六句吉、袁、稿本皆先作"開家"，其下空二格；稿本作"問家"，其下空二格；罗、徐本则作"問宋"，其下亦空二格；以拓本辨之，罗、徐本所校为是。

背 21（总 48） 计四十字，拓本不清者七字。"凶"字为吉本作"塈"，袁、徐、稿本皆书作"豐"，而罗本则书作下"豐"，拓本字同罗本。"陰"字下徐、稿本书作"構"，吉、袁、罗本则书作"搆"，拓本字同徐、稿本。"構"字下吉、袁、稿本皆空一格，罗、徐本作"明"，拓本"明"字可辨。

背 22（总 49） 计四十字，拓本不清者六字。第四句头一字稿本识作"維"，吉、袁、罗、徐本皆作"作"，与拓本同。第六句"交"字下吉、罗、稿本皆作"搆"，袁、徐本则书作"構"，与拓本字同。同句"闪"字下吉、袁、稿本皆作"艱"，罗、徐本则作"難"，拓本字迹难辨，今从罗、徐本。第十句头一字吉本作"緊"，袁、罗、徐、稿本皆书作"繁"，拓本此字颇真。

背 23（总 50） 计四十字，拓本不清者五字。第四句"之"字下吉、袁本作"圖"，罗、徐、稿本皆作"從"，拓本"從"字甚明。第六句"予"字下吉、袁本先作"之"，其下空一格，罗、徐、稿本皆作"不共"，拓本"不共"隐约可辨。第七句头一字徐本空格，吉、袁、罗、稿本皆作"予"，拓本难识，今从之，作"予"。

背 24（总 51） 计三十二字，拓本不清者五字。第七句头一字徐本书作"夕"，吉、袁、罗、稿本皆作"死"，以拓本笔画辨之当系"死"字。

# 碑文注释

┌大金故左丞相金源郡貞憲王完顏公神道碑┐ [1]

┌翰林直學士〔1〕、中大夫〔2〕、知製誥〔3〕、兼行秘書少監〔4〕、虞王府〔5〕文學、輕车都尉〔6〕、太原郡〔7〕開國伯、食邑〔8〕七百户、賜紫金魚袋〔9〕、臣王彦潜〔10〕奉敕撰┐

┌奉直大夫〔11〕、大名府路〔12〕兵馬都總管〔13〕判官〔14〕、飛騎尉〔15〕、賜緋魚袋〔16〕、臣任詢〔17〕書┐

┌明威将軍〔18〕、東上閤門使〔19〕、兼行太廟署令〔20〕、上騎都尉〔21〕、平原縣開國子〔22〕、食邑五百户〔23〕、臣左光慶〔24〕篆額┐

┌今天子〔25〕紹休聖緒〔26〕，圖任〔27〕今太尉左丞相、濮國公守道〔28〕□爲股肱心膂〔29〕，非惟取其□□□□，蓋亦重其世功〔30〕耳。┐

┌上〔31〕嘗因清燕，顧謂丞相〔32〕曰："朕觀祖宗實録，見乃祖丞相□烈，深用嘉歎。"丞相勳□□□□，聞者莫不竦然〔33〕，推重其世家，而歸美于┐上。孟子曰："所謂故國者，非謂有喬木之謂，有世臣之謂。"〔34〕詩曰："文武受命，召公維翰，無曰予小子，召公是似。"〔35〕書曰："世選爾勞，予不掩爾善，兹予大享於先┐ ┌王，爾祖其從與享之。"〔36〕豈不然哉。故左丞相贈金源郡王〔37〕□□□，幼名谷神〔38〕，自曾祖〔39〕□完顏部〔40〕，名與昭祖〔41〕同諱。以其賢明，昭祖與之爲友，┐ ┌國人皆稱之曰賢某〔42〕，贈開府儀同三司〔43〕邢國公。祖劾遜〔44〕，事□□□祖，贈開府儀同三司，戴國公。父桓篤〔45〕，事世、肅、穆、康〔46〕四朝，數有大功〔47〕，見任如手┐

┌足。自世祖嘗曰："吾有桓篤，何事不成。"〔48〕贈開府儀同三司、戴國公〔49〕。□沈□有□□□□過從□　太祖以祭禮會移懶〔50〕河部長神徒門〔51〕家，因┐

---

[1]"┌┐"，此符號為碑文上的斷行標示。

　┌與其兄弟〔52〕，建伐遼之議〔53〕。時王與　　明肅皇帝〔54〕秦王〔55〕宗翰皆侍行，與聞□□□□□□王以□指結納淞江鐵驪〔56〕兀惹〔57〕諸部。鐵驪長奪離剌〔58〕于是┐

　┌獻款〔59〕曰："謹奉約。"比其還也，飾圍寧江州〔60〕，命王以軍夷塹，因攻克之。及出河店〔61〕之□□□□□克。天輔三年，依本國語製字以進，太祖嘉悦賜襲┐

　┌衣御馬　　詔頒行之〔62〕。皇弟遼王杲〔63〕，都統内外諸軍，攻下中京〔64〕，王與諸□□悉奚部多所招降〔65〕。及俟知遼將兵屯，襲擊之，將已遁去，悉獲其牧圍┐

　┌民衆。從秦王宗翰駐兵北安〔66〕，方招集□□遼衛士習尼烈〔67〕者，遽来投附，詳王昏□□襲取之。□宗翰于是進軍古北口〔68〕。遼兵拒關，我前□□軍┐

　┌王以千軍繼至。戰敗之，剿殺甚衆，悉獲其甲胄輜重。軍及鴛鴦濼〔69〕，遼主〔70〕已遁。王命耶律余篤〔71〕急追至白水濼〔72〕。相去不远，遼主覺之，以輕騎犇，盡得其┐

　┌内帑貨寶〔73〕。追至乙室〔74〕王所居之地，不及而還。杲遣王□諸帥奏捷〔75〕。太祖命杲西南路招討，部族諸遷向内地，稱旨而還。　　太祖以王從義征┐

　┌以来功多，賜之金器〔76〕。天會二年〔77〕，遼主越在陰山〔78〕，宗翰統諸帥以銳師掩襲□宗□□照□爲前□，追甫及之，遼主弃營而遁。王等以八騎出軍前，窮┐

　┌追，日旰，復及之。遼主帥百餘騎逆戰。比昏，王遇三敗之，遼主分三隊而逸。□□王以偏師又襲之於沙漠，掩其不備而及之。遼主驚遁，惟一二臣從┐

　┌去，獲其八寶、妃嬪、公主及群侍從〔79〕與諸部族之人。爲先鋒經略使，嘗權西南、西北兩路都統。初，夏人〔80〕系言與遼爲援，據有天德、雲中六館之地〔81〕，并招┐

　┌納我已獲奚、契丹人。我方事滅遼，姑置之弗取。夏爲宋所侵〔82〕，求援於我。乃貽書於王，以爲我爲失信者，辭意不遜。王復書責讓〔83〕，且理索當還之人，尚┐

　┌復遷延。至克宋，建立張楚〔84〕，畫大河〔85〕爲界，遂盡復舊疆，并還我官民。由先鋒經□□□□右監軍〔86〕。宋人渝盟〔87〕，奏下，大舉問罪。王與左副元帥宗翰師趣┐

⌐河東〔88〕。所至城邑、關口，拒守者攻之，降則撫定。分遣諸將破宋之諸路援兵，先克太原〔89〕。明年〔90〕，再舉師不留行。既克汴〔91〕，諸將帥爭取珍異，王獨先收宋圖⌐

⌐籍〔92〕。捷奏，太宗嘉其功，賜誓券〔93〕以寵異之。無何，宋康王構〔94〕自立於睢陽〔95〕。我軍遂復渡河取澶、濮、大名諸城〔96〕，攻拔者或屠之。師次東平〔97〕，王勸宗翰曰：⌐

⌐"此行止爲構耳，何多殺爲。"自是，攻下者多蒙全釋。追至淮陽〔98〕，遣精騎逾淮襲構，□及揚州〔99〕，構僅以輕舸渡江遁去。還軍駐雲中〔100〕。王偕宗翰如燕〔101〕，就右⌐

⌐副元帥。□議再□南伐〔102〕，前重九二日，王往繒山〔103〕閱馬，道見騎者二人，物色頗異。詰之，戰慄失次，搜衣領中，得元帥都監耶律余篤反書，約燕京〔104〕統軍⌐

⌐使高六邀兩元帥〔105〕九日出獵，因伏兵舉事〔106〕。王馳報二帥，遂執高六，鞫之，辭伏。王馳驛一日而至西京〔107〕，窮治反者，無遠近悉捕誅之。遣兵追捕余篤，已⌐

⌐□□□□□爲達𧫦所殺，函首以獻，結連者前後凡數十百輩，約同日俱發。□王摘發擒捕，方略神速，則事未易定。偕宗翰還□□□□□奏請⌐

**背面碑文：**

⌐制□□□□□識□□□□□□□□□□□□□□授□尚書左丞相兼侍中〔108〕，加開府儀同三司，監軍仍舊。萌古斯〔109〕擾邊，王偕太師宗磐奉⌐

⌐詔往征之〔110〕。□□其□落浮□□□□□以□□□入朝奏捷初陛辭日太傅〔111〕王曰："若獲畜牧，當留備邊用。"王〔112〕謂是，詔意遵之。宗磐悉以所獲⌐

⌐□賞軍士，又有不鈞，太傅以爲非是。宗磐以王爲矯詔，訟辨于帝〔113〕前。王乃表乞還政，帝未有以答。太傅進曰："希尹自祖宗⌐

⌐世服勞，今且有請者，正畏讒懼罪耳。"詔不允其請。先是儲副〔114〕虛位，宗磐自以爲太宗元子〔115〕。太傅密令左右元帥〔116〕與王來朝，相與協心，主建儲⌐

⌐□議，援立閔宗〔117〕。宗磐心不能無動。帝既即位，罷宗磐尚書令〔118〕，以爲太師，而相王任政。宗磐知謀出於王，憾焉，至是交惡深矣。會東京留守⌐

⌐宗儁〔119〕、左副元帥撻懶〔120〕來朝，皆黨附宗磐，同力以擠王，

64

出爲興中尹〔121〕。宗儁代爲左丞相，令人告發王兆征日多私匿馬牛羊。奏，遣使鞫之，無狀，告者伏¬

¬□。明年〔122〕，召還，拜尚書左丞相、封許國公〔123〕。宗磐蓄不臣心，連結黨與。宗儁與之同惡。王與太傅〔124〕揣知，陰爲之備。已而，宗磐等反逆事發，朝則執之於殿¬

¬閣內。詔詰之，伏罪。王舉措閒暇，而宗磐等已正刑典。以定亂功，進封陳王。天眷中〔125〕車駕幸燕〔126〕。帝當服袞冕〔127〕、乘玉輅〔128〕以入，后〔129〕欲共載，王¬

¬不可，曰：“法駕所以示禮四方，在禮無帝后同輅者。”后藏怒未有以發。會都元帥宗弼與王因酒有隙〔130〕，方辭還軍中，帝夜遣使召至〔131〕，諭〔132〕之曰：¬

¬“希尹嘗有姦狀。”又召明肅〔133〕諭以王罪。明肅諫曰：“希尹自太祖朝立功，且援立陛下，亦與有力，願加聖念。”帝怒甚，至拔¬

¬劍斥之。明旦〔134〕，詔並其二子〔135〕賜死，諸孫獲宥〔136〕。王奕世〔107〕勳閥，機權方略，以征則克。臨事果斷，乃能增多前功。扶翼〔138〕聖統，孜孜〔139〕奉國，知無不爲〔140〕。自¬

¬悼后正位中宮，以巧慧當帝意，頗干預外政。王杜遏〔141〕其漸，每以正理辨之。由是，大忤〔142〕后旨，得罪曖昧，或者以爲后之譖〔143〕焉。性尤喜文墨，征伐所¬

¬獲儒士〔144〕，必禮接之。訪以古今成敗。諸孫幼學〔145〕，聚之環堵中，鑿圜竇，僅能過飲食，先生晨夕教授，其義方如此。天德初〔146〕，追封豫國王，謚曰貞憲〔147〕，以雪其¬

¬非罪。正隆二年〔148〕，改封金源郡〵149〕。大定十六年〔150〕，詔圖像衍慶宮〔151〕。明年〔152〕，配享太宗廟庭〔153〕，命詞臣撰〔154〕次之以爲銘〔155〕。臣彥潛再拜稽首〔156〕。竊惟¬ ¬國朝〔157〕之興，由昭祖以来，克篤前烈，至太祖、太宗受命以有天下。¬

今天子〔158〕丕承〔159〕基緒，以延功臣之賞。王之先自邢公而下，世篤〔160〕忠貞。至王則□□□□遂爲世家。今丞相守道亦克負荷用〔161〕，光輔¬

¬興運，君臣感遇所從来久矣。銘曰：

古人有言，所謂故国，非謂喬禾，臣食舊德。

忠出一門，世濟其美，邢公之孫，戴公之子。

維時戴公，碩大孔武，¬

　　「弘濟艱難，佑我世祖。肅穆□□，風烈彌劭，
矯矯堂堂，王其克□。武元載斾，從以周旋，
奉命有光，料敵無前。」　「奮銳涉漠，以蹙予□，
移檄逍夏，復舊疆土。文烈嗣服，問宋□□，
帝命王曰，爾監師征。克汴之日，先收圖籍，」
　「明略□□，鄦候自昔。軍中不虞，亡國凶豎，
禍心滔天，陰構明附。王發摘之，如神之捷，
火未及焰，先事撲滅。」　「天眷繼統，與定策勳，
創制立法，作新人文。無何師保，交構內難，
如周管蔡，如漢胥旦。乃心皇家，繫王之忠，」
　「執訊悖逆。繫王之功。王曰予職，惟正之從，
私竭不行，豈予不共。予職當然，患匪予恤，
明明天子，灼見前失。」　「迺命王孫，仍世作相，
無念爾祖，其猷克壯。維其有之，是以似之，
死而不亡，於王見之。」

　　〔1〕翰林直學士　官名。翰林之称始于唐，学士之名始于北齐，初皆为文学侍从之官。唐玄宗时为安置文学侍从官而设学士院，直属于皇帝。其后权位日重，负责起草任免将相等机要诏令，并备咨询要政，其成员称翰林学士。北宋设翰林学士院，翰林学士掌天子文翰之事。金代袭宋制，仍设翰林学士院，掌制撰词命，应奉文字。翰林直学士为翰林学士院属官。《金史·百官志一》："翰林直学士，从四品，不限员。"

　　〔2〕中大夫　官名。汉代中大夫为掌论议之官，唐宋用作从四品下之文阶官。《金史·百官志一》："文官九品，阶凡四十有二。"又云："从四品上曰大中大夫，中曰中大夫，下曰少中大夫。"

　　〔3〕知製誥　官名。唐有此称，宋代沿用。掌起草诏令。原为中书舍人之称，其后常以他官代行其事，则称谓某官知制诰。凡翰林学士带知制诰者为内制。《金史·百官志一》："翰林学士承旨，正三品，掌制撰词命。凡应奉文字，衔内带'知制诰'。直学士以上同。"

　　〔4〕秘書少監　官名。东汉置。秘书监，掌图书著作等事。魏晋后置秘书监机构，梁专设秘书省。金代设置秘书监，《金史·百官志二》，秘书监，下置监、少监、丞各一员，秘书郎二员。通掌经籍图书。

　　〔5〕虞王府　虞王为金世宗子允升。《金史》卷八十五《完颜永升列传》载：

"夔王允升，改名永升，本名斜不出，一名鹤寿。大定十一年，封徐王，进封虞王。"王彦潜大定十一年后曾任虞王府文学，为史书不载，可补史遗阙。

〔6〕轻车都尉　官名。轻车都尉本为汉代特别兵种将领之称。唐宋承北朝末期之制，置勋官以赏战士。凡十二转，其八转为上轻车都尉，七转为轻车都尉。《金史·百官志一》凡勋级："正四品曰上骑车都尉，从四品曰轻车都尉。"

〔7〕太原郡　郡名。唐开元十一年（723年），升并州置府。治所在今山西太原西南晋源镇。辖境相当今山西阳曲以南、文水以北的汾水中游和阳泉、平定、寿阳、盂县等地。宋太平兴国时改为并州，移沼阳曲（即今山西太原市），嘉祐时复为府。金时为河东北路。《金史·地理志下》谓："太原府，上，武勇军。宋太原郡河东军节度，国初依旧为次府，复名并州太原郡河东军总管府，户一十六万五千八百六十二。辖县十一、镇八。"郡治在今山西太原市。

〔8〕食邑　为古代诸侯封赐所属乡、大夫作为世禄的田邑，盛行于周。秦汉行郡县制，承受封爵者在其封邑内渐无统治权力，食禄改为以封邑内民户赋税拨充。《金史·百官志一》："郡伯七百户，县子五百户，县男三百户，皆无实封。"因王彦潜系"太原郡开国伯"，故"食邑七百户"。

〔9〕紫金鱼袋　鱼袋，指盛放随身鱼符所用之袋。紫，系指赐穿官服的颜色。《大金国志》卷三十四《服色》条云："服色各以官品论。三品至四品，谓文臣资德大夫至中顺大夫，武臣龙虎卫上将军至定远大将军。并服紫罗袍，象简荔枝金带，文臣则加佩金鱼。"

〔10〕王彦潜　希尹碑的碑撰人。金史无传。《金史》卷七十八《刘萼列传》载："天德三年，赐王彦潜牓及第。"又王彦潜曾是金世宗子永成之师，《金史》卷八十五《完颜永成列传》谓："豫王永成本名鹤野，又曰娄室……大定七年，始封沈王，以太学博士王彦潜为府文学，永成师事之。"大定十一年（1171年）后任虞王府文学。由此可知，彦潜奉敕撰希尹碑当在任虞王府文学期间，应在大定十一年（1171年）以后，此为希尹碑立碑年代提供一个旁证。

〔11〕奉直大夫　官名。《金史·百官志一》载，文官九品，阶凡四十有二，中有奉直大夫，云："从六品上曰奉直大夫，下曰奉训大夫。"

〔12〕大名府路　路名。宋庆历八年（1048年）置大名府路，为河北四安抚使路之一。治所在大名府（今河北大名东。位于河南、河北交通要冲，宋时为防守汴京的门户，曾建号北京。建炎元年（1127年）改置河北东路。其金正隆二年（1157年）置大名府路总管府。治所在大名府，辖境相当今河北大名，河南范县、山东夏津、恩城以西，山东东明、河南长垣以北和河南濮

阳以东地。《金史·地理志下》大名府路条云："大名府路，宋北京魏郡。府一，领刺郡三，县二十，镇二十二。贞祐二年十月置行尚书省。"又谓："大名府，上，天雄军。旧为散府。先置统军司，天德二年罢，以其所辖民户分隶旁近总管府。正隆二年升为总管府，附近十二猛安皆隶焉，兼漕河事。"

〔13〕都總管　官名。《金史·百官志三》谓，金代设置诸总管府，下设都总管、同知都总管和副都总管各一。又曰："总管判官一员，从六品，掌纪纲总府众务，分判兵案之事。"

〔14〕判官　官名。唐代特派担任临时职务的大臣，皆得自选中级官员奏请充任判官，以资佐理。中期以后，节度、观察等使均有判官，属临时差遣。宋代于各州、府，如选派京官充任时称签书判官厅公事（简称"签判"）；各路经略、宣抚、转运和中央的三司、群牧等使亦设判官，职位略低于副使。金代于三司、司天台、交钞库、典牧司、牧司中设判官；另在大兴府设总管判官，诸京留守司设留守判官，按察司置安抚判官。

〔15〕飛騎尉　官名。《金史·百官志一》勋级："正六品曰骁骑尉，从六品曰飞骑尉。"

〔16〕賜緋魚袋　指所赐绯色鱼袋。《大金国志》卷三十四《服色》条云："六品至七品，谓文臣奉政大夫至儒林郎，武臣武节将军至忠显校尉。文臣则服绯，武臣则服紫，并象笏红鞓乌犀带。"任询官系从六品奉直大夫。故赐绯鱼袋。

〔17〕任詢　《金史》卷一百二十五有传。询，字君谟，号南麓，又号龙岩。易州军市（今河北易县）人。父任贵，宋徽宗政和、宣和年间，曾游江浙。询出生于虔州（今江西赣具），为人慷慨多大节，书为当时第一，画亦入妙品。正隆二年（1157年）登进士，六十四岁致仕，七十岁卒。询藏历代书法名画数百轴；勤于诗作，达数千首，皆散佚。元好问《中州集》仅收其诗九首、词一首。清末金石家叶昌炽《语石》谓，询字类柳诚悬，其中期书效柳体。希尹碑苍劲奇伟，字体介乎颜真卿与柳诚悬之间，当系中晚期书法作品。

〔18〕將軍　官名。春秋时晋国以卿为军将，因有将军之称。战国时始为武官名。汉代将军名号繁多，有大将军、骠骑将军，车骑将军、卫将军，前、后、左、右将军等，魏晋南北朝又增龙骧、骁骑等许多名称。自唐至元都以将军为武散官。《金史·百官志一》云："正五品上曰广威将军，中曰宣威将军，下曰明威将军。"

〔19〕東上閣門使　官名。为唐宋之制，掌朝令宴飨供赞相礼仪之事。凡庆礼奉表掌于东上阁门，慰礼进名则掌于西上阁门。辽金沿用此制。《金史·百官志二》宣徽院条云："东上阁门使二员，正五品。"

碑金汇释

68

〔20〕太廟署令　太庙，帝王的祖庙。金代设太庙署。《金史·百官志一》太常寺条谓："太庙署。皇统八年太庙成，设署，置令丞，仍兼提举庆元、明德、永祚三宫。"又云："令一员，从六品，掌太庙、衍庆、坤宁宫殿神御诸物，及提控诸门关键、扫除、守卫，兼廪牺令事。"

〔21〕上騎都尉　官名。《金史·百官志一》云："正五品曰上骑都尉，从五品曰骑都尉。"

〔22〕平原縣　县名。《金史·地理志中》德州条云："德州，上，防御。宋平原郡军。户一万五千五十三。县三、镇七。"所辖三县中有"平原有金河。镇一水务。"为临河县，地当今山东省平原县附近。

〔23〕食邑五百户　见〔8〕注。

〔24〕左光慶（1134—1185年）　希尹碑篆额人。《金史》卷七十五有传。传谓："光庆字君锡……丁父忧，起复东上阁门副使，再转西上、东上阁门使，兼太庙署令。"又云："光庆好古，读书识大义，喜为诗，善篆隶，尤工大字。世宗行郊礼，受尊号，及受命宝，皆光庆篆。凡宫庙牓署经光庆书者，人称其有法。"另据《金史》卷七《世宗中》载：大定十八年（1178年）十一月："以东上阁门使左光庆为高丽生日使。"光庆卒于大定二十五年（1185年），享年51岁。

〔25〕今天子　指金世宗。

〔26〕紹休聖緒　绍：继续，接续。《三国志·蜀志·诸葛亮传》："绍世而起。"休：美善之意。《左传·宣公三年》："德之休明。"圣：封建时代美化皇帝之说，如"圣旨""圣驾"。绪：前人留下的事业。《诗经·鲁颂·闷宫》："缵禹之绪。"意指金世宗继承祖宗留下的伟业。

〔27〕圖任　反复考虑决定任用之意。《尚书·盘庚》："古我先王，亦惟图任旧人共政。"这里系指金世宗即位任用完颜守道。

〔28〕守道　即完颜守道。希尹孙，《金史》有传。守道任太尉左丞相时在大定二十一年（1181年）三月，《金史》卷八《世宗下》载："大定二十一年三月癸卯，以尚书左丞相完颜守道为太尉、尚书令。"是年七月"辛丑，以太尉、尚书令完颜守道复为左丞相，太尉如故"。希尹碑立碑上限应在大定二十一年七月，即守道复任太尉、左丞相之后。濮国公本传不载，可补史遗阙。

〔29〕股肱心膂　股肱：辅助君主的卿大夫谓之股肱。《左传·昭公九年》："卿佐是谓股肱。"心膂：膂，脊骨。心和膂都是人体重要部分。《三国志·吴·周瑜传》诸葛谨奏疏："臣窃以瑜昔见宠任，入作心膂，出为爪牙，衔命出征，身当矢石，尽节用命，视死如归。"将股肱心膂连系，以喻作栋梁骨干之人。

《书·君牙》："今命尔予翼，作股肱心膂。"

〔30〕世功　历代功业之事。

〔31〕上　金世宗。

〔32〕丞相　仍指完颜守道。

〔33〕竦然　竦：肃敬意。《后汉书·黄宪传》："竦然异之。"

〔34〕孟子曰："所謂故國者，非謂有喬木之謂，有世臣之謂。" 语出《孟子·梁惠王下》，原文是："孟子见齐宣王曰：所谓故国者，非谓有乔木之谓也，有世臣之谓也。" 此意为昔日旧国之所以兴旺昌盛，宛如参天大树，因有劳苦功高贤明宰臣，辅佐君主励精图治的缘故。

〔35〕詩曰："文武受命，召公維翰。無曰予小子，召公是似。" 语出《毛诗正义》。召公，一作邵公，召康公。周代燕国的始祖。名奭。因采邑在召（今陕西岐山县西南）称召公或召伯。曾辅佐武王灭商，被封于燕。成王时任太保，与周公旦分陕而治，陕以西归他治理。前两句是王对召公后代召虎的对语，其意是昔日文王、武王命召公为治国大臣，躬尽辛劳，其祖之勋永昭天下；后两句勉励召虎应当继承祖宗的勋业报效国家。召虎谦让。王进一步说，是因你先君召公之功，才赐予你重任。

〔36〕書曰："世選爾勞，予不掩爾善。茲予大享於先┐┌王，爾祖其從與享之。" 语出《尚书·盘庚》。前两句其意是采择你的忠勤，从不掩盖你的美德、才具，足示我对你甚是器重。后两句是说古代先哲因其功勋卓著选配于皇室庙廷，你的先人亦配其内，以表彰他的功绩。

〔37〕左丞相赠金源郡王　系完颜希尹。《金史》卷七十三《完颜希尹列传》："熙宗即位，希尹为尚书左丞相兼侍中，加开府仪同三司……天眷元年，乞致仕，不许，罢为兴中尹。二年，复为左丞相兼侍中，俄封陈王。"又云："正隆二年，例降金源郡王。"又《金史》卷四《熙宗本纪》天会十三年十一月条载："己卯，以元帅左监军完颜希尹为尚书左丞相兼侍中。"

〔38〕幼名谷神　《金史》卷七十三《完颜希尹列传》："完颜希尹本名谷神，欢都之子也。"碑谓"幼名"，传称"本名"，希尹名字有不同称谓：《大金国志》《三朝北盟会编》称兀室，《契丹国志》称兀室、悟室、胡舍，《建炎以来系年要录》称希尹、固新。《三朝北盟会编》卷一百九十七引苗耀《神麓记》云："兀室与国同姓完颜氏。母妊三十个月生，名曰兀室。意三十也。"并对希尹形象作了细致地描绘："长而身长七尺余，音如巨钟，面貌长而黄色，少鬓髯，常闭目坐，怒睁如环。"

〔39〕曾祖　希尹的曾祖名石鲁。

〔40〕完颜部　完颜,系汉语"王"意。洪皓《松漠纪闻》释曰:"女真酋长,乃新罗人,号完颜氏,完颜犹汉语'王'也。"完颜部,是生女真部族主要的构成部分,也是女真宗室形成的中心。《金史》卷五十九《宗室表》云:"金人初起完颜十二部,其后皆以部为氏,史臣记录有称'宗室'者,有称完颜者。称完颜者亦有二焉,有同姓完颜,盖疏族,若石土门、迪古乃是也;有异姓完颜,盖部人,若欢都是也。"由此可知希尹家族并非宗室直系,也非同姓完颜,而是异姓完颜部人。

〔41〕昭祖　名石鲁。金始祖函普四世孙,献祖子。《金史》卷一《世纪》云:"昭祖稍以条教为治,部落寖强。辽以惕隐官之。"又曰:"天会十五年,追谥成襄皇帝,庙号昭祖。"因昭祖讳石鲁,希尹曾祖名亦石鲁,故谓"同讳"。

〔42〕贤某　国人皆称希尹曾祖为贤石鲁,为避昭祖讳不书"石鲁",而谓"贤某"。《金史》卷六十八《完颜欢都列传》载:"欢都,完颜部人。祖石鲁,与昭祖同时同部同名,交相得,誓曰:'生则同川居,死则同谷葬。'土人呼昭祖为勇石鲁,呼石鲁为贤石鲁"。

〔43〕开府仪同三司　开府:原指成立府置,自选僚属。汉代仅三公、大将军、将军可以开府,魏晋以后因援照三公成列,开府的逐渐增多,因此有"开府仪同三司"之称。晋代诸州刺史多以将军开府,都督军事。唐宋定"开府仪同三司"为文散官的第一阶,金代同。《金史·百官志一》吏部条:文官九品,阶凡四十有二:"从一品上曰开府仪同三司,中曰仪同三司,中次曰特进,下曰崇进。"希尹此官秩当为后世追谥。

〔44〕祖劾逊　希尹祖父。《金史》无传,但《金史》卷六十八《完颜欢都列传》云:"至景祖时,石鲁之子劾孙举部来归,居于安出虎水源胡凯山南。胡凯山者,所谓和陵之地是也。"又云:"欢都,劾孙子。"碑和史传所记:希尹祖父音同字异,传书"逊"作"孙"。碑铭"事"字下空三格,字不可识,以《金史·世纪》验之,劾逊主要应事景祖、世祖三代,碑铭空三格下"祖"字甚明,这三格应填作"景祖世"当不致误。"和陵",今黑龙江省阿城县山河乡三宝屯。(详见:张连峰:《金胡凯山和陵考略》,载《黑龙江文物丛刊》1984年3期)

〔45〕桓笃　希尹父。《金史》有传,书作"欢都"。欢都是完颜部著名军事首领,在平息内部叛乱,建立强大部落联盟中建树尤多,功勋卓著。后代给"异姓之臣"立传时,曾以欢都为首。说明其影响深远。

〔46〕事世、肃、穆、康　世祖,讳劾里钵,为景祖第二子。1039年生。1084—1092年在位。肃,即肃宗,景祖第四子,讳颇剌淑,生于1042年。1092—1094年在位。穆,即穆宗,讳盈歌,景祖第五子。生于1053年。

1094—1103 年在位。康，即康宗，讳乌雅束，穆宗盈歌之长子。生于 1061 年。1104—1113 年在位。

〔47〕数有大功　对欢都事君四朝的评价。据《金史·完颜欢都列传》记载：世祖时"欢都入与谋议，出临战阵"，先后战胜部落内反对派及温都部的反抗，巩固和发展了完颜部部落联盟。肃宗时委任欢都"冠于近僚"，由于在讨平纥石烈腊醅、麻产的叛乱中立有战功，与盈歌、阿骨打、辞不失被辽封为"详稳"。穆宗即位时，部人习烈、斜钵表示不满，欢都严正申明："汝辈若纷争，则吾必不默默但已。"自此不复再有异议。康宗对欢都数有大功"尤加敬礼"。

〔48〕自世祖尝曰："吾有桓笃，何事不成。"是视欢都为中流砥柱之臣。《金史·欢都传》云："欢都事四君，出入四十年，征伐之际遇敌则先战，广廷大议多用其谋。世祖尝曰'吾有欢都，则何事不成'。"

〔49〕戴國公　追赠欢都的爵号。《金史》卷六十八《完颜欢都列传》："天会十五年，追赠仪同三司、代国公。明昌五年，赠开府仪同三司，谥曰忠敏。"史传误书"戴"为"代"，应以碑铭为是。

〔50〕移懶　即《金史》中之耶懒。《金史》卷七十《完颜习室列传》载："世宗时，近臣奏请改苏滨为耶懒节度使，不忘旧功。上曰：'苏滨、耶懒二水相距千里，节度使治苏滨，不必改。石土门亲管猛安子孙袭封者，可改为耶懒猛安，以示不忘其初'。"该卷《完颜思敬列传》："思敬本名撒改，押懒河人，金源郡王神土懑之子，习失弟也。"表明"押""耶""移"音同字异，所叙实一地；同时又说明，耶懒路是以耶（押、移）懒河而得名。苏滨水即今绥芬河，移懒河与之相距千里，当在苏联滨海边区一带。

〔51〕神徒門　即石土门，耶（移）懒路完颜部长。《金史》有传。

〔52〕與其兄弟　指神徒门之弟完颜忠，即迪古乃。《金史》卷七十《完颜忠列传》云："完颜忠本名迪古乃，字阿思魁，石土门之弟。"

〔53〕建伐遼之議　《金史》卷七十《完颜石土门列传》载："弟阿斯懑寻卒，及终丧，大会其族，太祖率官属往焉，就以伐辽之议访之。"该书同卷《完颜忠列传》记叙尤详："太祖器重之，将举兵伐辽，而未决也，欲与迪古乃计事，于是宗翰、宗幹、完颜希尹皆从。居数日，少间，太祖与迪古乃冯肩而语曰：'我此来岂徒然也，有谋于汝，汝为我决之。辽名为大国，其实空虚，主骄而士怯，战阵无勇，可取也。吾欲举兵，仗义而西，君以为如何？'迪古乃曰：'以主公英武，士众乐为用。辽帝荒于畋猎，政令无常，易与也。'太祖然之。明年，太祖伐辽，使婆卢火来征兵，迪古乃以兵会师。"

〔54〕明肅皇帝　即太祖庶长子，熙宗养父宗幹。《金史》卷七十六《完

颜宗幹列传》载："海陵篡立，追谥宪古弘道文昭武烈章孝睿明皇帝，庙号德宗，以故第为兴圣宫。大定二年，除去庙号，改谥明肃皇帝。"

〔55〕秦王　宗翰死时改封之官爵。《金史》卷七十四《完颜宗翰列传》："天会十四年薨，年五十八。追封周宋国王。正隆二年，例封金源郡王。大定间，改赠秦王，谥桓忠，配享太祖庙廷。"

〔56〕鐵驪　又作铁利、铁甸。铁骊原为靺鞨族部落之一。据《册府元龟》记载："唐开元二年，铁骊靺鞨首领阅许离来朝。后屡朝贡，授中郎将。其故地，领广、汾等六州。当渤海盛时，号铁利府。入辽屡通贡使，至天祚不绝，迄于金世。"其居地当在今呼兰河上游及松花江中下游一带。

〔57〕兀惹　即《金史》中乌舍，《契丹国志》作屋惹，《续资冶通鉴》作恶弱。洪皓《松漠纪闻》中称"嗢热"。居地在铁骊东，约在今松花江下游及黑龙江下游。铁骊、兀惹皆辽之属国。

〔58〕奪離剌　铁骊长夺离剌见于《金史》卷三《太宗本纪》天会四年（1126年）七月条："戊子，以铁勒部长夺离剌不从其兄夔里本叛，赐马十一、豕百、钱五百万。"

〔59〕獻款　《金史》载有："铁骊部来送款。"（见《金史》卷二《太祖本纪》二年十月条）此处阙"铁骊部长夺离剌"，碑铭较史书具体。又史书记献款时在克宁江州后，即辽天庆四年（1114年）十月之后，而碑记在"师围宁江州"前，时间各异，应以碑文为准。

〔60〕寧江州　州名。《辽史·地理志》载："宁江州，混同军，观察，清宁中置，初防御，后升。兵事属东北统军司。统县一，混同县。"宁江州是辽道宗清宁年间（1055—1064年）所置边防重镇，既是辽控制生女真的前沿阵地，又是辽与生女真频繁交往的贸易榷场；同时亦是辽主凿冰钓鱼，放弋为乐之地。天庆四年（1114年）十月阿骨打首克此城，取得反辽战争的重大胜利。其地众说不一，本从宁江州故城当在今吉林扶余县伯都讷古城之说。（详见李健才：《东北史地考略》）

〔61〕出河店　地名。是阿骨打克宁江州，首战告捷后第二大战役之地。《金史》卷二《太祖本纪》二年（1114年）十一月条："十一月，辽都统肖乣里、副都统挞不野，将步骑十万会于鸭子河北。太祖自将击之……遂登岸，甲士三千七百，至者才三之一。俄与敌遇于出河店，会大风起，尘埃蔽天，乘风势击之，辽兵溃。"出河店之役开创了阿骨打以少胜多的先例，奠定了金军乘胜追击的基础。地在今黑龙江省肇源县茂兴站南吐什吐。

希尹在宁江州、出河店两大战役中建树皆为《金史》本传失载，碑铭可补史之阙。

〔62〕詔頒行之　希尹创制的女真字颁行于天辅三年（1118年）八月。《金史》卷七十三《完颜希尹传》载："希尹乃依仿汉人楷字，因契丹字制度，合本国语，制女直字。天辅三年八月，字书成，太祖大悦，命颁行之。赐希尹马一匹，衣一袭。"

〔63〕皇弟遼王杲　《金史》卷七十六《杲传》："杲本名斜也，世祖第五子，太祖母弟。"故谓皇弟。同传又载："天会八年，薨。皇统三年，追封辽越国王。天德二年，配享太祖庙廷。正隆例封辽王。大定十五年，谥曰智烈。"

〔64〕中京　辽五京之一。系辽圣宗统和二十五年（1007年）所建。《辽史·地理志三》："……太祖建国，举族臣属。圣宗尝过七金山土河之滨，南望云气，有郛郭楼阙之状，因议建都。择良工于燕、蓟，董役二岁，郛郭、宫掖、楼阁、府库、市肆、廊庑，拟神都之制。统和二十四年，五帐院进故奚王牙帐地。二十五年，城之，实以汉户，号曰中京，府曰大定。"又云："皇城中有祖庙，景宗、承天皇后御容殿……大同驿以待宋使，朝天馆待新罗使，来宾馆待夏使……统州十、县九……"可见其宏伟壮观。其地在今内蒙古昭乌达盟宁城县大明城。杲克中京时在天辅六年正月。《金史》卷二《太祖本纪》天辅六年（1122年）正月条："六年正月癸酉，都统杲克高、恩、回纥三城。乙亥，取中京，遂下泽州。"

〔65〕奚部多所招降　中京地区主要是奚人，并杂居契丹人、汉人和渤海人。宋文学家苏辙《使辽诗》中描绘其地风光云："奚君五亩宅，封户一成田。故垒开都邑，遗民杂汉田。"（见苏辙：《栾城集》卷四十一）。《金史·完颜杲列传》攻克中京后"分遣将士招降山前诸部，计已抚定"。又同书《完颜希尹列传》亦谓"奚人落虎来降，希尹使落虎招其父西节度使讹里剌。讹里剌以本部降"。碑文当指此事。

〔66〕北安　辽州名。宗翰陷北安时在天辅六年（1122年）二月。《金史》卷二《太祖本纪》天辅六年二月条载："己亥，宗翰等败辽奚王霞末于北安州，降。"故址在今河北承德隆化县土城子。城长646米，宽570米，城内及其左近常见辽代瓦当、滴水、筒瓦、板瓦以及生产、生活用具等。（见承德地区文化局辽驿调查组：《辽中京至南京口外驿道调查》，载《社会科学战线》一九八四年一期）。

〔67〕習尼烈　辽天祚帝第四子。辽史无传，仅在《辽史·天祚帝本纪》和《金史·太祖本纪》中有记载。《辽史》卷二十八《本纪第二十八·天祚皇帝二》：天庆九年（1119年）"三月丁未朔，遣知右夷离毕事萧习尼烈等册金

主为'东怀国皇帝'"。又次年（1120年）"三月……以金人所定'大圣'二字，与先世称号同，复遣习尼烈往议。金主怒，遂绝之"。《金史》之《太祖本纪》《完颜宗翰列传》《完颜希尹列传》皆载："宗翰驻北安，遣希尹等略地，获辽护卫耶律习尼烈，知辽主猎鸳鸯泺。"

〔68〕古北口　在今北京市密云县东北部。古长城要隘之一。关口两侧山势陡峭，极为险要。

〔69〕鸳鸯泺　今河北省张北县西北安固里淖。

〔70〕遼主　即辽末天祚帝。

〔71〕耶律余篤　又作耶律余都，或作耶律余睹。金史有传。《金史》卷一三三《耶律余睹列传》载："耶律余睹，辽宗室子也，辽主近族……"辽天祚文妃有姨妹三人，妹嫁副都统耶律余睹。文妃生晋王，最贤。时萧奉先之妹为天祚帝元妃，生秦王。辽保大元年（1121年）正月，萧奉先为使其甥秦王嗣皇帝位，诬告余睹结纳驸马萧昱等欲立晋王为帝，余睹适在军中，恐因诬被诛，遂引兵千余及骨肉军帐依女真。自余睹降，使金得知辽人虚实。余睹在金官为监军，天会十年（1132年）谋反，后遁西夏，不纳，又投鞑靼，被围擒，父子皆死。

〔72〕白水濼　地在大同府北。

〔73〕盡得其内┐┌帑貨寶　《金史》卷二《太祖本纪》天辅六年（1122年）三月条："宗翰复追至白水泺，不及，获其货宝。"同书《完颜希尹列传》："宗翰袭辽帝于五院司，希尹为前驱，所将才八骑，与辽主战，一日三败之。明日，希尹得降人麻哲，言辽主在漠，委辎重，将奔西京。几及辽主于白水泺南。辽主以轻骑遁去。尽获其内库宝物，遂至西京。"

〔74〕乙室　即乙室部。《金史·太祖本纪》天辅六年（1122年）三月条："希尹追辽主于乙室部，不及。"同书《完颜希尹列传》亦载："希尹至乙室部，不及辽主而还。"乙室部今在何地，不详。

〔75〕奏捷　指杲遣希尹向阿骨打报捷之事。《金史》《太祖本纪》《完颜希尹列传》和《完颜宗翰列传》皆失载，唯《完颜杲列传》记，天辅六年六月"杲使完颜希尹等奏捷，且请徙西南招讨司诸部于内地。希尹等见上于大泺西南，上嘉赏之"。

〔76〕賜之金器　此事《金史·完颜希尹列传》失载。《金史》卷七十四《完颜宗翰列传》云："宗翰已抚定西路州县部族，谒上于行在所，遂从上取燕京。燕京平，赐宗翰、希尹、挞懒、耶律余睹金器有差。"

〔77〕天會二年　金太宗年号，二年即1124年。

〔78〕陰山：在内蒙古自治区中部。东西走向。属古老断块山，西起狼山，东至大马群山。长约 1200 公里。海拔 1500—2000 米。南为土默川平原，北坡较平缓。山间垭口（吴公垭、昆都仑沟等）自古为南北交通孔道。《辽史》卷二十九《本纪第二十八·天祚皇帝三》，保大四年（1124 年）"秋七月……天祚既得林牙耶律大石兵归，又得阴山室韦谟葛失兵，自谓得天助，再谋出兵，复收燕、云"。碑文所记当为此时之事。

〔79〕獲其八寶、妃嬪、公主及群侍從　《金史·完颜希尹列传》失载。《金史·太祖本纪》天辅七年即太宗天会元年（1123 年）四月条："四月丁亥，遣斡鲁、宗望袭辽主于阴山。"《金史》卷七十一《完颜斡鲁列传》："辽主在阴山、青塚之间，斡鲁为西南路都统，往袭之……辽主留辎重于青塚，领兵一万，往应州。遣照里、背答各率兵邀之，宗望奄至辽主管，尽俘其妻、子、宗族，得其传国玺。"又《金史》卷七十四《完颜宗望列传》记叙较详："太祖已定燕京，斡鲁为都统，宗望副之，袭辽主于阴山、青塚之间……宗望与当海四骑以绳系辽都统林牙大石，使为乡导，直至辽主营。时辽主往应州，其嫔御诸女见敌兵奄至惊骇欲奔，命骑下执之。有顷，后军至。辽太叔胡卢瓦妃、国王捏里次妃，辽汉夫人，并其子秦王、许王，女骨欲、余里衍、斡里衍、大奥野、次奥野，赵王妃斡里衍，招讨迪六，详稳六斤，节度使孛迭、赤狗儿皆降。得车万余乘，惟梁王雅里及其长女乘军乱亡去。"

〔80〕夏人　系指西夏。与辽、金先后建于宋代北部的地方政权，多次对宋、辽、金发动战争，后臣服辽，复遣使向金称臣。1038 年建国，1227 年为蒙古所灭。

〔81〕據有天德、雲中六館之地　金太祖时为灭辽，对西夏采取了团结、忍让策略。《金史》卷一三四《外国上》西夏条载："初，以山西九州与宋人，而天德远在一隅，缓急不可及，割以与夏。"又《金史》卷三《太宗本纪》天会二年（1124 年）正月条载："正月……夏国奉表称藩，以下寨以北、阴山以南、乙室耶剌部吐禄泺西之地与之。"这即系指下寨以北，阴山以南的天德军、云内州、金肃州（内蒙古伊克昭盟东胜县东）、河清军（内蒙古伊克昭盟东胜县北）以及武州（山西五寨县左近）。

〔82〕夏爲宋所侵　系指天会二年（1124 年）七月西夏王李乾顺进兵取武、朔两州。宋宣抚使谭稹遣部将李嗣本督兵出战，双方相持数日。十月，乾顺遣使至金国，告以新受地被宋人侵占，祈金援助。

〔83〕王復書責讓　王系完颜希尹。《金史·完颜希尹列传》载："是时，夏人已受盟，辽主已获，耶律大石自立，而夏国与娄室书责诸帅弃盟，军入其境，多掠取者。希尹上其书，且奏曰：'闻夏使人约大石取山西诸郡，以臣观之，

夏盟不可信也'。"

〔84〕建立张楚 《金史》卷三《太宗本纪》天会五年三月条："三月丁酉，立宋太宰张邦昌为大楚皇帝。"故谓张楚。

〔85〕大河 系指黄河。《金史·完颜宗望列传》："以黄河为界，纳质奉贡。"

〔86〕右监军 官名。《金史·百官志一》载："都元帅府掌征讨之事，兵罢则省。天会二年，伐宋始置。泰和八年，复改为枢密院。"都元帅府设右监军。该书同卷载："元帅右监军一员，正三品。"碑铭"右监军"上字不可识四格，当系指希尹当时官职。《金史》卷二《太宗本纪》天会三年（1125 年）十月条："十月甲辰，诏诸将伐宋。以谙班勃极烈杲兼领都元帅，移赉勃极烈宗翰兼左副元帅先锋，经略使完颜希尹为元帅右监军。"

〔87〕宋人渝盟 宋徽宗重和元年（1118 年），宋遣赵良嗣使金，双方约定夹攻辽国，由金攻取中京，宋攻取燕京；灭辽后，燕云地区归宋，宋将原输给辽国岁币如数与金。是所谓宋、金"海上之盟"。金太宗即位，宗翰撕毁盟约，且上书太宗"宋人不归我叛亡，阻绝燕山住来道路，后必败盟，请勿割山西郡县"。太宗以先帝阿骨打所许，不应爽约（《金史》卷七十四《完颜宗翰列传》）。但宗望却说："宋兵三千自海道来，破九寨，杀马城县戍将节度使度卢斡，取其银牌兵仗及马而去。宗望索户口，宋人弗遣，且闻童贯、郭药师治军燕山。"宗望奏请伐宋，宗翰亦以为然（见《金史》卷七十四《完颜宗望列传》）。此即碑铭所云"宋人渝盟"。

〔88〕河东 路名。宋至道十五路之一。治所在并州（后改太原府，今山西太原市）。辖境相当今山西省内长城以南，龙门山、稷山、绛县、垣曲一带以北；西北有今陕西东北角佳县以北地区。

〔89〕太原 即今山西太原市。宗翰攻太原，遭到宋军民的坚决抵抗。《金史·完颜宗翰列传》：天会四年（1126 年）"九月丙寅，宗翰克太原，执宋经略使张孝纯等"。又《大金国志》云："围城（太原）凡二百六十日，军民死者十八九。"

〔90〕明年 即天会五年（1127 年）。

〔91〕克汴 北宋京城东京开封府，又称汴京。天会四年（1126 年）十二月，宗翰、宗望两军会师于开封城下。宋钦宗投降。至天会五年（1127 年）四月，金军俘掳宋徽宗、钦宗，并掳掠大批人口、财物而归。在汴京驻留四个月之久。

〔92〕王独先收宋图┐ ┌籍 王即完颜希尹。此为金史本传失载。希尹从汴京掠取大批图籍，《三朝北盟会编》卷七十三、卷七十八均有记叙，宋靖康元年（1126 年）十二月二十三日"金人索监书、藏经、苏黄文，及古文书、

《续资治通鉴》诸书，金人指名取索书籍甚多"。"开封府支拨见钱收买，又直取于书籍铺"。又靖康二年（1127年）正月二十九日，宋人"差董迪权司业，监起书籍等，差兵八千人，运赴军前。"另从《金史》卷六十六《完颜勖列传》和卷七十《完颜宗宪列传》可见，到汴取图籍除希尹外尚有勖和宗宪。如勖，"太宗使勖就军中往劳之。宗翰等问其所欲，曰：'唯好书耳。'载数车而还。"又如宗宪，"从宗翰伐宋，汴京破，众人争趋府库取财物，宗宪独载图书以归。"

〔93〕誓券　又称誓书铁券、丹书铁券。《汉书·高帝纪》载刘邦战胜项羽称皇帝后，"又与功臣剖符作誓，丹书铁契，金匮石室，藏之宗庙"。这种誓书铁券是封建皇帝分封功臣作诸侯王，或赐予功臣以某种特权所颁发的凭据。其形状元陶宗仪在其《辍耕录》中云："形宛如瓦，高尺余，阔二尺许，券词黄金商嵌"，所刻文词有"卿恕九死，子孙三死，或犯常刑，有司不得加责"。《金史·完颜希尹列传》亦载："及大举伐宋，希尹为元帅右监军。再伐宋，执二王以归。师还，赐希尹铁券，除常赦不原之罪，余释不问。"史书赐铁券与碑铭记"誓券"实同。

〔94〕宋康王构　即宋徽宗之子，宋河北兵马大元帅赵构。

〔95〕自立於睢陽　赵构于宋建炎元年（1127年）五月，于南京（今河南商邱）即皇帝位，改元建炎，是为宋高宗，史称南宋。睢阳，古县名。秦置，以在睢水之阳而得名。治所在今河南商县城。从西汉、东汉、三国一直到隋初皆称睢阳。隋开皇改名宋城，唐为宋州州治，五代后唐李存勖将宣武军改名归德军。归德之各自此始。北宋真宗景德改梁州为应天府。宋大中祥符七年（1014年）建商邱为南京，为北宋陪都。辖境相当今河南睢县、柘城、夏邑，安徽砀山、山东单县、曹县等地。

〔96〕澶、濮、大名诸城　澶，即澶州。唐武德四年（621年）分黎、魏等州置，因澶渊得名。贞观初废。治所在顿丘（今河南清丰西南）。辖境相当今河南清丰及濮阳东北，山东范县西北各一部分地。五代、晋移治濮阳（今河南濮阳县南，宋熙宁间移至今县城）。宋崇宁时升为开德府。金复为澶州，皇统四年（1144年）改名开州。州城濒黄河，为南北交通咽喉。五代、北宋时造舟为梁，跨河上。北宋景德初，宋、辽会盟于此，因澶州亦名澶渊郡，史称"澶渊之盟"。

濮　即濮州。隋开皇十六年（596年）改濮阳郡置。治所在鄄城（今山东鄄城北旧城），大业初废。唐武德四年（621年）复置。辖境相当今山东范县、鄄城及河南濮阳南部地区。其后辖境略有伸缩。

大名　即大名府。故址在今河北大名县东。详见〔12〕

〔97〕東平　府名。宋宣和元年（1119年）改郓州为东平府。治所在须城（今山东东平）。辖境相当今山东汶上、平阴、东平、梁山、肥城、阳谷、东阿等县地。

〔98〕淮陽　即今河南淮阳县。汉高祖十一年（前196年）置淮阳国，为同姓九国之一，都于陈（今河南淮阳），惠帝后时为郡，时为国。平帝时辖境相当于今河南淮阳、鹿邑、太康、柘城、扶沟等县地。东汉章和三年（公元89年）改为陈国。隋大业及唐天宝、至德时又曾改陈州为淮阳郡。

〔99〕揚州　即今江苏省扬州市。位于长江北岸，京杭大运河与长江在此交汇，通扬运河经此东入黄海。扬州是座历史古城，春秋时吴邗城即建于城西北，楚怀王十年（319年）在邗城故址筑广陵城。西汉为江都国、广陵国。东汉时为广陵郡治。东晋太和四年（369年）桓温在此城址重筑广陵城，东晋在此置青州，北周改名吴州，隋改吴州为扬州。扬州之名即此开始。隋大业六年（610年）又改名江都郡。唐设扬州大都督。宋初李重进镇守扬州在唐城南半部加以改筑，称为"州城"。南宋建炎元年（公元1127年）在"州城"基础上修筑"周二千二百丈"的"宋大城"。金太宗袭宋高宗赵构，时在天会七年（1129年）五月。《金史·太宗本纪》载："五月乙卯，拔离速等袭宋主于扬州。"《金史·完颜希尹列传》亦载："宗翰伐康王，希尹追之于扬州，康王遁去。"

〔100〕雲中　府名。宋宣和四年（1122年）改辽大同府置。治所在今山西大同市，为云中府路治所。云中是宋、金联合攻辽盟约中预定归还宋人之地。其后金人失约，地遂入金，仍改名大同。

〔101〕燕　即燕京，今北京。

〔102〕南伐　指天会五年（1127年）十二月右副元帅宗辅与宗弼（太祖子）、阇母再度向淄州、青州进兵。

〔103〕繪山　地名。据《三朝北盟会编》卷一九七引张汇《金房节要》云为"居庸关以东"。

〔104〕燕京　今北京。北京是座历史名城，公元前十一世纪，周封功臣召公于燕。近年考古发现，北京琉璃河是周初燕国的国都。战国时期都城在蓟，即今北京西南广安门外一带。自西汉起蓟城成为华北地区经济、文化的中心。辽天显十年（935年），在辽得幽蓟十六州后，于原来幽州地方置辽南京析津府，又称燕京，此即燕京名称来由。辽南京是辽五京中规模最大的都市。

〔105〕兩元帥　指国论右勃极烈兼都元帅宗翰和左副元帅宗辅。

〔106〕伏兵舉事　言耶律余睹谋反事。《金史·太宗本纪》天会十年（1132年）九月条云："九月，元帅右都监耶律余睹谋反，出奔。其党燕京统军使萧高六伏诛，蔚州节度使萧特谋葛自杀。"

〔107〕西京　即辽五京之一的西京大同府。《辽史·地理志五》云："初为大同军节度，重熙十三年升为西京，府曰大同。"这里扼控西南要冲，是辽的边防重镇。

〔108〕尚书左丞相兼侍中　左丞相，官名。春秋齐景公、战国秦武王曾置左右承相各一人。秦及汉初沿置。汉文帝以后则仅置丞相一人。北齐、北周设左右丞相。唐玄宗开元初以左右仆射为尚书左右丞相；天宝初改侍中为左相，中书令为右相，尚书左右丞相仍为左右仆射。侍中，官名。秦汉置，西汉沿置，为自列侯以下至郎中的加官，无定员。侍从皇帝左右，出入宫廷，应对顾问，南朝宋文帝时，始掌机要，梁陈相沿，实际上即为宰相。北魏尤重其官，呼为小宰相。北周改称纳言。唐代复称侍中，并一度改称左相，成为门下省的正式长官，但因官位特高，仅作为大臣的荣典。非有同平章政事的头衔，即不为宰相，与南北朝不同。北宋犹存其名，金沿宋辽官制仍设尚书省。《金史·百官志一》云，尚书省内设"尚书令一员，正一品，总领纪纲，仪刑端揆"。又设"左丞相、右丞相各一员，从一品，为宰相，掌丞天子，平章万机"。丞相，碑文所记系希尹在熙宗即位后的官职。"时在天会十三年（1135年），《金史·熙宗本纪》："十一月，以尚书令宋国王宗磐为太师。已卯，以元帅左监军完颜希尹为尚书左丞相兼侍中。"

〔109〕萌古斯　即蒙古。源于东胡族，唐时属室韦一部，谓之蒙古部。蒙古称谓颇多，《旧唐书》谓"蒙兀"，《新唐书》则称"蒙瓦"。金人有"唐兀""蒙骨"；其后又有"唱古""肓骨子"或"忙豁勒"等不同名称。《金史·太宗本纪》作"土克厮"，碑文书为"萌古斯"，皆指蒙古。

〔110〕詔往征之　希尹偕宗磐往征蒙古。《金史》纪传皆失载。《建炎以来系年要录》卷九十六，绍兴五年（1135年）十二月条有："是岁，金主宣以蒙古叛，遣领三省事宋国王宗磐领兵破之。"又《大金国志》卷九《熙宗孝金天会十三年（1135年）条："冬，皇伯领三省事、宋王宗磐提兵攻肓骨子，败之。"据此，希尹偕太师宗磐往征蒙古，时在宋绍兴五年即金天会十三年（1135年），十二月。

〔111〕太傅　指梁宋国王宗幹。《金史·熙宗纪》天会十四年（1136年）三月条：（壬午），以太保宗翰、太师宗磐、太傅宗幹并领三省事。"《金史·宗幹传》亦载："熙宗即位，拜太傅，与宗翰等并领三省事。天眷二年，进太师，封梁宋国王，入朝不拜，策杖上殿，仍以杖赐之。"只是未标明具体月份。

〔112〕王　即完颜希尹。

〔113〕帝　即金熙宗完颜亶。

〔114〕储副　储君；太子。《后汉书·种暠传》："国子，国之储副。"

〔115〕元子　天子、诸侯的嫡长子。《仪礼·士冠礼》："天子之元子，犹士也。"《诗·鲁颂·閟官》："建尔元子，俾侯于鲁。"

〔116〕左右元帅　即左副元帅宗翰，右副元帅宗辅。

〔117〕援立闵宗　闵宗系金熙宗追谥的庙号。《金史·熙宗本纪》载："大定初，追谥武灵皇帝，庙号闵宗，陵曰思陵。"大定为金世宗年号（1161—1189年）。此记宗幹会同宗翰、宗辅和完颜希尹主建熙宗嗣皇帝位事。《金史·熙宗本纪》天会十年（1132年）条记叙颇详："十年，左副元帅宗翰、右副元帅宗辅、左监军完颜希尹入朝，与宗幹议曰：'谙班勃极烈虚位已久，今不早定，恐授非其人。合剌，先帝嫡孙，当立。'相与请于太宗者再三，乃从之。"

〔118〕罢宗磐尚书令　碑文所记与金史纪传有异。《金史·熙宗本纪》天会十三年（1135年）十一月条云："十一月，以尚书令宋国王宗磐为太师。"而《金史·完颜宗磐列传》则谓："熙宗即位，为尚书令，封宋国王。未几，拜太师，与宗幹、宗翰并领三省事。"未载罢宗磐尚书令，碑文可补史阙。

〔119〕宗儁　即宗俊。太祖之子，为钦宪皇后所生。《金史》有传。传载："天会十四年，为东京留守。"天眷元年，入朝，与左副元帅挞懒建议，以河南、陕西地与宋。"

〔120〕挞懒　《金史》卷七十七《挞懒传》载："昌本名挞懒，穆宗子。"又云"天会十五年为左副元帅，封鲁国王。"

〔121〕兴中尹　兴中府行政长官。兴中，府名。《金史·地理志上》北京路兴中府条云："兴中府，散，下。本唐营州城，辽太祖迁汉民以实之，曰霸州彰武军，重熙十一年升为府，更今名，金因之。户四万九百二十七。县四、镇三。"治所在兴中（今辽宁朝阳），初辖境甜当今朝阳和小凌河上游一带，后扩大至今朝阳和兴城县。尹，从汉代始，以都城的行政长官称尹，如京兆尹、河南尹。金代诸路设尹一员，正三品。希尹出为兴中尹，《金史》纪传皆有载，时在天眷元年（1138年）。《金史·熙宗本纪》天眷元年秋七月"壬寅，左丞相希尹罢"。又《金史·完颜希尹列传》载："天眷元年，乞致仕，不许，罢为兴中尹。"

〔122〕明年　即天眷二年（1139年）。

〔123〕封许国公　碑铭所记与《金史》本传有别。传载："二年（天眷），复为左丞相兼侍中，俄封陈王。"碑铭所叙"进封陈王"是在希尹平宗磐谋反之后。可补《金史》阙讹。

〔124〕王与太傅　指完颜希尹与宗幹。

〔125〕天眷中　指天眷三年（1140年）。

〔126〕車駕幸燕　金熙宗巡幸燕京。《金史·熙宗本纪》天眷三年（1140年）四月条："丁卯，上如燕京。"

〔127〕袞冕　袞衣和冕，是古代皇帝及上公的礼服。《仪礼·觐礼》："天子袞冕，负斧依。"袞衣，毛传："袞衣，卷龙也。"陈奂传疏："袞与卷古同声。卷者，曲也，象龙曲形曰卷龙；画龙作服曰龙卷，加袞之服曰袞衣，戴冕加袞曰袞冕。天子，上公皆有之。"

〔128〕玉辂　辂车名。《论语·卫灵公》："乘殷之辂。"邢昺疏："殷车曰大辂，木辂也。取其俭素，故使乘之。"同辂，即乘同一辆车。

〔129〕后　金熙宗悼平皇后。《金史》有传。

〔130〕因酒有隙　天眷三年（1140年）九月希尹与宗弼在燕京发生的事端。《金史》纪传皆失载。《三朝北盟会编》卷七引苗耀《神麓记》记叙颇详："朝辞既毕，众官饯于燕都檀州门内兀术第，至夜阑酒酣，皆各归，惟悟室（希尹）独留。"希尹酒后失智，称宗弼为"鼠辈"，并说"汝之军马，能有几何？天下之兵，皆我有也。"宗弼诉告宗幹，宗幹以希尹醉后失言不必在意。翌日，宗弼以"辞皇后为名，泣告皇后"。悼平皇后具以此语告知熙宗，以至酿成希尹罹祸被诛。此即"以酒为隙"的出处。

〔131〕遣使召至　熙宗令燕京留守纪王宗强（阿鲁）将其兄宗弼从祁州军中召回燕京。

〔132〕谕　皇帝的诏令。

〔133〕明肃　即太师，梁宋国王宗幹。

〔134〕明旦　第二天清晨。

〔135〕並其二子　希尹二子，即昭武大将军（希尹传为修国史）把答和符宝郎漫带。《金史》纪传皆有载。

〔136〕获宥　得以赦罪之意。《易·解》："君子以赦过宥罪。"

〔137〕奕世　一代接一代。《国语·周语上》："奕世载德，不忝前人。"王夫之《宋论·真宗》："而永保令名于奕世矣。"

〔138〕扶翼　辅助。《后汉书·顺帝纪》："近臣建策，左右扶翼。"沈约《齐故安陆昭王碑》："萧曹扶翼汉祖，灭秦项以宁乱。"

〔139〕孜孜　努力不怠。《书·君陈》："惟日孜孜，无敢逸豫。"

〔140〕知无不爲　语出《春秋左传正义》卷十三晋献公卒里克、平郑对话："辱在大夫，其若之何。稽首而对曰：'臣竭其股肱之力，加之以忠贞。其济，君之灵也；不济则以死继之。'公曰：'何谓忠贞？'对曰：'公家之利，知无不为，

忠也。'"

〔141〕杜遏　抑止；阻止。《诗大雅·民劳》："式遏寇虐，无俾民扰。"郑玄笺："式，用；遏，止也。"韩愈《张丞中传后叙》："蔽遮江淮，沮遏其势。"

〔142〕忤　违逆；抵触。《新唐书·李义府传》："凡忤意者，皆中伤之。"

〔143〕譖　进谗言，说人坏话。《公羊传·庄公元年》："夫人譖公于齐侯。"

〔144〕儒士　泛指一般读书人。《三国志·魏志·高堂隆传》："尊儒士，举逸民。"

〔145〕诸孙幼学　希尹礼贤儒士，请宋使洪皓为家庭教师。《宋史》卷三七三《洪皓列传》：在"八月已雪，穴居百家，陈王悟室（希尹）聚落也，悟室敬皓，使教其八子。"

〔146〕天德初　天德，金海陵王年号（1149—1152年）。《金史·完颜希尹传》载："天德三年，追封豫王。"而碑铭在"豫"字下有"国"字。

〔147〕諡曰贞宪　《金史·完颜希尹传》载："大定十五年，谥贞献。"

〔148〕正隆二年　金海陵王年号。二年，即1157年。

〔149〕改封金源郡　《金史·完颜希尹传》则谓："例降金源郡王。"

〔150〕大定十六年　即公元1176年。

〔151〕衍庆宫　宫建于海陵天德四年（1152年），址在燕京（今北京）。《金史·礼志六》载："天德海陵四年，有司言：'燕京兴建太庙，复立原庙……今两都告享宜止于燕京就建原庙行事。'于是，名其宫曰衍庆，殿曰圣武，门曰崇圣。"

〔152〕明年　即大定十七年（1177年）。

〔153〕太宗庙庭　《金史·礼志六》谓：大定"十六年……既而复欲择建太宗殿于归仁馆……太宗殿曰丕承，阁曰光昭"，而未言及太宗庙廷，而欲择建的归仁馆亦未详其址所在。所谓太宗庙廷或以"归仁"即是。

〔154〕撰　著作；著述。

〔155〕铭　文体的一种。古代常刻铭于碑版及器物，或以称功德，或以申鉴戒。《文心雕龙》有《铭箴》篇。

〔156〕稽首　古时一种跪拜礼，叩头到地。《周礼·春官·大祝》："辨九捧（拜），一曰稽首，二曰顿首，三曰空首，四曰振动，五曰吉捧、六曰凶捧、七曰奇捧、八曰褒捧、九曰肃捧。"

〔157〕国朝　封建时代称本朝为"国朝"。曹植《求自试表》："若此终年，无益国朝。"韩愈《荐士》诗："国朝盛文章，子昂始高蹈。"

〔158〕今天子　即金世宗。

〔159〕丕承　丕，乃。《书·禹贡》："三危既宅，三苗丕叙。"承，继承；继续。

《后汉书·儒林传赞》："斯文未陵，亦各有承。"张华《杂诗》："暑度随天运，四时互相承。"意指金世宗承继先帝祖业。

〔160〕世笃　世，世代继承。《汉书·贾谊传》："贾嘉最好学，世其家。"笃，诚笃；忠实。《记礼·中庸》："博学之，审问之，慎思之，明辨之，笃行之。"系指希尹家族世代忠贞于国。

〔161〕克负荷用　或为克荷之扩大。《梁书·殷景仁传》："窃惟殊攻之宠必归器望，喉唇之任非才莫居，三省诸躬无以克荷。"李邕《王仁忠碑》："光有胤子，克荷良焉。"

# 大金得胜陀颂碑

王仁富　校注

# 校注前言

　　本碑以吉林市博物馆所藏道光七年（1827年）成书的《吉林外记》咸丰元年抄本为底本。《吉林外记》是吉林省较早的一部地方志书，该书在《卷九·古迹篇》将"大金得胜陀颂"碑列为吉林省古迹之首，足见对此碑的重视和厚爱，这也是目前所见到的对"大金得胜陀颂"碑最早的记载和传世最早的碑文，世人知"大金得胜陀颂"碑，多自此书始。随着历史的发展和历史研究的深入，这座世界上女真文字最多的碑越来越受到学术界的重视，成为闻名中外的中国历史名碑之一。它用汉字、女真字两种文字互为对照地记载了我国金代开创史，而成为我国北方各民族共同开发建设祖国北疆的物证，在金史研究、女真语言文字研究上有重要价值。对于驳斥国外歪曲中国历史的错误说法，"大金得胜陀颂"碑的证史、补史价值夏是不可多得和无可代替的。国外学术界很早就赞誉它是中国的一通"国宝"。中外研究此碑的论著已有五十多种。碑文受此厚遇，尚不多见。抚今追昔，《吉林外记》首录之功不可泯灭。

　　咸丰元年的这个抄本，"长白丛书初集"于一九八六年刊行于世。外有光绪廿一年桐庐袁氏刊刻渐西村舍本，光绪廿三年上海著易堂铅印小方壶斋舆地丛钞再补编本，光绪廿六年印行广雅书局丛书本，光绪廿九年金匮浦氏刻印皇朝藩属舆地丛书本和上海商务印书馆编印丛书集成本等多种《吉林外记》版本统称刊本。就"大金得胜陀颂"有关部分而言，抄本与刊本瑕瑜互见，而抄本独具特色。如刊本12行汉字碑文为"后以是名　其兆云"，抄本作"后以是名赐其地云"，考之本碑，现存"后以是名□其地云"，抄本长处，不言自明。又18行碑文"盖有加"，刊本作"益有加"，而抄本不误；25行碑文"咄彼宗元"，刊本作"□彼宗元"，而抄本作"出彼宗元"；29行碑文"千载合契"，刊本作"千载孝治"，而抄本作"千载治孝"，凡此种种抄本都比刊本更反映或接近碑文原貌。抄本也有不如刊本的地方，如误"吉"为"告"，误"之"为"人"等。令人费解之处是刊本的六处阙如：24行"光浮万□"，25行"□彼宗元""遂

诬□明"，27 行"江山□是""圣功既□""永□厥志"等，在抄本中全部补齐，
两本如何演变，尚不清楚，特献此疑供学术界探讨。

# 碑文校注

大金得勝陀<sup>①</sup>　即"額特赫噶珊"，金太祖誓師之地。國語<sup>②</sup>"額特赫"，勝也；"噶珊"，鄉村也<sup>③</sup>。

　　**校注：**①大金得勝陀　"大金得胜陀颂"碑，国家级重点保护文物。金大定二十五年七月二十八日立于金会宁县得胜陀（今扶余县徐家店乡石碑崴子村），碑为青石，通高 320 厘米，由额、身、座三部分组成。碑首呈长方形，高 79 厘米，宽 100 厘米，厚 38 厘米，顶及侧雕有四条对称盘龙，龙头向下，龙身缠绕，张吻怒目，双爪夺珠。两龙盘曲之间留有碑额，正面篆书"大金得胜陀颂"六字二行，为金代书法名家党怀英手笔，碑亦因之得名。碑身高 177 厘米，宽 85 厘米，厚 31 厘米，正面汉字碑文 815 字，计 30 行，最长一行 79 字。前部分追述金代开创者完颜阿骨打在立碑处集聚兵马，传梃誓师，得胜建金的经过，后部分介绍了建碑原委和颂赞帝业长久的诗文，有序有颂，属中国传统颂赞文体。碑文简练，顺理成章，大量引用中国古代历史传说和汉唐皇帝故事，不免带有封建君权神授色彩和褒奖溢美之词。碑身四周雕饰蔓草花纹。背面为女真字碑额和碑文，两种文字对照。无刻工姓名。龙身下为龟趺碑座，高 72 厘米、宽 97 厘米，长 160 厘米，重千余斤，这种龙首龟趺的碑刻形制显然是继承了唐宋风格。"大金得胜陀颂"碑是中国历代著名碑刻之一，《吉林外记》首录后，光绪十三年（1887 年）夏，我国清代著名舆地学家曹廷杰亲至伯都讷碑所，实地考察并制作了拓片，以后吉林省多种志书都记载了此碑，权威的《辞海》《中国名胜词典》也有介绍。中国台湾学者苏振申、赵振绩两位先生在所编的《中国历史图说》（9）也收入了该碑。该碑也赢得了国外学术界的重视，日本学术界已有十多种研究介绍文著。新中国成立后修建了新碑亭，着意加以保护，在碑文研究上有很大进步，订正了书丹者之误和日本文著中的错误。

②國語　指满语，与女真语不同。

③鄉村也　满语如此意，《金史》载女真语呼为"忽土皑葛蛮"，"得胜"之意，由地名转为碑名。

得勝陀頌①

校注：①得勝陀頌　这是首行汉字碑文，抄本有误。考之碑铭为"大金得胜陀颂并序"，上脱"大金"二字，下脱"并序"二字，"并序"二字略小，侧书。"大 ×"是碑文首行惯例。本碑文由序和颂诗两部分组成，系颂赞文体。

奉政大夫①充②翰林修撰③同知制诰④兼⑤太常博士⑥驍騎尉⑦賜緋魚袋⑧臣趙可⑨奉敕⑩撰

校注：①奉政大夫　据《金史·百官志》，文官九品四十二阶，正六品上曰奉政大夫。

②充　《金史·百官志》："猛安、谋克、翰林待制、修撰……编修……王府文学、记事参军，并带'充'字。"赵可为"翰林修撰"，故带充字。

③翰林修撰　《金史·百官志》："翰林修撰，从六品，不限员，掌与待制同。"金制，设翰林学士院，职掌"制撰词命，应奉文字"。属员有侍读学士、侍讲学士、直学士、待制、修撰、应奉翰林文字。进士出身才能入翰林。赵可于贞元二年中进士。

④同知制诰　依前注，翰林修撰职掌"与待制同"，《金史·百官志》"翰林待制，正中品，不限员，分掌词命文字，分判院事，衔内不带'知制诰'。"此处记载与碑文不相符。查《金史·校勘记》〔一七〕，知此"不"字原脱，系校勘者"依文义补'不'字。"缘此，《金史》原文为："衔内带'知制诰'。"文意通，但依碑文校勘似应为"衔内带'同知制诰'"。

⑤兼　《金史·舆服志》："凡散官、职事皆从一高，上得兼下，下不得僭上。"奉政大夫正六品，太常博士正七品，上可兼下。

⑥太常博士　正七品，掌检讨典礼。

⑦驍騎尉　勋级，正六品。

⑧賜緋魚袋　唐代五品以上官员盛放鱼符的袋，金沿之。

⑨趙可　赵可字献之，高平人，贞元二年进士，仕至翰林直学士。博学高才，卓荦不羁。入翰林，一时诏诰多出其手。流辈服其典雅。歌诗乐府尤工，号"玉峰散人"，有《玉峰散人集》。

⑩敕　皇帝的诏令。此字正体为敕，异体作"勑"，考之本碑此字为勑。汉《礼器碑》亦如此，可见"來"简书为"来"，金已有之。

儒林郎①咸平府②清安縣令③武騎尉④賜緋魚袋臣孫侯⑤奉敕書丹⑥

**校注：**①儒林郎　文官阶从七品下。

②咸平路　治所在今辽宁省开原市老城。辽为咸州，金初为咸州路，置都统司。天德二年八月，升为咸平府，后为总管府。置辽东路转运司、东京咸平路提刑司，户五万六千四百四，县八，是金代比较重要的地区和州治，金世宗大定二十四年"东巡"时，首途咸平。

③清安縣令　金咸平府辖县，治所在今辽宁省昌图县昌图镇古城。县令，地方官。秦汉定制以县为地方行政基层单位，与上的郡相配合，是最基本的行政单位，相沿后世。县以令为主官，丞为佐官，尉主兵事。

④武騎尉　勋级，从七品。"武"字《吉林通志》作□，现碑"武"字清楚。

⑤孫侯　书丹者之名，刊本作"侯"，它本亦多作"侯"。经笔者考证，"候""侯"均误，此书丹者之名为"俣"，"侯"为抄传笔误。最早对书丹者产生疑窦的是《吉林通志》，该书对颂碑的撰文、书丹、篆额者进行人物考证时，发觉"撰文之赵可，篆额之党怀英史皆有传""惟书丹之孙侯无传"，认为"夫以纪功宏文命一县令书之，则其见重当时盖可想见，虽文籍无征，得此碑以存名姓，亦其幸也"。至《满洲金石志》（1937年）罗福成、罗福颐两位先生依据拓片，慎密发微，确认此书丹者之名"是俣非侯"，一语破的，拨乱反正。日本研究颂碑的学者也对书丹者存有疑问，田村实造教授说"关于这个人的情况尚属不明"；小野川秀美教授的《金史语汇集成》收录了"孙俣"，不见"孙侯"。这些见解对书丹者的研究都有启迪。1984年1期《黑龙江文物丛刊》发表拙文《大金得胜陀颂碑文整理三得》，于新中国成立后首次提出了颂碑书丹者"孙俣"说。1986年11期《文物》和1986年2期《史学情报》发表了论文和报道，颂碑书丹者"孙俣"说遂为学术界肯定，张博泉先生的文章《大金得胜陀颂碑研究》（《白城师专学报》1986年1期），干志耿先生、孙秀仁先生的专著《黑龙江古代民族史纲》（黑龙江人民出版社，1986）都已经改用了"孙俣"说。需要说明的是，由于年久剥蚀，本碑书丹者之处，仅存单立人旁是原刻，其余残损无征。在1977年对石碑黏接复原时，将三十几个残损无存字用水泥填平，按《吉林外记》所载碑文作了补刻，书丹者之名补刻为"侯"。因系补刻，故不足为据。刘凤翥、于宝林两位先生就曾明确指出："据罗本考证，

'孙侯'为'郝俣'之误。其说有理。惜原石此处为补刻字,故尚难定论。"(《民族语文论集》中国社会科学出版社,1981)

⑥書丹　以朱笔存碑石上写字以待镌刻。《后汉书·蔡邕列传》:"熹平四年,奏求正定六经文字。灵帝许之,邕乃自书丹于碑,使工镌刻立于太学门外。"后遂通称为碑写字为"书丹"。

承直郎①應奉翰林文字②同知制誥兼充國史院編修官③雲騎尉④賜緋魚袋臣黨懷英⑤奉敕篆額⑥

**校注：**①承直郎　文官阶正七品下。

②翰林文字　翰林学士院属官,从七品,衔内带"同知制诰"。

③编修官　正八品,掌修国史事,谏官不得兼,女真、汉人各四员。

④雲騎尉　勋级,正七品。

⑤黨懷英　党怀英,字世杰,号竹溪,奉符人,金代书法大家。少与辛弃疾同师刘岩老。世宗大定十年进士,官至翰林学士承旨。能属文,工篆籀,当时称为第一,学者宗之。"大金得胜陀颂"碑篆额,曲阜"杏坛"等是其传世手笔。《金史》和《中州集》有传。

⑥篆额　用篆体书写的碑额。王芑孙《碑版文广例》:"碑首或刻螭、虎、龙、雀以为饰,就剡其中为圭首……圭首有字谓之额,其额书篆字谓之篆额,隶字谓之题额。"

得勝陀①太祖武元皇帝②誓師之地也。

**校注：**①得勝陀　地名,即今立碑处。本无名,完颜阿骨打于此地誓师反辽时,祈祝得胜,果然如愿建金,遂以"得胜"名之。《金史·地理志》郑重记载,会宁"有得胜陀,国言忽土皑葛蛮,太祖誓师之地也"。在拉林河(松花江支流,古涞流水)左岸约七公里,面河背丘,地势险要,冲击形成河谷,水草丰茂,利于攻守,实为兴兵创业的胜地。

②太祖武元皇帝　指完颜阿骨打,金代开创者,庙号太祖。历史上习惯将开国之君称为太祖。阿骨打,女真族部落联盟首领,世祖劾里钵次子,少有大志,娴于弓马,机敏过人。发动得胜陀反辽誓师,败辽建金。武元,谥号。《金史·太祖本纪》:"天会二年三月,上尊谥曰武元皇帝,庙号太祖。"谥法:刚强直理曰武,始建国者曰元,靖民则法曰皇,德象天地曰帝。

臣<sup>①</sup>謹按實録<sup>②</sup>及睿德神功碑<sup>③</sup>云<sup>④</sup>：

**校注**：①臣　赵可自称。

②實録　《太祖实录》，二十卷，完颜宗弼撰，熙宗皇统八年八月修成。

③睿德神功碑　金太祖陵前所立之碑，天会十三年二月辛酉建，全名《开天启祚睿德神功之碑》，燕京人韩昉撰文，宇文虚中书丹，存睿陵，今北京大房山。

④云　记载，《吉林通志》脱此字。

太祖率軍渡淶流水<sup>①</sup>，命諸路军<sup>②</sup>畢會

**校注**：①淶流水　即今拉林河，松花江支流。《金史》中有"淶流水兴和村""淶流城"的记载。沿拉林河左岸地带，发现许多女真族生活、居住遗址，距完颜部故居阿城（白城）仅百里之遥，女真族健儿善以马涉江，活动在拉林河两岸，故选择此地举事。《金史》仅云"诸路兵皆会于淶流水"。进军路线，会师地，不如碑文记载明确。

②諸路軍　《金史》记载，于举事前，宣靖皇后"命太祖（完颜阿骨打）正坐，与僚属会酒，号令诸部。使婆卢火征移懒路迪古乃兵，斡鲁古、阿鲁抚谕斡忽、急赛两路系辽籍女直，实不迭往完睹路执辽障鹰官达鲁古部副使辞列、宁江州渤海大家奴"。《金史》云，得二千五百人，以此推测，诸路军规模并不很大。

太祖先據高皁<sup>①</sup>，國相<sup>②</sup>撒改<sup>③</sup>與衆仰望。

**校注**：①高皁　誓师地中的小丘。1962 年，李健才先生曾作调查，"石碑的周围附近，有内外两层台地，皆为椭圆形。据实测，外层台地高出地面约为 1 米，东西 170 米，南北 570 米。其中又有高出地面约为 1 米。后因修水库取土，石碑周围内外两层椭圆形台地今已不见。"

②國相　官名，初设于汉。《金史》载，穆宗时"以兄劾者子撒改为国相"。

③撒改　景祖之孙，劾者子。景祖越劾者而传世祖、肃宗、穆宗，"穆宗初袭位，念劾者长兄不得立，遂命撒改为国相"。太祖袭位，仍居国相，为重臣，协助太祖反辽，出力甚多。天辅五年殁，赠金源郡王。诏图像于衍庆宫。

聖質如乔松之高所乘赭白馬<sup>①</sup>亦如崗皁之大

**校注：**①赭白馬　红褐又杂以白点的骏马，传说会为主人带来吉祥的坐骑。

太祖顧<sup>①</sup>撒改等人馬，高大<sup>②</sup>亦悉異常。

**校注：**①顧　脱"视"字，刊本亦脱。
②高大　《吉林通志》脱"高大"二字。

太祖曰<sup>①</sup>："此殆告<sup>②</sup>祥，天地協應吾軍勝敵之驗也。諸君觀此，正當戮<sup>③</sup>力同心。若大事克成，復會于此，當酹而名之<sup>④</sup>。"後以是名賜<sup>⑤</sup>其地<sup>⑥</sup>云。時又以禳襘之法<sup>⑦</sup>行于軍中，諸軍介<sup>⑧</sup>召<sup>⑨</sup>序立，戰士光浮万里之程。勝敵刻日<sup>⑩</sup>，其兆復見焉<sup>⑪</sup>。

**校注：**①太祖曰　此为第 12 行汉字碑文，79 字，是碑文最长的一行。
②告　本碑为"吉"，"吉祥"通；"告祥"不通、难解。刊本脱"告祥"二字。抄本以"吉"为"告"或出于笔误，刊本因"告祥"不通而删去，致脱此字。
③戮　石碑为"勠"，抄本、刊本均误，自《吉林通志》始不误。二字同音，戮，杀意，勠，并意。按：据《左传考校》："勠立同心。"《校勘记》："《石经·宋本》戮作勠。案说文："勠，并力也。以力翏声。"惠栋说，详补注。疏内并同，案旧钞卷子本戮亦作勠、勠、戮正假字，可见抄本、刊本非误，而是用通假字。
④名之　命名，以得胜之名命之。观《金史》有"得胜陀"之记载，据此，命名当早在立碑之前。碑文云"得胜陀太祖武元皇帝誓师之地也。"《金史》云会宁"有得胜陀，国言忽土皑葛蛮，太祖誓师之地也。"赵可未言此语出自《实录》或《睿德神功碑》当是赵可所言。又《金史·五行志》："他日军宁江，驻高阜，撒改仰见太祖体如乔松，所乘马如冈阜之大，太祖亦视撒改人马异常，撒改因白所见，太祖喜曰：'此吉兆也。'即举酒酹之曰：'异日成功，当识此地。'师次唐括带幹甲之地，诸军介而立，有光起于人足及戈矛上，明日，至札只水，光复如初。"与碑文所记如出一辙，疑《金史》所记或出于碑文。碑文和《金史》都对这次起义作了夸张、神奇的描述。《金史·太祖本纪》对这次誓师亦有详尽叙述，誓词优于碑文，"九月，太祖进军宁江州，次寥晦城。婆卢火征兵后期，杖之，复遣督军。诸路兵皆会于来流水，得二千五百人。致辽之罪，申告于天地曰：'世事辽国，恪修职贡，定乌春、窝谋罕之乱，破萧海里之众，有功不省，而侵侮是加。罪人阿疎，屡请不遣。今将问罪于辽，天地其鉴佑之。'遂命诸将传梃而誓曰：'汝等同心尽力，有功者，奴婢部曲为良，庶人官之，

94

先有官者叙进，轻重视功。苟违誓言，身死梃下，家属无赦'。"

⑤赐　"赐"字独抄本有，刊本无，它本亦无，考之本碑，此处残损无征。以碑论文，此处当有一字。这是碑文最长的一行，计79字，有不计此字以为78字者，非也。因碑已残，抄本之赐字弥足珍贵，合乎情理。

⑥地　抄本作"地"，本碑"地"字清楚，刊本及《吉林通志》误作"兆"。

⑦禳禬之法　古俗，以禳射巫祝之法去殃害求吉祥，用来鼓舞士气的活动。在汉族和少数民族中均盛行。如北宋将领狄青，某次大兵出桂林南，因佯祝曰："胜负无以为据"，乃取百钱自持，佯与神约"果大捷，则投此钱尽钱面也。"左右不知其谋而谏止曰："倘不如意，恐沮师。"狄青不听，万众注视下，挥手一掷，百钱落地皆面。众军士欢呼拍手，声震林野。士气旺，获大捷。后幕府士大夫取钱共视，则两面皆钱面。

⑧介　与甲通，披甲。

⑨召　石碑介字以下均缺损无存，现以水泥填平补刻，此处补刻为"而"字。查《金史》有"师次唐括带斡甲之地，诸军禳射，介而立"及"诸军介而立"之句，参证之下，"而"字讲得通，"召"无据。

⑩勝敵刻日　指反辽斗争首战宁江州之役，此役之胜利，奠定了金国建立的基础。

⑪其兆復見焉　此为关于禳射的追述，《金史》云："诸军禳射，介而立，有光如烈火，起于人足及戈矛之上，人以为兵祥。明日，次扎只水，光见如初。"


大定①甲辰②，鸞輅③東巡④，駐蹕上都⑤。


校注：①大定　金世宗完颜雍的年号，1161年至1189年。

②甲辰　大定二十四年（1184），下脱一"岁"字，刊本有"岁"字，今碑"岁"字清楚。

③鸞輅　鸾，通銮，车铃。辂，大车。带铃的大车，指皇帝专用的御车。

④東巡　金世宗完颜雍思乡怀祖，回女真人完颜部故都上京（今黑龙江省阿城）之行。大定二十四年三月离京（今北京），五月至上京，二十六年二月还都。沿途揽物记胜，抚今追昔，"大金得胜陀颂"即在此次巡视中下诏所建。

⑤上都　金上京，今黑龙江省阿城县白城，金代第一个都城，女真人完颜部的故乡，有按出浒水（今阿什河）。一说因该地产金，故以金为国号。抄本此五字（包括下面的"思"）另作一行，与碑文实况不符，汉字碑文只有三十行，无此行。此五字应在上行之下，空一字连书，共属第14行碑文。刊

本亦有此误。

思武元締構<sup>①</sup>之难，盡孝孫<sup>②</sup>光昭之道。

校注：①締構　指开创金代。
②盡孝孫　完颜雍，系阿骨打之孙。

始也命新神御<sup>①</sup>，以嚴穆穆<sup>②</sup>之容<sup>③</sup>。既又俾刊<sup>④</sup>貞石<sup>⑤</sup>，以贊暉暉之業。

校注：①指太祖完颜阿骨打之御容画像。
②穆穆　形容仪表美好。《诗经》："穆穆文王。"
③之容　神像，金代以开国功臣画像入衍庆宫，对阿骨打更是优礼有加。
④刊，镌刻意。
⑤貞石　刊本作"真石"。

而孝思<sup>①</sup>不忘，念<sup>②</sup>张閦休<sup>③</sup>而揚緯<sup>④</sup>蹟<sup>⑤</sup>者，蓋<sup>⑥</sup>有加而無已也。

校注：①孝思　指金世宗完颜雍。
②念　本碑"念"下有"所以"二字，抄本无，刊本亦无，均误。
③閦休　閦，大。休，美。
④緯　本碑为"伟"，刊本作"伟"，"纬"误。
⑤蹟　有作"绩"者，细审本碑，非是。
⑥蓋　古汉语发语词，也作连接词，本碑为"盖"，有作"益"者。非是。

明年<sup>①</sup>夏四月，詔<sup>②</sup>以得勝事訪<sup>③</sup>於相府，謂宜如何？相府訂<sup>④</sup>于禮官。禮官<sup>⑤</sup>以爲昔唐玄宗<sup>⑥</sup>幸<sup>⑦</sup>太原<sup>⑧</sup>，嘗有《起義堂頌》<sup>⑨</sup>；過上黨<sup>⑩</sup>，有《舊宫<sup>⑪</sup>述聖頌》。今若仿此<sup>⑫</sup>，刻頌<sup>⑬</sup>建宇<sup>⑭</sup>，以彰<sup>⑮</sup>聖迹，於義<sup>⑯</sup>爲允。

校注：①明年　即大定二十五年（1185年）。
②詔　指诏书，皇帝的命令或文告。
③訪　访问。《殽之战》："穆公访诸蹇叔。"
④訂　评议。相府　宰相府，此指尚书省。
⑤禮官　礼部之官。考之本碑，此处连续二个礼官，抄本不误，而刊本脱

一 "礼官"。

⑥唐玄宗　李隆基，后世俗称唐明皇。在位初期，任用贤相，整顿弊政，出现所谓开元之治。

⑦幸　指皇帝驾临。

⑧太原　太原府，治所在今太原市西南晋源镇。

⑨《起义堂颂》　碑在太原乾阳门街，开元十一年唐玄宗幸太原时所立，御制并书，张燕公作颂，今无存。"堂"有作"室"者，非是。

⑩上党　今山西省长治市。隋唐时改潞州为上党郡。

⑪舊宫　指唐玄宗为潞州别驾时故第，在子城内。开元十一年唐玄宗去太原时，宿此，后改名"飞龙宫"。明皇有过故宫诗，张说有《上党旧宫述圣颂》，裴漼正书，碑阴肖诚行书。

⑫仿此　仿唐制。刻颂建宇及龙首龟趺的碑刻形制，都体现出唐宋风格。

⑬刻颂　立碑，勒颂。

⑭建宇　建庙，与碑相应，或为颂碑的守护之所。历年考古调查，在颂碑址下有金代砖瓦，证明立碑之初有附属建筑。

⑮彰　显扬，宏大。

⑯於義　封建社会对帝王歌功颂德的礼义要求。

相府以聞①，制②曰："可。"臣可③方以文字待罪④禁林，然则颂成功⑤，美形容，臣人⑥職也。敢⑦再拜稽首⑧而獻文曰：

**校注：**①闻　使皇上知道，敬辞。

②制　君命，《史记》："命为制，令为诏。"

③可　赵可自称。

④待罪　谦词，力不胜任，等待状罪。《史记·季布传》："臣无功窃宠，待罪河东"。

⑤颂成功　有作"颂功德"者，非是。

⑥人　本碑为"之"，刊本不误。

⑦敢　谦辞，大胆地，冒昧地，不自量力地。

⑧拜稽首　拜，指行礼，下跪叩首或打恭作揖。稽首，屈膝下拜，拱手至地，头也至地且稍停留，为跪拜礼中最恭敬者。

遼季①失道②，腥聞于天③。乃眷東顧④，實生⑤武元。皇⑥矣我祖，受天之祐⑦。

恭⑧行天罚，布⑨昭圣武。有卷者阿⑩，望之陂陀⑪。爰整其旅⑫，各称尔戈⑬。

**校注**：①遼季　第21行碑文，也是首行颂诗。季，为伯、仲、叔、季排行之末，指辽末。

②失道　《孟子·公孙丑下》："得道多助，失道寡助。"失道，失去正道、正义。

③闻于天腥　腥，罪孽，喻辽之腐败，上天皆知。《尚书·酒诰》："腥闻在天。"

④顾　眷顾，不断地回头看，顾之深也。回视。《诗经》："乃眷西顾。"《吉林通志》可能缘此误作"乃卷西顾"。

⑤實　《中山狼传》："我实生之。"实生，因为天之顾眷，才降生了武元。

⑥皇　大也，《诗经》："皇矣上帝。"

⑦祜　福佑，《诗经·小雅·信南山》："受天之祜。"

⑧恭　奉也。《尚书·甘誓》："今予惟恭行天之罚。"自褒之词，代天执行对辽的惩罚。

⑨布　宣告，《尚书》："惟我商王，布昭圣武。"

⑩《诗经·大雅》："有卷者阿。"传："卷，曲也；阿，大陵也"。立碑处金代曰"得胜陀"，今曰"石碑崴子"，陀、崴都是一种突起的地貌。

⑪陂陀　倾斜不平貌，古汉语中常用。司马相如《子虚赋》："罢池陂陀，下属江阿。""陂"，《吉林通志》误作"坡"。

⑫爰整其旅　句首语助词，无义。如《诗经》："爰丧其马。"旅，军旅，军队之意，此指所属部队。

⑬称尔戈　称，举。《尚书·牧誓》："称尔戈。"

諸道之兵①，亦集其下。大巡③六师③，告以福祸④。明明之令⑤，如霆⑥如雷。桓桓⑦之士，如熊如罴⑧。先是太祖，首登高阜。

**校注**：①諸道之兵　《金史》曰，得二千五百人，即诸道之兵。

②巡　视，检阅。

③六师　褒词，极言军容之盛。

④福祸　告伐辽与否之得失。

⑤明明之令　《诗经》："明明上天。"

⑥霆　暴雷，有力的宣示。《释天》：雷"先王以明罚敕法"。

⑦桓桓　威武貌。

⑧罴　熊的一种，学名棕熊，也称"马熊"或"人熊"。前句言令之行，

此句言士之威。

靈祝[①]自天，事駭觀覩。今[②]仰聖質，凜如喬松。其所乘馬，岡阜穹崇[③]。帝視左右，人馬亦異。曰此美徵，勝敵之兆[④]。

**校注：**①祝　本碑为“贶”，刊本亦误，《吉林通志》始正。贶井赐予，恩惠；灵，神灵、神奇。

②今　本碑为“人”，刊本不误。

③崇　有作“宗”者，非是。

④兆　刊本作“瑞”。以韵而论，此字应属“寘”韵，兆属“篠”韵，不符。瑞属“寘”韵。

往無不利[①]，諸君勉之。師勝而還，當名此地[②]。神道設教[③]，易[④]經著辭。厭勝之法[⑤]，自古有之。我軍如雲，戈甲相屬[⑥]。神火燄燄，光浮萬丈[⑦]。

**校注：**①往無不利　此句应是24行碑文（颂诗）的第二句，顺序是“诸君勉之，往无不利”。

②當名此地　当用“得胜”来名此地，此地指誓师地，即得胜陀。

③設教　上天设道以教人之意。

④易　指《易经》，占卜专著。

⑤厭勝之法　巫祝占卜之法，《金史》云“禳射”，除殃害，布吉祥之法。

⑥屬　接连，兵戈连绵，形容军威之盛。

⑦丈　“丈”字刊本作□。此字应属“沃”韵，“丈”属“养”韵，不符。

厥類惟欽[①]，天有顯道。國家將興，必有禎祥。周武戎衣，火流王屋[②]。漢高奮劍，素靈夜哭[③]。受命之符，孰云非貞。出[④]彼宗元，遂誕尚[⑤]明。

**校注：**①厥類惟欽　此句为是第25行碑文（颂诗）的第二句，本碑是“厥类惟彰”。顺序是“天有显道，厥类惟彰”，以韵而论，下文尾字“祥”系“阳”韵，“彰”属“阳”韵，而“钦”属“沁”韵，不符。此句出《尚书·泰誓》：“天有显道，厥类惟彰。”

②火流王屋　《史记·周本纪》：“九月，武王上祭于毕”“遂兴师”“武王渡河，中流，白鱼跃入王舟中，武王俯取以祭。既渡，有火自上复于下，至于王屋，

流为乌，其色赤，其声魄然。"马融注："王屋，王所居屋。流，行也。魄然，安定义也。"

③素靈夜哭　语出陆机"汉高功臣颂"，事见《汉书·高帝纪纪》："高祖被酒，夜径泽中，令一人行前。行前者还报曰：'前有大蛇当径，愿还。'高祖醉，曰：'壮士行，何畏！'乃前，找剑斩蛇，蛇分为两，径开。行数里，醉困卧。后人来自蛇所，有一老妪夜哭。人问妪何哭，妪曰：'人杀吾子。'人曰：'妪子何为见杀？'妪曰：'吾子，白帝子也，化为蛇，当道。今者赤帝子斩之，故哭。'人乃以妪为不诚，欲苦之，妪因忽不见。"

④出　本碑为"咄"，抄本虽有误，但尚接近。刊本作□。

⑤尚　刊本作□。


得勝之祥①，如日杲杲②。至今遺老③，疇佛神道④。□□□□，□□□□。聖金天子⑤，□□□□。武元神孫。化被⑥朔南⑦，德侔義軒⑧。眷言舊邦，六飛戾止⑨。

**校注：** ①祥　祥瑞，指得胜之兆。

②杲杲　形容太阳的明亮。《诗经》："其雨其雨，杲杲出日。"

③遺老　经历世变的老人，《金史》金世宗东巡时"次辽水，召百二十岁女真老人，能道太祖开创事，上嘉叹，赐食，并赐帛"。

④疇佛神道　疇，谁。佛，本碑为弗，刊本亦作弗，弗，不也，《礼记》："士弗能死也。"神，本碑为"乐"，刊本亦作"乐"。

⑤聖金天子　指金世宗完颜雍，完颜阿骨打（武元皇帝）之孙、宗尧之子。

⑥化被　化，教化。彼，石碑为"被"，刊本亦作"被"。被，覆也，引申指道德教化复盖，波及，恩泽。

⑦朔南　朔，北方。朔南指北方到南方，全国之意。

⑧德侔義軒　牟相等。義軒，指古代贤王伏義和轩辕。

⑨眷言舊邦，六飛戾止　怀念和说起旧土。《金史》载金世宗东巡回到故土上京时"宴宗室、宗妇"，"歌本曲，'慨想祖宗，宛然如睹'，慷慨悲歌，不能成声，歌毕泣下。"六飞，指天子之驾，飞通马，亦作骅，古代天子之驾用六马，其疾若飞。李白《蜀道难》："上有六龙回日之高标"。戾止，与莅止同，来临、驾到之意。戾，来；止，至也。

六飛戾止，江山良①是。念我烈祖，開創之菫。風櫛雨沐，用集大勳。

□□□□,□□□□。聖容既新②,□□□□,聖功既寓③。永克④厥志,以为未也。

**校注：**①良　刊本作□,考之本碑为良。

②聖容既新　碑文前部有"始也命新神御,以严穆穆之容"。

③寓　刊本作□,碑已残损无征。但以韵而论,此字应为"马"韵,而寓属"鱼"韵,不符。

④克　刊本作□。

惟此得勝,我祖所名①。詔以其事,載諸頌聲②。文王有聲③,遹駿有聲④。潤色祖業,惟時□□聖明□□。

**校注：**①我祖所名　指得胜陀,为金太祖誓师时所命。

②詔以其事,載諸頌聲　金世宗诏合得胜陀起义之事,写到颂里,发扬光大。

③文王有聲　《诗经·大雅》篇名,序谓:武王能广文王之声,卒其伐功也。

④遹駿有聲　以上两句《诗经·大雅》:"文王有声"篇句。

帝王之符①,千載孝治②。配姬與劉③,詔于萬世。

**校注：**①符　验证,作帝王的验证。

②千載孝治　考之本碑为"千载合契"。刊本作"千载孝治",对比而言,"治"尚接近"合"。此字之误一直沿传中外,日前始得纠正。

③配姬與劉　姬,周武王姬发。刘,汉高祖刘邦。配,相当。

大定二十五年①七月二十八日②石

**校注：**①大定二十五年　公元1185年。

②七月二十八日　此处脱一"立"字。这是最后一行,即第30行汉字碑文,书明立碑时间。

背面①

**校注：**①指碑阴的女真文字。《吉林外记》仅录12行,只是碑文的一部分。《吉林通志》未录。载录较好的女真字碑文是《满洲金石志》。《吉林外记》录得如此之少，或许与碑的保存状态有关。《吉林外记》仅云："至五家子站北荒，见此得胜陀碑颂。"未记碑状。曹廷杰于光绪十三年夏至碑所时则"见断碣卧荆棘中"，说明碑已倾倒破损。《吉林外记》所载12行，多系碑文始部，或出于记录方便或其全文于土中无法抄录。

金太祖攻黄龍府①，次②混同江③。無舟以渡。金主使一騎前導，乘赭白馬徑涉，曰："視吾鞭所指而行"。諸軍隨之以濟，遂克黄龍府。后使人視其渡處，深不可測④。故老⑤相傳渡處，即今五家子站⑥門前松花江。未足憑信⑦。五年春⑧，將軍富俊⑨奏准，伯都訥⑩閑荒招佃，認墾取租。勘丈至五家子站北荒，見此得勝陀碑，今抄录入記⑪，始知故老相傳有所本矣⑫。

此为《吉林外记》关于"大金得胜陀颂"碑文抄录后的一段说明。

**校注**：①黄龍府　今农安，隔松花江与扶余相望。

②次　驻扎。

③混同江　松花江与嫩江相会北流，故曰"混同"。

④深不可測　对阿骨打取胜的夸张之笔，源于《金史》。

⑤故老　指年高有德之人。

⑥即今五家子站　今扶余县五家站乡朱家城子。

⑦未足凭信　关于金军进攻黄龙府的路线，需要参考金军得胜陀誓师地。说明本碑对研究金代史地重要的坐标价值。

⑧五年春　道光五年。

⑨將軍富俊　《吉林外记》应富俊之命而撰。

⑩伯都訥　今扶余。嘉庆十五年改伯都讷厅。

⑪記　指《吉林外记》。

⑫有所本矣　参照立碑地和碑文，以及《金史》的记载，得知故志所言是有根据的，并指出"大金得胜陀颂"碑在史地研究方面具有重要的参考价值。

# 海龙女真摩崖石刻

孙进己
冯永谦
考释

# 海龙女真摩崖石刻考释

孙进己

　　吉林省海龙县山城镇南小杨乡庆云村九缸十八锅山，有金代女真文摩崖石刻两块。一为全部女真文，过去称海龙杨树林女真国书摩崖。一有汉文，过去讹称柳河半截山女真国书摩崖。两石刻为金代重要文物，是吉林省已发现的五块金代石刻中保存较好的，也是国内外已知的十块女真字碑中保存较好的。因此，海龙两碑对研究金史，研究女真文字都有重要意义。下面将两碑有关问题试加考释。

## 一、前人对海龙女真摩崖的发现和认识

　　最早记载海龙女真摩崖的是清末光绪年间杨同桂所著的《沈故》。他在卷三女真小字碑中记载："海龙厅西百里山城子镇正南小城子山上有摩崖书一段。方高周尺三尺八寸有余，宽三尺。字共七行。前五行，行十三、四字不一。后二行距前五行尺许，每行约四五字。其笔势颇古劲，然结字甚奇，好古者莫能识也。嗣读《金石萃编》内有金国书碑，其'戊''杀''娄'等字皆与碑同，知为金之国书。"杨同桂为海龙首任通判杨文圃之子。他于光绪六年到十年（1880—1884 年）跟随父亲居住海龙，亲自对女真碑作了调查，并抄录全文。他的记载和抄文，仅提到今女真字碑，而未提今汉字碑。由于他不懂女真字，抄文错误极多，仅十八字正确。

　　其次记载女真字碑的，是清光绪三十三年（1907 年）编的《海龙府乡土志》地理第三十三条。记载："海升社在海龙城西南一百二十里，曰大荒沟。东界海仁社（四合堡）海隆社（碱水河子），西界海茂社（大桦树），南界柳河县，北界海河社（杨树河子）。社之山阴石壁镌有古字类篆籀，然模糊不可辨认矣。"

　　这里没有记载这块碑有无汉字。但从模糊不可辨看，应是女真字碑。因为今天的汉字碑是很容易辨认的。它所记的位置正是今九缸十八锅山的位置，今之碑在山北与所记在山阴也相合。

　　再次，记载这块女真字碑的是日人鸟居龙藏所著《满蒙古迹考》。记载了

他1912年在我国东北地区考古时"由海龙城前进则有马贼之危险。予冒险访辉发之山城迹而至柳河。在森林中发现女真文石碑，碑上仅女真文而无汉字。此女真碑乃此次始发见者"。他记载的女真文碑地点近山城，在海龙和柳河之间，和今碑所在位置相当。他说碑文仅女真文而无汉字，显然指的是今女真字碑。他自以为首次发现，实际已晚了数十年。

1929年奉天通志馆搜罗金石又发现了女真字碑。1930年金梁作《海龙女真字碑拓文跋》（见伪满编《海龙县志》）。文中说："女真字碑在海龙杨树河子村山麓摩崖，己巳年始发现。通志馆搜罗金石得此拓文。众指为高丽文，余视之女真国书也。亟寄罗雪堂嘱其长君辩释。以原文模糊不能尽译，仅译出'收国二年五月五日'八字。则金太祖阿骨打纪念，金源刻石至难得也。"

罗福成亦发表了《女真国书碑考释》，刊于《国立北平图书馆月刊》三卷四号，文中记载："女真国书碑在海龙县杨树河山顶摩崖刻之，近年始发见。余按女真国书非一字一义，必合数音乃成一语。至于字义设通满洲语按声以求即可得之。此碑刻于摩崖，拓文字画不清，难以移录全文。可识者约十字……译以汉文为收国二年五月五日。"罗氏是第一个懂女真文的人来研究此碑的。因此，罗所抄录的本就比杨同桂多对了廿五字。但由于他没有亲临现场，所据拓片不如原刻真切，因此，仍有不少错认和未能辩识。

伪满康德年间编的《海龙县志》，转载了金梁及罗福成的文章，并在卷首附有1937年所拍碑的照片，但仅拍了女真字碑而未拍汉字碑。

罗福颐1937年编的《满洲金石志》，收录了女真碑文，并记载："此碑在今奉天海龙县杨树河山。铭勒于摩崖。文皆国书无汉字。兹据家伯兄（手摹本过录）。伯兄考谓文字未可诠释。首行为'收国二年五月五日'。次行有'捷□□生擒'语，当为纪功石刻。四行有'元年十月'云云。元字上疑是天辅二字，然未敢确定也。"

总结以上，1880年、1907年、1912年、1929年、1937年五次为人们发现记录拍照，位置和内容都是指今女真字碑。没有一个提到汉字碑。

关于汉字碑的发现经过及记录。其一是山下泰藏著的《新女真国书碑的发现》，刊于《蒙藏月刊》昭和九年九月号。它记载："先年摩崖女真国书碑的发现在海龙县杨树山。在山下有一小河，沿流上溯约三十里。在海龙西南一百四十里，其南境近柳河县。东面有半截山，有一古洞。洞上有摩崖刻字为'大金太祖大破辽军于节山息马立石'。此碑纵87厘米，横75厘米。内刻文字，每字大小10—12平方厘米，汉字为三行十五字。女真字为四行十八字。"昭和九年为1934年，这是海龙汉字碑最早见于记载。

其二是金毓黻 1935 年著的《东北文献零拾》一书。其中记载："有拓工邢玉人者，为日本山下泰藏教授赴海龙县杨木林山拓女真文碑。初闻人言距此不远尚有类此之石刻，且有汉字。邢某归告于山下，山下又命其前往。竟拓得多分。左为女真字，右为汉字。又曰'大金太祖大破辽军于节山息马立石'凡十五字。盖摩崖题字也。此地名半截山，在海龙柳河之间，去海龙约一百二十里。其地又名沟屯。距杨木林山女真国书摩崖之处约三十里。"

这两个记载都是根据拓工邢玉人的发现而记录的。他们都没有亲临调查。根据这两个记载，可以认为汉字碑是海龙女真字碑南三十里的柳河半截山。以后所有国内外研究收录女真文字者，都据此而把两碑看作不同地点的两碑。如罗福颐的《满洲金石志》，园田一龟的《满洲金石志稿》，安马弥一郎的《女真文金石志稿》，金光平、金启琮的《女真语言文字研究》等。但事实上，两碑却在同一地点。

### 二、关于碑的所在地

按理说，碑的所在地不应有问题。但奇怪的是，明明同在一起的两碑，过去的记载却都认为相隔三十里。怎么会发生这个矛盾呢？

1960 年 4 月我首次调查海龙女真摩崖时，发现了两碑同在一起。最初我也迷信过去的记载，怀疑这一事实。想在三十里以外寻找另一碑。而对目前两碑同在一起，却怀疑是近人在此重刻的。

但是十余年中，我和陈相伟、朴润陆、葛荣斋等同志先后调查十余次。走遍了附近数十里方圆，始终没找到另一碑。问遍了邻近数十里的群众，始终没听说另有一碑。

而同时据当地许多群众的回忆，早在数十年前他们就看到两碑同在此地。特别是 1960 年 9 月访问到原九缸十八锅山的主人王世海（当时已 89 岁）。据他回忆在他童年时，已看到当地有两块碑。1963 年又访问到一位姓李的老乡，据他回忆三十年前曾和同学去该地，就看到有汉字。其中印象最深的是有个"自"字。这正是"息马"的息上半部。又查问到伪满时在此修建保护的工人，也证明早就看到两碑，并没有人重镌。这就有力证明了两碑早在一地，而不是相隔三十里。

那么为什么在 1880 年、1907 年、1912 年、1923 年、1937 年女真字碑五次为人记录，却未记汉字碑呢？经考查发现：女真字碑是刻在朝阳面，碑石也初步加工，因此易为人发现。汉字碑虽与女真字碑相距仅咫尺，却是刻在摩崖阴面。当年未建亭前，摩崖距山壁极近。其间树木丛生，遮蔽摩崖，所以很难发现。前人往往看到了女真字碑，而忽视了邻近摩崖阴面的汉字碑。邢玉人因要拓碑文，逗留时间长了，才发现了汉字碑。

那么为什么邢玉人要把汉字碑记载在相距三十里外呢？据李文信先生介绍：邢玉人原居沈阳，平时就好作伪，曾多次伪造文物。很可能是他发现汉字碑后，当时就拓回数分。回到沈阳却向山下泰藏谎报在三十里外另有一碑。山下信以为真，命他再次前往。邢就得以骗取一笔可观的路费工资。

同时经过长期以来很多同志的考释，女真字碑内容已全译出。所叙的是金太祖收国二年五月五日进行的战争。这与汉字碑"大金太祖大破辽军"可互相印证。因为据金史考证，金太祖在海龙一带进行战争时，正是收国二年五月，可见两碑所叙为同一史实，自然应在一起。女真字碑中又有"刻于天德元年十月，承安五年三月增刻于益褪之野"。更说明了女真字碑的关系及刊刻年代。女真字碑是汉字碑的继续和补充，更不可能分在两地。

过去考证海龙女真摩崖者，大都没有亲临现场。即使有到者，也都是走马看花，没有经过反复调查。因而以误传误，把同在一地的两碑说成相隔三十里。今天必须订正。

### 三、关于两碑建立的年代

关于两碑建立的年代，汉字碑因有"大金太祖大破辽军于节山息马立石"，可肯定为金代所建。金代什么时间立，却很难确定。太祖是阿骨打死后于天会二年（公元 1124 年）追谥的庙号。因此这碑建立的时间，只能在天会二年以后。而公元 1215 年蒲鲜万奴据辽东建东真国，1234 年金亡。汉字碑建立的年代大致在公元 1124—1215 年间。

女真字碑过去仅译出"收国二年五月五日"，因而有人怀疑立碑年代即收国二年。后罗福成又译出"元年十月"，并疑此元年为天辅元年（公元 1117 年）。然而女真大字颁行于天辅三年（公元 1119 年），女真小字颁行于天眷元年（公元 1138 年）。因此，这碑不可能早于天辅三年。收国二年和天辅元年两个假设都无法成立。

金光平、金启琮著《女真语言文字研究》又译出了"天会元年十月"及"大定七年三月"。因而认为女真字碑立于大定七年（公元 1167 年）。但经仔细核对碑文，金氏所译两年号都有疑问。因为金氏没有亲临现场，仅据拓本抄录，好些字都与原刻有出入。详见后释文。因而金译的年代也就有了错误。据碑文考释：既不是天会，也不是大定。前一个似应为天德，后一个则应为承安。同时根据女真碑文有"天德元年刻，承安五年三月增刻"说明是先后刻了两次，而现在同一地点有两碑，正好这两个年代分别为二碑刊刻年代。大约天德元年（公元 1149 年）是汉字碑刊刻年代，承安五年（公元 1200 年）是女真字碑建立的年代。

### 四、两碑所反映的历史史实

从两碑碑文可以知道，两碑所记都是金初战事。汉字碑明确记载为"大金太祖大破辽军于节山息马立石"。女真字碑据译文应为"我父阿台于收国二年五月五日，率领家族和部落，集合至番安儿之原。擒获颇多，因立谋克为孛堇"。收国二年正是金太祖年号，因此，两碑所叙应为同一战事。前者表明金太祖时曾在此与辽军作战，后者则说明了具体作战者和时间。

与《金史》核对。据《金史》卷七十一《完颜斡鲁列传》：收国二年（1116年）五月，"斡鲁方趋东京，辽兵六万来攻照散城。阿徒罕孛堇乌论石准与战于益褪之地，大破之。五月，斡鲁与辽军遇于沈州，败之，进攻沈州，取之。"

《金史》卷八十一《温迪阿徒罕列传》："以功授谋克。从攻黄龙府，力战，身被数十创，竟登其城。后与乌论石准援照散城。阿徒罕请乘不备急击之。遂夜过益褪水，诘朝，大败之。"

从时间上看照散城之战，正与碑文所记收国二年五月与辽兵之战相合。过去有人以为上面所说的益褪水是指今伊通河，照散城则应在今梨树县的昭苏台河。但据《辽史》卷二十七："天庆四年（1114 年）十一月咸、宾、祥三州及铁骊、兀惹皆叛入女真。"咸州为今开原。金兵既于 1114 年已占有开原，辽兵根本不可能于收国二年（1116 年）再攻开原北的昭苏台河和伊通河。因此，照散城不在开原北的昭苏台河，益褪水不是伊通河是很明显的。

益褪水应该是今海龙境内的一统河。照散城很可能就是今天海龙县山城镇南小杨乡大杨村的古城。这城曾发现大砖、布纹瓦、石臼、铁箭头、瓷器等辽金文物。南距女真摩崖石刻不到十里，北临一统河之支流。当时夜渡益褪水路约就是此河。这与《金史》卷七十二《完颜娄室列传》所记的照散、移燉的位置也符合。据该传："娄室招谕系辽籍女真，遂降移燉、益海、大大弯、照散等。败辽兵于婆剌赶山。复败辽兵，擒两将军。既而益改、捺懒两路皆降。进兵咸州，克之。请郭相继来降，获辽北女真系籍之户。"明确指出移燉、照散是系辽籍女真，而不是"辽北女真系籍之户"。咸州（今开原）才是北女真。移燉、照散既不是咸州，又不能在咸州以西以南，因为这一带都为辽所有。上文又已考不能在咸州以北，就只能在咸州（今开原）以东。正为今辉南、海龙等地。当时娄室的进军路线正是南抚今辉南、海龙一带的系辽籍女真移燉、照散等部。然后西进经达末懒（印辽东行部志的南谋懒，为分水岭之意，当近分水岭）。然后取咸州。

从以上史实考证照散城都应在今海龙一带。收国二年五月的照散城之战，正是在海龙一带进行的。当时的形势是金兵已占有今开原及其以东之地，正企图南下。而渤海高永昌又起兵占辽阳。萧韩家奴张琳率辽兵三十万屯沈州（今沈阳），腹背受敌。因而派偏师六万东出海龙，以形成对屯驻开原的金兵包抄之势，达到牵制金兵的目的。辽兵主力则南攻高永昌。不意斡鲁急派阿徒罕等援照散城，大破辽军。金兵自东及北两路夹攻，大破辽军进取沈州。随即乘胜南破高永昌，平定东京诸州县。因此，照散城之战，在辽金战史中具有重要意义。碑文中的阿台，当即《金史》中的阿徒罕。因照散城之战得升为字董事后追忆往事，于天德元年立碑于此。而推功于太祖，其实金太祖并未到此。及承安五年阿台之子为追念其父，又立女真字碑，具体叙述了他父亲作战升职立碑的经过。

**五、碑文的考释**

女真字碑全文八十四字。从发现后曾多次为人抄录和考释。最早是杨同桂的《沈故》，由于他不懂女真字，因此，抄录错误甚多。仅抄对十八字，也未能译读。其次是罗福成，抄文见《满洲金石志》。由于罗福成懂女真字，得以订正了二十四字，并译出十五字。安马弥一郎的《女真文金石志稿》，又多辨认了十二字。并译出数字。近年金光平、金启琮经过长期研究，又订正十一字。并参照满语，首次作了全面译读。但因他们都没看到原刻，仅据模糊不清的拓本。所以有订不少字始终未能正确抄录。我和田久祥等同志就原碑反复核对。确定过去误录的近二十字，并进一步作了译读。

汉字碑中也有女真字二十三个，因有汉字对译，过去不大为人注意，现也注音译义于后。

# 海龙金汉文摩崖是近代伪刻

## 冯永谦

《海龙女真摩崖石刻》（以下简称《崖刻》,载《社会科学战线1979年2期》）一文，误将伪刻汉文摩崖认为是金"天德元年"的作品。实际上这处汉文摩崖是古董商邢玉人伪造的。从其中许多破绽和不合史实处可知。

一、以前多次有人去调查，都没发现汉文摩崖石刻。吉林海龙的金代摩崖，在山城镇南的九缸十八锅山上，该摩崖是一个突兀的山石，无论女真文还是汉文均刻于山石壁面，女真文在阳面，汉文在阴面，均明显易见。但这处摩崖自清末杨同桂发现以来，半个多世纪中，引起人们极大的注意，许多书都作了著录，如《沈故》（杨同桂）、《海龙府乡土志》《满蒙古迹考》（鸟居龙藏）《海龙女真字碑拓文跋》（金梁），直至1937年伪满洲的《海龙县志》等，都是只收了女真文，而没有收录汉文。特别是亲身至现地者，均明确指出"无汉字"，这是很说明问题的。为什么这样说呢？因为这处摩崖者，女真字在一面，汉字就在另一而，只要是亲历者，不会只看见女真字而看不见汉字的。邢玉人以一个古董商身份可以看见，作为专司搜求文物古迹的调查者怎么就没有见到呢？如果只一个人去过，可能是偶然疏忽，但事实是多次去人前往调查，并且是又拓又照，能都视而不见吗？这就告诉我们：在他们前去调查时，确实没有汉字摩崖。

二、汉文摩崖是在邢玉人1934年去后才有的。邢玉人是古董商，会刻碑。早年他在北京的石厂做刻碑的手艺，有时也受雇给人拓碑。后来他到沈阳，就在小南城门的城墙根开了一个古玩店，但他还是不时给人拓些碑。他拓碑时，每次都同时多拓出几张，然后他就拿了去卖。由于这些方面原因，使他具有作假的条件，如用故宫的方砖造了静安寺契丹文砖额，到处出卖拓片，就是一个最明显的例子。只是砖额被识破的早，而海龙因在外地，真假莫辨。但这个基本事实不容忽视，即海龙摩崖在发现后的五十多年中，经多人调查和拍照。邢玉人没去前根本无汉字，他在1934年为山下泰藏去拓了一次女真文摩崖后，就在同一石的另面出现了汉文石刻，这不是很说明问题吗？并且有

111

人看见过他拿着凿子在石上凿，问他干什么，他说："这些字不太清楚，我给镶一镶。"近年到现场进行调查的同志，也曾听到过这种反映。海龙汉字摩崖出自邢玉人之手是无可怀疑的。

三、海龙汉字摩崖正是由于出自邢玉人之手，因而他才编造了一个汉文摩崖远在女真文摩崖三十里以外的"半截山"的说法。邢玉人为什么这样做呢？主要为了取信于山下泰藏，因为女真文摩崖同一石上"无汉字"，这已在前此著录诸书上所指明，当时人们也已深知其究竟，不容作假仍称出于同一摩崖上，所以他才煞有介事地编造了这一发现。说是远在女真文摩崖三十里之外。"近柳河县"一个山的"古洞"上。这恰使作伪者欲盖弥彰，反映出他怕露出马脚的虚恐心理。

四、从历史事实考察，辽天庆六年（金太祖收国二年，公元 1116 年）渤海人高永昌据东京（今辽阳）反辽，天祚帝命张琳募兵镇压，至沈州（今沈阳）。高永昌向金兵求援，金太祖在收国二年四月"以斡鲁统内外诸军，与蒲察迪古乃会咸州路都统斡鲁古讨高永昌"，五月"攻下沈州，复陷东京，擒高永昌""戮之于军"，事俱见辽、金二史。由此可知，金太祖根本没有到过今山城镇一带，他更没有在这里"大破辽军"，因此，也不存在"息马"问题。《崖刻》一文认为女真字"所叙的是金太祖收国二年五月五日进行的战争。这与汉字碑'大金太祖大破辽军'可互相印证。因为据金史考证，金太祖在海龙一带进行战争时，正是收国二年五月"，这段话，是不符合历史事实的，因此，认定这处汉字摩崖系记述金太祖的行动，确是不够妥当的。

五、《崖刻》一文认为"大约天德元年（公元 1149 年）是汉字碑刊刻年代，承安五年（公元 1200 年）是女真字碑建立的年代"，并具体推测汉字摩崖是阿台"事后追忆往事""而推功于太祖，其实金太祖并未到此。及承安五年阿台之子为追念其父，又立女真字碑，具体叙述了他父作战升职立碑的经过"。这里边有两个问题，是无法得到解释的。其一是，照摩崖题字内容，不是一般地"推功于太祖"的颂词，而是非常具体地指明是"大金太祖大破辽军"的"息马"地。这岂不是与历史事实相矛盾吗？金太祖根本没到过这里，这段"推功"文字又从何谈起？其二是，既然汉字刻于天德元年（1149 年），女真字刻于承安五年（1200 年），汉字要较女真字早五十二年，为什么早刻的汉字要刻在摩崖的阴面，而后刻的女真字反要占据明显位置刻于摩崖的正面呢？是刻汉字时有意留待后来续刻女真字吗？这显然是不合乎常理的！

六、邢玉人以一个古董商人的经历，早年又刻过碑和拓碑帖贩卖，在伪满时又常往来于博物馆，和山下等人也很熟，海龙女真文摩崖的内容邢玉人也完全知道。对于邢玉人这个人来说，连静安寺契丹文砖额他都作得出，更何况造一处已有女真文内容作依据的十五个字汉文摩崖，这有什么难的呢？当年市面上流行的"张飞立马"和"张飞画竹子"等拓片，到处可见，一点儿也不稀奇，这些均出自古董商人之手。从海龙汉文摩崖"大金太祖大破辽军于节山息马立石"这句话，也能看出一点儿端倪，其间颇有相似处。而且"立石"是根本不存在的，所谓"摩崖"就是自然山石，不是人工所立或可移动的。综观摩崖刻字，没有一处是称为"立石"的。这也是古董商人不懂历史，在似是而非中造假所必然出现的结果。自然，对于摩崖称作是"立碑"也是不对的。

总之，海龙汉文摩崖是出于邢玉人的伪刻，不是金代的遗品，在我们今后进行研究时是不能不注意的。

〔原载《辽宁大学学报》1980 年 3 期〕

# 宴台金源国书碑

罗福成　考释

# 宴台金源国书碑，一名女真进士题名碑

　　碑在河南开封城内，文庙大成殿后，启圣门内东侧。原在城外，离东北门之曹门七里，宴台关王庙中，故又有宴台碑之名。宴台为赵宋时迎春设宴地。现藏开封市博物馆。

　　碑高六尺二寸，阔二尺三分，厚七寸七分，篆额三行，行各四字，碑文二十三行，行字不等。额与文，均以女真小字书之。乃大金正大元年，登科题名刻石。碑阴刊明宣德二年新创顺河庙碑记，殆明人磨去原有汉文，而以其石勒新碑者也。

　　王昶《金石萃编》百五十七卷，摹碑全文，麟庆《鸿雪因缘图记》二集，详载见碑始末，赵之谦《寰宇访碑录》、叶昌炽《语石》，亦著录之。

　　清道光年刘师陆首作《女直字碑考及续考》（1936 年 12 月考古社刊再刊），宋末元初，周密的《癸辛杂识》中，述及女真进士题名碑事。

　　近人罗福成氏于北京大学《国学季刊》一卷四期中，发表《宴台金源国书碑考》（1932 年 12 月），后在《考古》五期又发表释义。1934 年 6 月《国学论衡》三期刊载毛汶《金源国书碑跋》一文。1937 年 4 月，王静如先生在国立北平研究院《史学集刊》二期，发表《宴台女真进士题名初释》一文。日本桑原骘藏有《山东河南地方游历报告书》，法人载咸利亚《宴台碑考》、拉因拜利之《女真考》，均有讨论。

　　〔据刘厚滋：《传世石刻中女真语文材料及其研究》（《文学年报》七期，1941 年 6 月）、罗福颐：《辽金文字仅存录》（国立中央博物馆 13 号，1941 年 9 月）、罗继祖：《女真语研究资料》（《国学丛刊》14 期，1944 年 7 月）摘要整理〕。

# 金泰和题名残石

罗福成　释文

# 金泰和题名残石，一名奥屯良弼宴饮碑

石刻出土地名不详，亦未见诸家著录。石长二尺五寸，阔二尺，厚六寸。前题汉文大字四行，二十六言。曰："奥屯良弼自泗上还都，心友饯饮是溪，泰和六年二月十有一日也。"后题女真国三行，字小稠密。末署年月，译为汉文曰："大泰和二年七月二十日。"其余文字，不尽可识。然首尾完全，漫漶处极少。洵为宇内有数之文字，尤足珍惜。今藏上虞罗氏。按女真国书题名石刻，最为晚出。书体与宴台国书碑、华夷译语，同为女真小字。国书刊于泰和二年，汉文则又刊于泰和六年。岁月既有先后，记事亦未必符合。今始就其原文录出，注以音义，可晓者为释文，附于拓本之后，世有通满洲语者，倘能由是窥见一斑半豹，亦学界之幸也。

又按《金史》，"奥屯良弼"亦作"奥敦良弼"，《金史》无传。同姓异名者，有"奥屯襄""奥屯忠孝"。同名异姓者，有"纥石烈良弼"。均见于《金史》列传。"奥屯良弼"之名，见《交聘表》。哀宗正大二年十二月，"夏使朝辞，国书报聘称'兄大金皇帝致书于弟大夏皇帝阙下'，遣礼部尚书奥敦良弼、大理卿裴满钦甫、御史乌古孙弘毅充报成使"。又《哀宗本纪》，正大二年"九月，夏国和议定，以兄事金，各用本同年号，遣使来聘，奉国书称弟……癸亥，遣礼部尚书奥敦良弼、大理卿裴满钦甫、侍御史乌占孙弘毅为夏国报成使。"据《金史·交聘表》及《哀宗本纪》，皆谓奥敦良弼为礼部尚书。似姓"奥敦"不作"奥屯"，与石刻异，按"屯"与"敦"，语音本相近。《金史》列传亦作奥屯，无作"奥敦"者，是必为史官一时之失，其为一人无疑。《金史·国语解》曰："奥屯"即"鄂托英"。金史解曰：鄂屯，整木槽盆也。卷十作"奥屯"，卷十三作"兀屯"。由是益信"奥敦"即为"奥屯"之转音。又钱大昕《十驾斋养新录》曰："金人多二名，一从本国名，一取汉语，史家不能悉载。"是说甚确。今奥屯良弼

121

之本国名，既无可考，史籍所记事实，亦仅此而已。将有待于博雅君子详加考证焉，岁在重光协洽正月，记于辽东。

罗福成：金源国书石刻题名跋

（原载《东北丛刊》17 期，1931 年 5 月）

碑释
金汇

# 永宁寺碑 女真文碑记

金光平　金启孮　释文

# 明代奴儿干永宁寺碑女真文碑记释文

　　《永宁寺记》篆刻于明永乐十一年（1413 年）。碑高 179 厘米，宽 83 厘米，碑侧广 42 厘米。额题"永宁寺记"，横写，大字正书。碑文竖刻，凡三十行，行六十二字，六、七、十二行顶二格，十一、十五行顶一格。二十行至三十行载官职姓名，比正文低十九格起书，字体较小。

　　（汉字碑文从略。）

　　女真文碑记刻于《永宁寺记》碑阴之右侧，竖写左行，共计十五行，一、二、三、五、六、八、十行顶二格。碑文内容系对汉文碑文的摘译，词句间有变动，故两文文字不尽一致。由于碑文刻于明初，某些语法略异于金代石刻通行语法，字形也稍有变化。

　　现存女真文碑记已多漫漶不清，并多误字、漏字。

　　以下释文摘录自金光平、金启孮著《女真语言文字研究》第三五九—三六五页。

昭勇大将军同知
雄州节度使墓碑

# 昭勇大将军同知雄州节度使墓碑

　　1979 年 5—6 月间，吉林省文物工作队在小城乡完颜希尹家族墓地第四墓区第一号墓中发掘出两方墓碑，其一为带有女真文和汉文两种文字的"昭勇大将军同知雄州节度使墓"碑。此碑为青花岗岩质料，高 68 厘米，宽 27 厘米，额宽 32 厘米，碑额突出呈半圆形，其上阴刻竖排大小不等的女真文和汉文楷字六行。

**墓碑中女真文形音义考释**

对碑文中女真字形、音、义考释如下

| 女 真 字： | 伩 | 飞 | 见 | 夭 | 苬 | 与 | 休 | 杀 |
|---|---|---|---|---|---|---|---|---|
| 汉字注音： | 召 | 儿 | 温 | 带 | 将 | 军 | 同 | 知 |
| 汉 译 文： | 昭 | 勇 |  | 大 | 将 | 军 | 同 | 知 |

| 女 真 字： | 犀 | 见 | 又 | 飞 | 见 | 仐 | 氼 | 乕 |
|---|---|---|---|---|---|---|---|---|
| 汉字注音： | 希 | 温 | 州 | 儿 | 温 | 丁 | 君 | 斡 |
| 汉 译 文： | 雄 |  | 州 | 永 | 定 | 军 |  | 节 |

| 女 真 字： | 夘 | 凷 | 伐 | 栟 | 釆 |
|---|---|---|---|---|---|
| 汉字注音： | 都 | 史 | 以 | 厄 | 富 |
| 汉 译 文： | 度 | 使 | 之 |  | 墓 |

　　（1）伩，此字与现存多数女真文碑写法同，唯《大金得胜陀颂碑》写成伩，实为一字的不同写法。飞，此字写法与《女真进士题名碑》一致，但在现存其他碑文中，均写成乩，亦为一字的两种写法。伩飞见拼读，为"昭勇"的音译，此词在女真词语和碑铭中初见。

　　（2）夭，"大"的音译，另见于《女真进士题名碑》《永宁寺碑》。苬与，见柏林本《华夷译语·女真馆杂字·人物门》及德人葛鲁贝氏《女真语言文字考》所录女真字，系"将军"的音译。夭与苬，即"大将军"的音译。昭勇大将军，

《金史·百官一》载，吏部武散官正四品下，曰昭勇大将军，与昭武大将军、昭毅大将军为同一品级①。见于《金史》记载，曾被封为昭勇大将军者有五人：太宗（吴乞买，1123—1135 年）时期完颜布辉曾被授予昭勇大将军②；章宗（完颜璟，1190—1208 年）泰和六年（1206 年）赠蒲烈古为昭勇大将军③，泰和七年（1207 年）四月以昭勇大将军宫籍副监杨序为横赐高丽使④；宣宗（完颜珣）贞祐（1213—1217 年）初年诏赠杨敏中为昭勇大将军⑤；贞祐四年（1216 年）三月，批准程琢为昭勇大将军⑥。经考上述五人姓名、经历和所处的历史时期，均非此墓碑主人，显然此碑弥补了《金史》记载之缺漏。

（3）休，与《女真进士题名碑》《永宁寺碑》写法同。但是，《大金得胜陀颂碑》却写成朩，二者实为一字，休杀见（《华夷译语·女真馆杂字·人物门》），系官名"同知"的音译。《金史》记载："金代每府或州设同知一员，从四品，掌通判府事"⑦。诸节镇"同知节度使一员，正五品，通判节度事，兼州事者仍带同知管内观察使"⑧。

（4）屄，多数碑写成屄，唯此碑写法与《永宁寺碑》同，写成屄，而《朝鲜北青郡串山城女真国书摩崖》写成屄，实为一字的多种写法。见与屄拼读为"雄"，屄见乑，系地名"雄州"的音译，惟《女真进士碑》"雄州"地名译写成屄朱乑，朱音"永"，也可与屄合拼读为"雄"，这恰好证明：女真字拼汉音。可以译同音字自由使用。雄州（今河北省雄县）"县以雄州得名，实即唐之归义县地，然其地之大小古今不同"⑨。雄州在金代属三十九个节镇之一，是中等州。根据《太平寰宇记》载，雄州"本涿州归义县之瓦子济桥，在涿州南、易州东，当九河之末。旧置瓦桥关。周显德六年收复三关，以其地控扼幽、蓟建为雄州，仍移归义并易州之容城二县于城中⑩。据考，金初州郡志，雄州隶广宁府⑪。

（5）仝，定之音译，柏林本《华夷译语·女真馆杂字》写成仌，亦为一字不同写法。此系女真音字，与"大定"的"定"乐少丮（nan xa xai）意字不同。乇见仝为"永定军"的音译。永定军，据《大金国志》载，金代京府州军、雄州永定军属三十九个节镇，中等州军十处之一⑫。太宗天会七年（1129 年）置永定军节度使⑬。

（6）甹丹凷，官名"节度使"的音译。甹一般释读音斡，此字《大金得胜陀颂碑》及《永宁寺碑》写成甹，《女真进士题名碑》写成甹，而柏林本、东洋文库本、北京图书馆藏本、翁覃奚抄本《华夷译语》女真馆杂字则写成甹。在金代究竟有哪些人担任过雄州永定军节度使，据《雄县新志·职官篇》记述，金代雄州职官中，先后有完颜宗贤、王伸通、移剌温、图克坦铭（应作徒单铭）、赫舍哩执中（应作纥石烈执中）、钮祜禄守愚（应作女奚列守愚）、完颜乌达布（应作完颜吾睹补，即后来的宣宗）、完颜仲元、伯特奉奴、张柔等曾担任过永定军节度使。另据《金史》，除上列人外，还有胡石改、温迪罕蒲里特、仆散浑坦、翟永固、徒单金寿等，也曾担任过永定军节度使，前后共十五人之多。其中有三人姓完颜；一为完颜宗贤，是太宗时人，据载，"完颜宗贤，太宗监国为永定军节度使"⑭，他是首任永定军节度使；其次，完颜吾睹补，是后来的皇帝宣宗（即完颜珣，1213—1223 年在位）；再次完颜仲元，"本姓郭氏，中都人，卫绍王大安（1209—1211 年）中，李雄募兵，仲元与完颜阿怜俱应募，数有功，贞祐三年（1215 年），与阿怜俱累功至节度。仲元为永定军节度使，赐姓完颜氏"⑮。然而，此墓碑主人，据墓志推断，实际是世宗大定年间出任永定军节度使，可见，上举三人均非指墓主人，说明此完颜公未被载入史册。那么，墓主人是不是就未曾在雄州担任过节度使了呢？不是的。只能说明正史记载有缺漏。幸而查《雄县新志·金石篇》，其中金代赵元卿的《均乐亭记》里留下了"昭勇节度使完颜公"的事迹。这里所记的完颜公，非指别的节度使，而是"昭勇"节度使，这"昭勇"，无疑可以断定为此墓碑主人昭勇大将军同知雄州永定军节度使完颜公是也。不过，遗憾的仍然是没有留下他的名字。虽然如此，其史料价值仍是很高的。

（7）女，后置词所有格，即伪满洲语的"万"，相当于汉文"之""的"字。此字在写法上，略有不同。《朝鲜北青郡串山城女真国书摩崖》写成安；翁覃奚抄本《华夷译语》女真文字写成它；《女真进士题名碑》和《朝鲜庆源郡女真国书碑》写成戈，虽写法略异，实为一字。

（8）牀，葛鲁贝氏《女真语言文字考》所录杂字写成狂，实为一字。牀采（eifu厄—富），意为墓。此词盖为《华夷译语·女真馆来文》以及其他碑刻中所未见。应该说，此碑为女真文字研究，增添了新的词汇。同时，还说明，在女真文碑刻中，对凡属官职、地名、人名等，均用音译拼写，而且女真字拼汉音，可以译同音字自由使用，可以说，这是现存女真文碑刻中具有普遍性的现象。

从上述考释可以看出，此墓碑女真字字形、字体与现存其他各碑刻字形、字体略有异同。从女真文书法角度来研究，其刻写之楷书字体，运笔十分讲究，所受汉文书法影响十分明显，颇富有挺拔的风姿和韵律，可以同现存河南省开封市博物馆所藏之《宴台女真进士题名碑》碑额字体相媲美，为研究女真字字形、字体变化以及女真字书法等，提供了极为珍贵的资料。

从出土的两块墓碑的碑文，我们对于墓主人的官职、生卒年及其活动的历史时期是可以判明的。

墓主人生前的官职为正四品武官：昭勇大将军同知雄州永定军节度使。死于金世宗完颜雍（1161—1189 年在位）大定十六年（1176 年）八月十五日，时年四十二岁，可以推知他当生于太宗天会十二年（1134 年）。其妻乌古论氏，死于海陵王完颜亮（1149—1161 年在位）正隆二年（1157 年）正月十四日，时年二十三岁，可以推知，她当生于太宗天会十二年（1134 年），可见墓主人夫妻二人为同年生。

墓主人的青年时代，是在海陵王时期和世宗前期，这是金代历史上进入封建制发展时期。在这以前，完颜希尹的冤案已得到平反昭雪，其子孙后代也得到了信任和重用。尤其是完颜希尹的孙子完颜守道、完颜守贞都在世宗朝出任过朝廷重要官职。墓主人正是在这样的一个历史条件下，最后死在昭勇大将军同知雄州永定军节度使的任上。

从年龄上推断，墓主人为完颜希尹的孙辈行。立墓碑人完颜琦为其长子，女真名内剌，在大定二十六年（1186 年）立碑，当时他的官位是正五品武官广威将军，袭济州路（即金前期之隆州，今吉林省农安）合孛懒崖猛安。遗憾的是《金史》记载共有十二位广威将军，其中有乌林答晖、海里、唐括德温、颜盏门部、乌古论欢睹、完颜铁哥、乌延扎虎、斡带、石抹仲温，还有移剌敏、肖简、青宜可等，唯独没有完颜琦（内剌）。查《金史》上虽有完颜琦传，但那不是这个广威将军完颜琦，而是金世宗完颜雍的孙子，女真名寿孙，系重名的两个人。此墓碑的出土，对《金史》是个重要的补充，它对女真语言文字，以至女真文书法的研究，以及对金代的历史和完颜希尹家族史的研究，都增添了新的可靠的资料。


注：

①《金史》卷 55《百官一》。
②《金史》卷 66《宗室传》。
③《金史》卷 12《章宗本纪四》。
④《金史》卷 62《表四·交聘表下》。
⑤《金史》卷 121《忠义传一》。
⑥《金史》卷 100《完颜伯嘉列传》。
⑦《金史》卷 57《百官三》。
⑧《金史》卷 57《百官三》。
⑨《雄县新志》第一册《方舆略·疆界篇》。

碑释汇金

⑩《太平寰宇记》卷 67。

⑪《金史》卷 24《地理志上》。

⑫《大金国志》卷 38《京府州军》。

⑬《金史》卷 24《地理志上》。

⑭《雄县新志》第四册《金职官》。

⑮《金史》卷 103《完颜仲无列传》。

〔据《舒兰文物志》112—120 页〕

# 朝鲜咸镜北道庆源女真字碑

此碑本在庆源郡东原，面禾洞，后移朝鲜京城总督府博物馆（今汉城博物馆）内。为日本石田干之助次今西龙发现。《朝鲜金石总览》卷上著录，收有拓本及实物照片。花岗岩，高五尺五寸，广约二尺。碑四面皆刻女真小字。

# 朝鲜咸镜南道北青女真字碑

此碑现在北青郡伪原面，苍城里。刻女真小字，字迹模糊难辨。《金石综览》收有照片纪录。日本稻叶岩吉有北青城串山城女真字碑摩崖考释一文，载《青丘学丛》第 2 号。罗福成增加考释，谓此二碑，殆均记功碑也。

# 完颜忠墓神道碑

原在双城子东古城以北三里处，今俄罗斯乌苏里斯克城谢那雅广场地区。文曰：大金开府仪同三司金源郡明毅王完颜公神道碑。篆书五行二十字。1868 年为沙俄拆毁，碑额现存海参崴博物馆。

# 太尉仪同三司事齐国王木牌

1988 年发现于黑龙江省阿城县巨源乡城子村金代贵族墓中。

碑刻以外女真语文材料，尚有女真译语、女真馆来文、女真字墨及清宫藏女真字玉质酒器、辽宁博物馆女真字陶器等，本书不作收录。

〔附一〕

# 明代阿什哈达摩崖考释

李澍田

吉林阿什哈达①摩崖石刻，史志多有著录，中外学人②迭有论列。但摩崖文字迄今尚有阙疑，碑文诠释亦大相径庭。笔者近年几经考察，初获新见。兹将考订结果，披露如下：

补正的摩崖文字：第一碑阙文释读为"庙立"二字，题款释为"日甲兵李任记"六字。第二碑题款卅日应为廿日，下文残字，剥泐不清，似为"庚寅朔已酉立石"字样。总共补正摩崖文字十六个。

经前此诸家著录，摩崖文字主体日趋明显，除少数字衍夺外，已无歧见。问题在于题款尾部之阙文与干支之诠释。

## （一）对第一摩崖干支诠释的疑义

罗振玉先生认为："其前一行书甲辰、丁卯、癸丑，殆记清董役至此，其第二题名则记领军之年也。甲辰为永乐二年，癸丑为宣德八年，丁卯为正统十二年，不应列甲辰、癸丑间，丁卯殆宣德二年，丁未之误也。"③

周健鹏同志主张："按此题名第一行所列之甲辰、丁卯、癸丑应为年月日之记载……甲辰盖为甲申之误。以此推之，则甲申为永乐二年，丁卯为二月，癸丑为初七日，即是永乐二年二月初七日。"他正确指出：甲辰为永乐二十二年，非永乐二年，但他又断然宣称，"若以甲辰为永乐二十二年，而其题名碑末一行所载，为永乐拾玖年岁次辛丑正月吉日，是在前三年有此题名欤！概无此例"④。

李健才同志因袭罗说：推定丁卯为丁未之误。他进一步提出："此六字为永乐十九年以后所刻。第二摩崖刻记刘清三次领兵至此之年代，而甲辰、丁未、癸丑则可能是刘清三次领兵归还的年代，此行文字可能是刘清最后领军归还的癸丑年，即宣德八年（1433 年）镌刻的。"⑤

周文纠正了罗文甲辰年推算之误，但又落入了永乐二年（甲申）的窠臼，李文纠正了甲申之易，排除了罗文的董役说，否定了周文的年、月、日说，而提出了还军说。但众说之推定，考诸史籍，均龃龉。

### （二）关于"甲辰、丁卯、癸丑"干支前说的驳议

《明实录》正统七年（1442年）二月庚申条载："（刘）清，和州人，以富峪卫千户从太宗渡江，有功升山西都指挥佥事，复以征交趾历升陕西都指挥使，坐事谪戍辽东，寻复职转辽东都司。未几出巡失利、谪戍甘州，寻复官，至是卒。"⑥查"从太宗渡江"的"靖难"之役为建文元年至四年（1399—1402年）。建文四年（1402年）"九月，封赏从征将士"。⑦刘清"以功升山西都指挥佥事"。永乐二年（1404年），他当时在山西，不能分身到吉林造船，题名阿什哈达。同时，永乐初年亦无造船之举。据《明实录》载："永乐七年闰四月己酉设奴儿干都指挥使司。"⑧宣德七年五月丙寅："比遣中官亦失哈等往奴儿干等处，令都指挥刘清领军松花江造船运粮"⑨。永乐二年刘清是绝无可能出现于松花江畔的。

有人提出刘清曾在永乐元年到正统十四年活动于辽东的记载：《明实录》"永乐元年三月丁亥，升……刘清为辽东都指挥同知"⑩，"永乐十九年六月庚申，敕辽东都指挥巫凯、刘青于所属卫分并鞑靼、女直、高丽、寄住安乐、自在州官军内选精锐五千，以七月率至北京。"⑪"正统十四年九月乙巳……选得指挥同知刘清俱堪委任，乞量升用，俱升置都指挥佥事。"⑫但上记之刘青与刘清，均为同名异人。因为永乐初年，本文主人刘清，位在山西，转征交趾，永乐十九年，刘清当谪戍辽东，已于十八年来吉造船，一字之差，截然两人。至于正统十四年的刘清，姓名相同，但不同人，因为本文所考的刘清已在正统七年一月死去，不会在死后七年重新封官。罗、周所论永乐二年（甲申），正统十二年（丁卯）之说，误解。

李文还军之说，虽言之成理。但推定癸丑"可能是刘清最后领军归还的癸丑年，即宣德八年"。此议与实录所载不符。"宣德十年正月甲戌，敕罢采捕、造船运粮等事。"⑬"四月辛酉，太监阮尧民，都指挥刘清有罪下狱。初，尧民同清等督兵造漕舟于松花江，并捕海青，因与女直市，辄杀伤其人，女直衔之，尧民等征回京，女直集部落沿途攻截，骑卒死亡者八九百人。镇守辽东总兵官巫凯以闻，诏械尧民等下狱鞫之。"⑭可证刘清最后还军年代为宣德十年正月至四月间。当然宣德七年曾三令五申"追取造船逃军"并提到"今各官还朝而军士未还者五百余人"⑮。这既不是宣德八年，也不是最后还军。据重修永宁寺碑所记，八年正是亦失哈大举巡视奴儿干之时，是年春二月，冰封千里，船队未开，是不会回师的。

至于宣德二年（丁未）是否回军，据《明实录》载，"宣德二年九月壬

寅，赐差往奴儿干及招谕回还官军钞。"⑯ "十月庚辰。赐差往奴儿干金声等官军钞。"⑰ 但是，"宣德三年正月庚寅，命都指挥康旺等往奴儿干之地，壬辰，遣内官亦失哈等往奴儿干都司……赐劳头目"⑱，说明宣德初年正是累下奴儿干的高潮，也正是都指挥刘清领军松花江造船运粮的高峰，没有证据表明造船军还师。看来刘清是在宣德四年五月壬申，"虏寇至西山下掠民财富，随遣军击败之"，因而班师的，"五月癸酉，论追斩鞑寇功赐辽东官军都指挥刘清等三千一百七十九人钞及白金、彩币表里有差。"⑲ 同年"十二月壬辰，召内官亦失哈等回京"⑳。接着在"宣德五年十一月庚戌，罢松花江造船之役"㉑。在"虏寇犯边"及"罢造船"的情况下刘清才还军。种种迹象表明，刘清在宣德二年没有还军，而是在宣德四年以后回师，在宣德七年第三次领兵下船厂。史文与罗、周、李各说相违。

### （三）关于干支及其阙文的管见

#### 1. 关于干支

据历经著录，结合实地勘察及调查访问，拙见认为：甲辰、丁卯、癸丑三个干支没有刻错，前此调查因地形艰险，碑面凸凹，加之年久风雨剥蚀，致各家所测误夺、释读不确。检索历表，参证史事可定：甲辰为永乐二十二年，丁卯为二月，癸丑为初七日。兹与干支下面的阙文"庙立"二字一并论证。

#### 2. 关于"庙立"

据著录，干支下面阙文，昔已有之，并非后人补刻，应识为"庙立"二字，但字形有变，庙字内由字一竖刻成一撇，由字折笔上伸。立字，点变长横或剥蚀一点。笔者认为这是因为刻工不精或岁月久远造成的。

何谓"庙立"？

首先，第二摩崖："本处设立龙王庙宇，永乐十八年创立，宣德七年重建。"这透露了龙王庙与造船刻石题记的因缘关系，也反映了第一、第二摩崖的承袭关系，同时说明了"庙立"和"龙王庙创立"的关系。碑文可证，龙王庙创立于永乐十八年，永乐十九年正月刘清题记，永乐二十二年正月初七补刻。据此推断，二月初七，似为龙王庙落成之期。第二摩崖所记，龙王庙的重修，亦为第一碑补刻"庙立"的有力佐证。

其次，关于"庙立"亦有口碑可证。据摩崖东邻，八十六岁高龄的王香九㉒老人说：据老辈讲，刘清捐资修龙王庙，道人感恩施主，刻石题记。这龙王庙原在摩崖下，当年江岸土山突起，后洪水冲刷崩塌，加之龙王庙年久失修，以致"大水冲了龙王庙"。传闻可证龙王庙的存废。

最后，考"庙"字：明代万历年间梅膺祚编《字汇》曾有收录，记为："庙，俗廟字。"《康熙字典》亦收这一俗字。康熙距永乐四百余年，万历距永乐仅百余年，可以断定"庙"之俗体，在明初已广为流行。

综观"甲辰丁卯癸丑庙立"一行石刻。从字体看，和另两行刻石的字体不同。字不成体，行呈斜行。尤其从行款来看，此行文之字西距大字题记 19 公分，而永乐拾玖年落款一行，东距大字题记仅 4 公分。从全碑行款、间距、字体上综观，可证第一摩崖并非一次刻就，从干支记时可定，本行刻石系第一刻石的三年后所刻。

从摩崖碑两处均留下龙王庙的记录，可以推见，龙王庙与摩崖的宿缘，龙王作为松花江的江神，龙王庙作为船厂的守护神庙，在当代的香火之盛可以想见。从两记龙王庙的事实透露出龙王庙与钦委造船总兵官刘清的密切关系。布施修庙是历代文官武将沽名钓誉的所谓"善举"。据园田一龟著文："海城县城内的三学寺遗址残存宣德十年重修庙宇的石碑。碑上开头就镌刻着助捐者刘清的大名。"证明刘清捐资修庙，并非无据。

"庙立"二字，从中也可悟出题名主人的一件大事。据《明实录》及《明史·列传》载，永乐年间，成祖五次北征。《明史》载，永乐二十二年春正月甲申（初七），阿鲁台犯大同、开平，诏群臣议北征，敕边将整兵俟命。丙戌（初九），征山西、山东、河南、陕西、辽东五都司及西宁、巩昌、洮、岷各卫兵，期三月会北京及宣府。戊子（十一日），大祀天地于南郊……三月戊寅（初二），大阅，谕诸将亲征。"[23] 这就是明成祖第五次北征的动员及誓师。是年，《明实录》载："丙戌，辽东等五都司各选骑步兵择统领以三月至北京。"[24] 时，镇守辽东总兵官为朱荣，"二十二年复从北征。"[25] 朱荣"择将"可能择到刘清名下。这时的刘清已在永乐十八年领兵到吉林造船，永乐十九年正月题记摩崖，经三易寒暑，到二十二年当应召统军北征。可以推断，刘清应调回师的时间就是永乐二十二年二月初七日。刘清一军会同辽东兵马经二十余日的行军，三月初二当"大阅"于北京。为纪念第一次还军的日子，龙王庙道人，遂补刻上甲辰、丁卯、癸丑这个"还军'日期，它标志着第一次"领兵"到此结束，亦可从第二摩崖追记三次"领兵至此"，补记龙王庙"创立""重建"这个事实找到旁证。

据《敕修永宁寺记》考之，亦失哈于永乐十九年五下奴儿干，洪熙元年六下奴儿干，永乐二十二年没有下奴儿干的记录，由此可证，刘清有可能于本年离开船厂，而随军北征。北征军"夏四月……己酉发京师……次开平……六月……甲子班师……秋七月庚辰，勒石于清水源之崖……庚寅至槐木川……"⑳朱棣死于旋师途中。辽东总兵朱荣"还镇"，刘清也必然随之还师辽东，逾年"洪熙元年"又奉命"领军"㉗到吉林造船。

**（四）关于题款"甲兵李任记"**

从上引历载碑文观之，第一摩崖题款阙文，往亦有之。《满洲金石志》把落款释为"大明永乐拾玖年岁次辛丑□月"，下无任何阙文。杉村勇造、园田一龟已释明"大明永乐拾玖年岁次辛丑正月"，之后有四字阙文。周健鹏、李健才释为"大明永乐拾玖年岁次辛丑正月吉□□"。这阙文非好事者的补刻，因未释读，故阙文数量不等。考题款下段阙文，系草书，且姓名连署，两字相连为 6×4 公分，而前二字仅 4×3.5 公分，因此，前人把两字阙文释为一个，总共四字。几年来，我们采用拍照，"捶拓"，制作模型等办法，经有关同志研究，认定此题款阙文为"甲兵李任记"五字。

考李任《明史》有传，《中国人名大辞典》载㉘："李任，明，浙江永康人。从成祖起兵。累功擢辽东都指挥同知。宣德初，从征交趾。守昌江……自刭死，事闻赠都督同知。"

由此可见，李任与刘清为同代人，有相同的经历；二人俱曾奉职辽东都司。按明代职官，都指挥同知为都指挥使的副贰。李任完全有可能在永乐十八年与刘清一道受命造船。因此，作为都指挥同知的李任，谦称甲兵，手书题字，镌刻摩崖。至于日字为正月下文。中间空字合乎金石常例。

（五）关于第二摩崖题款下段"剥泐不详"之文，按金石常例和干支记时的规律，据残字象形判断，当为庚申朔己酉立，即宣德七年的二月廿日。


注：
①《吉林通志》称：阿什哈达为满语，石山忽分为二之意。距城二十五里，在松花江南岸（按：应为北岸）。山脉由西向东，高六丈许，峰峦弯曲，唯麓甚平坦。在此坦之中间忽然中断，有如门户。口宽约四十余丈，两旁之山石壁峭立，口南不过百步，有大山矗然耸立，势若照壁。

②《吉林通志》《永吉县志》及稻叶岩吉《满洲发达史》和田清《明初的满洲经略》（载《满鲜历史地理报告》第 15 期）、峰崟良充《满洲民族变迁史》，对于阿什哈达摩崖均有著录。杉村勇造《阿什哈达摩崖》（载 1937 年 9 月《满洲史学》，一卷二期）、园田一龟《吉林城东的摩崖文字》《东洋学报》38 卷 4 期，1956 年 5 月版），对摩崖文字有进一步研究。

③罗福颐：《满洲金石志·补遗》，1937 年满日文化协会印行。

④ 周健鹏：《阿什哈达摩崖碑》，载《吉林文物通迅》（内刊），1957 年。

⑤ 李健才：《从阿什哈达摩崖谈到永宁寺碑》，《文物》1973 年 8 期。

⑥《明实录·英宗实录》卷八十九，正统七年二月庚申。

⑦《明史纪事本末》卷十六。

⑧《明实录·太宗实录》卷六十二，永乐七年闰四月己酉。

⑨ 同前，《宣宗实录》卷九十，宣德元年五月丙寅。

⑩《太宗实录》卷十七，永乐六年三月丁亥。

⑪ 同前，卷一二〇，永乐十九年六月庚申。

⑫《英宗实录》卷一八三，正统十四等九月乙巳。

⑬《宣宗实录》卷一，宣德十年正月甲戌。

⑭ 同前，卷四，宣德十年四月辛酉。

⑮ 卷九十，宣德七年五月丙寅等条。

⑯⑰ 卷三十一，宣德二年九月壬寅，十月庚辰。

⑱ 卷三十五，宣德三年正月庚寅。

⑲ 卷五十四，宣德四年五月壬申、癸酉。

⑳ 卷六十，宣德四年十二月壬辰。

㉑ 卷七十二，宣德五年十一月庚戌。

㉒ 王老，名玉庆，字香九，现住阿什东屯。笔者访问记，见"耄耋老人话船厂——阿什哈达访古纪闻"，载吉林市《史学简报》1981 年第 2 期。

㉓㉖《明史》卷七，成祖三。

㉔《明实录·太宗实录》永乐二十二年丙戌。

㉕《明史》列传第四十三，朱荣。

㉗ 第二摩崖。

㉘《中国人名大辞典》384 页。另见《明史》李任传。

〔原载《社会科学战线》1985 年 1 期〕

# 吉林龙潭山遗迹报告

## 李文信

　　龙潭山原名尼什罕山，位于京（长）图铁路龙潭山站东，为记述便宜计，故该站附近发现之遗迹，名之曰：龙潭山遗迹。

　　龙潭山为吉林市近郊名胜之区，形势雄绝，风致尤佳。笔者当一九二一年就读吉林，暇必往游焉。优游乎幽林断垒间，见土壁隆然，山城遗迹固甚大也。阡陌中残砖断瓦，触目皆是，而瓦器破片尤多。知为一大遗迹，惜无学力财力从事研究，仅徘徊于寒烟荒草中，怅然凭吊而已。后数年吉敦路兴工，偶由工人手中得玛瑙珠十余枚，宋代泉币数事，而研究心渐起，趣味亦渐而浓；因之其南东团山子、帽儿山等遗迹，亦相继发现。此时身任教职，资力虽可，而时间反感艰贵，虽欲加以科学系统的研究，更不可能。惟于耕田及溪岸中所得遗物既多，而采集探查之举益繁。复于康德元年春，铁路局取土于龙潭山车站西侧。工人百七八十名，掘土范围既宽，坑又颇深，笔者得此千载难遇之良机，日必朝夕两往，假日则凌晨趋至，带月归来。冒风雨，荷炎日，日日与工人为伍，为完成我志，虽时遭白眼，而仍温恭忍耐，不特无灰颓意，心且自慰焉。今日能将此遗迹遗物之小报告书捧呈于吾同志之前者，亦即当时一点忍耐心之结晶而已！

　　本遗迹地，出土遗物异常丰富，多遭损坏，偶有三二完整者则居为奇货，索以重金，否则故为毁破。且若辈欲求学术上之便宜，毫不可能；故出土遗物之状态层位，以及伴出情形，多不明了。复加笔者对考古学之知识技术十足幼稚，故摄影制图等，不能如意。况遗迹地幅员宽大，时代悠久，遗物层位杂乱，求无遗憾，不可得也。今将数年辛苦所得，毫不粉饰，依实在情形，报告于同好之前，略为抛砖之引，若云贡献则曷敢！至于笔者个人之意见推断，当容来日，不敢恣意武断，为学术之病也。

### 遗迹遗物概况

　　本遗迹地包含四小区域，即龙潭山，龙潭山站附近，帽儿山，东团山子是也。统计南北长七八里，北端东西约一里，南端东西约三里余，成长三角形。分述于下：

## 一、龙潭山

山脉东南来，蜿蜒北走，峙立江左。西方斗绝多石壁，东方有长岭如臂，北向环抱，故全山似仰盂，而独缺其北一小口，今日登山盘路处也。就山巅筑土城，周数里，壁颇高厚。中有石筑蓄水池，径八〇余米，深数丈，四季不涸，俗名龙潭，盖山名之所由起也。池西北侧有展台，高数丈，登之则高山远野，大江林麓，一目无遗。城南隅有石筑物如枯井状，经三十米许，深二十七米，中多腐物乱石，非原底也。壁石皆打制长方形，层层堆砌，工程伟大。传为囚房之所，故俗名旱牢。山城入口处，乱石纵横，别无遗物，仅有少量赤色绳文瓦片，夹土层中，可作考证资料耳。

## 二、龙潭山站附近

山西麓为车站，乃左山右江之一小平原也。土质下为黄土，中多冲积土，灰土层亦呈波状杂其中，上为腐质层甚厚。该处取土坑三，今以北中南表之于左：

1. 中坑

此坑遗物最丰富，地表多无文灰色细质瓦器片，观其种类，甚是复杂。深五〇厘米处多铁器，如马具、铁镞、鸣镝、铁斧、石臼，以及几何形波状形之押划花纹瓦器片。深七〇厘米左右。多豆登瓦器，汉五铢钱，汉式铜镜片，白玉有孔牙状品等。瓦器花纹复杂，质地坚细，其中有用汉五铢及新莽货泉钱押印饰文者，为最有趣味，亦最有意义之发现也。再下一米上下，则有灶场数群，每群七八个、十数个不等。灶以石块七八枚围砌成基，周涂黏土，内有芦草形迹。有数灶内发现有文瓦器片甚多。其旁多家畜野兽禽鱼骨殖角类。同层发现手制原始式之瓦罐三，一罐藏鹿头骨（带角）一段。尚有长约二〇米之石列数行，每列十余石，石与石平均距八九十厘米，不知其用，同层出土谷化石二枚，亦为稀有之例也。

2. 北坑

此坑瓦器片甚多。五〇厘米至八〇厘米之间，多有押印各式花文者。兽禽亦多。土灶三四处，因土层变乱，不可得其详。尚出土底内部附有鼻形把手之小皿二，鼻可系索（京城藤田先生得一皿，虽不完整，底部内附隆起环状部中贯孔数个，用意亦同），灰土中甲字状骨器二，加工鹿角三，小型黑色磨石斧一。

3. 南坑

位于嘎呀河下游之北岸，为冲积层。出土物较北坑中坑贫乏。除与中北二坑遗物同者外，以骨壶为特异。骨壶多埋于深八〇厘米至百二〇厘米之土层中。壶瓦制小口大腹，间有表印方块花纹者。旁附把手二，口上覆以石板，亦有特制壶盖者，特少数耳。内蓄骨灰少许，绝无他物。间有以石块木炭兽骨等位于壶外者，尤为少数。有一骨壶外出瓦豆二，是否副葬品，殊不敢定也。

### 三、东团山子

土人又呼"高丽城"。四无连脉，孤立于松花江左岸，京〔长〕图路松花江铁桥东端之南。山西宣武岩石壁高数十米，足入江中，斗绝非常，故江流为之一曲。沿山麓筑土为城，南南东一门，复壁绕之。人工筑造四阶段于山腹，顶平坦可容数百人。山麓东北部起筑土壁东走百五六十米，又南折约三千米，复西行，过山南达江流而止。此城壁东北隅有蓄水池一，方三〇余米，深数米，今虽辟为田亩，而形迹显然，一望可知也。山南循山沿江南行三百米处，复有土壁高七八米，东走北绕达于前记蓄水池之东壁。今虽田畴纵横，坦壁凌夷，而南壁尚高。其原形固远望可得也。山城中遗物不多，惟山顶南部深三〇厘米之土层中，包含赤色绳文瓦片甚多，不杂他种。瓦分俯仰二种，均甚长大。建筑用之石材，亦不少。山东第二道土壁中，为石器出土地。鬲足豆台之属尤多。惟此等遗物多散在地表，殊不可解释，或丘陵上必有结果欤？蓄水池西方约五十米处，为古代建筑物之基。掘土五六〇厘米，则瓦片累垒。瓦有数种，形状复杂。一种灰色，有仰俯二种：仰瓦绝大前端有用指与用木板类押印之缺刻；俯瓦稍窄，尾有接榫。又一种质软而薄小，作灰褐色，亦俯仰二种，与前述者颇不相类。复有菊花状及葡萄蔓状花纹瓦当二种，色灰褐，制作稍粗（满日文化协会杉村先生亦采得后者）。第三道城垣内之田中，多瓦器片砥石等，石器不多见。此区之特奇者，厥为石箱形棺。田畔溪侧，往往而是。曾于山城南江岸断壁中，发掘一处。棺以灰色泥片岩板石组成。长约八十厘米，宽四十厘米，高三十五厘米上下。上有盖，下无敷石。石板虽略加人工，然筑造技术，非常低劣。棺内底部先敷黄土数厘米，上为骨灰，有副葬品瓦小皿一，余无他物。山北铁路北断崖中，因春冰消化，上层崩坏，发现该式石棺二，形状大小虽异，其建造埋葬方法，与在山南发现者无异。仅于一棺中出土玉质石斧一，余无他物可见矣。

### 四、帽儿山

距东团山子二里余之东方，山形圆整，故名帽儿山。东有嘎呀河绕之，南为一带起伏不定之黄土丘陵。山西腹部有古坟，南南西腹有同式古坟一；而后者似已被盗掘者。由西北嘎呀河北岸，又有同形之古坟四。以上古坟，封土多颓夷，惟巨石成列，故坟形尚可仿佛也。山南田中，雨季往往得金具，金铜人面，铜金饰等，而以玛瑙珠为最多。马具兵器亦时有发现者。土人云某年筑室得刀形钱二，已卖与吉市某古董商，吾往问之，出售一年矣，惜哉！又葛姓耕地由二板石中得铁剑一，锈腐不堪用，断为炉上火著，今已不能观其真面矣。

以上为遗迹遗物大致情形，虽层位上，形式上，伴出状态，未能详明真确；然观三小区虽地相毗连，其出土物则各为一类，不相扰杂。据是则某处为若何性质之遗迹？为若何民族所遗？为若何时代所有？以及其人类文化程度，生活形式，礼俗交通；与历史文献上之关联诸问题，依下列遗物，或能推得其概貌，未可知也！

**遗物**

本遗迹地出土物颇多，为保持出土物原群原态起见，故以各小区出土物各为一群，以便读者推论考证，免除笔者擅分种类，武断时代之嫌。在他人在此遗迹采得遗物，尽笔者所知，附于每类之末，笔者采集品转赠他处者，亦加注说明。兹仍按三区列后：

**东团山子出土物**

一、石器类（插画参照）

1. 石斧

磨制八个，打制五个，不完整者三十余个。其中有薄形者、网柱形者；有刨刃及蛤刃者。最长者二〇厘米，宽七点一厘米，最小者长五厘米，宽二点四厘米。其余非完品不便窥其全形，故从略。

2. 石疱刀

六个非完品。以黑色页岩及玄武岩磨制。有作俯半月形、仰半月形、长方形者。多有二圆孔。其中打制而只磨刃一枚。残存部最长六点五厘米，孔至背最长四厘米，孔与孔之间最宽四点五厘米，最厚一厘米。

3. 石环

二个非完品。一用黑岩磨制，形偏周缘有利刃。有圆孔径二点五厘米，体径十一厘米，厚一点九厘米。一用灰色溶岩磨制，中有孔，形如圆柱。体高六点二厘米，径七点二厘米，孔径最细部二点三厘米。

4. 石剑

一残片，黑色泥片岩磨制。体形薄，脊上两面各有浅沟一道。

144

5. 石弹

六枚完全品。此物出土甚多，大小形质亦不一致。大体为圆形，一面微有平凹，恰如吾国麦面馒头状。亦有两面略呈扁平者。大者径八厘米，厚五点八厘米。小者径六点五厘米，厚四点五厘米。观其制作精美，或系玩具。但据其出土之火，似属武器。

6. 奇形器

一个。以赭色火山熔岩制成，体大不明其用。器呈二段：上段圆柱形，下段长方形。圆柱部分高八厘米，径八厘米。下部方形高十厘米，长一八厘米，宽一四厘米。

7. 砥石

二枚。质为铁石英岩磨砺他物自然形成者。体略偏圆，表多平面如结晶状。直径八厘米，高五厘米。硬度甚高。以之磨砻玻璃瓷类，虽轻微一过，则表皮立破。其如此威力似为磨砺石器及玉类所用者。

8. 玉品

一个。体扁平如半月状。色青碧，磨制滑润。似就玉器（疑玉斧）残部改制而成者。长七厘米，阔三厘米，厚一点七厘米。

二、瓦器（无完全品）

1. 鬲

为腹部下附三足如鼎状之瓦器。其足部呈圆锥形（亦有多角锥形者）附腹部者亦间有之。色赤褐，土质粗硬，中含多量石英小粒。田中道侧，触目皆是。

2. 登

为上下呈瓢形，中支圆柱之瓦器。其支柱粗细高低，与瓢形之大小深浅，恒不一致，且支柱有中实中空之异。又有无支柱只二瓢形俯仰相接成器者。则后世有底之碗杯等，或其演进也。支柱最高者二〇厘米，圆径八厘米。瓢形大小无完品，不能知矣。

3. 豆

本与登器相类，几不能分；但因其制作形式与前器迥然不同，故暂名之曰豆。其器为上呈仰瓢形，下为上细下部微细之支柱，柱不中空，下亦无瓢状物。上面是否有盖，今不可知矣。观其手技之古拙以及土质色彩等，似与登器同时；惟其量较少，器多粗大为异耳。

4. 把手器

亦甚多，惟无完全者。其把手呈蔓状，多在肩部。间阔形平扁者亦有之。

（以上为瓦器特殊，易于识别者。其余瓦器残片尚多，即城壁中亦有之；惟难推其原形，但有文者绝少，则显然之事实也，亦为应注之点也）

二、砖瓦

1.有纹（写真参照）

砖两种。一种体小呈长矩形，印有几何形纹样，色赤质细，甚可爱。宽九厘米左右，残存部长部一七厘米，厚二点五厘米。又一种体大质粗，色灰褐。花文呈唐草式，且多数砖完成一段花文者。残存部长三三厘米，宽十七厘米，厚五点五厘米。

2.绳纹瓦

出土城址内山颠土中，色赤质重，表有绳纹，有粗布纹。体颇大，无完全者，俯瓦幅小，仰瓦幅大，且俯瓦表无绳纹。仰瓦表面又有方格花纹者，极少数也。在此瓦只在山巅出土，他处未见，且亦不与他瓦同群，殊可注意也。

3.缺刻瓦

出水池西。色灰质硬幅极大，分俯仰两种。俯瓦有接榫，长部（残存部）长二二厘米，宽二八厘米，尾六点五厘米。仰瓦前缘上边有用手指或他物斜押之缺刻。瓦无全品，其残存最长部三五厘米，宽三二厘米。

4.瓦当

两种。褐色质坚，与前瓦同时同地出土。直径二〇厘米左右，厚三厘米余。一种菊形花纹，一种蕨手花纹，后者花纹均可爱，惟多不完整为可惜也。（日满文化协会杉村君曾得蕨手文者一枚）

（在当前瓦出土时，曾有方孔钱一枚出土，惜工作不慎，未能整理即失去；然泥迹印瓦上，乃唐后之小孔钱，则赫然无疑矣。又地表地一瓦，表印押钱文一枚，文为"□□元宝"，虽尚未考知何代物，但据其形式铸法大小等，亦为考证之好资料也）

三、青铜品

1.青铜剑

残片一枚，为剑身一部，一面平，一面起脊，刃锋利。出土山城南。以上为团山子遗物也。

**龙潭山出土物**

一、石器

1.石斧

二枚，一火山岩质，残余部长九厘米，厚一点八厘米，宽九点一厘米。一黑页岩质，长一〇点〇厘米，厚一点八厘米，宽四点五厘米。均为磨制，上端虽微断折，而形式整美，似属后期之物。

2.石刨

南坑与豆土器同出土。光润如玉，也青灰似大理石。长八厘米，阔七厘米，厚一点二厘米。完整可爱。

二、骨角器

1.骨器

A.甲子形骨器一，长一五厘米，宽五点五厘米，厚零点五厘米。与鹿角兽骨、鱼鸟骨等同群出土。

B.骨鸣镝一。形如枣核，中空围腹部有小孔三。前端一细孔，似为加镞之用。长四点六厘米，体径二点五厘米。与五铢泉同群出土。

C.骨器残部一。为方形骨板之一段，长八点六厘米，宽二点一厘米，厚零点六厘米。原形作用不明。与加工角器一同出土。

2.角器

A.加工鹿角四枚。中一枚尖端已呈光滑状。一枚根部有锯断痕甚深。

B.柱状角器二枚。均为角之根部，长约一六点〇厘米，粗三厘米。当柱之二分之一处，横贯一孔。制作精美，二枚同地出土。惟用途不明。其他角骨尚多，或为当时所遗者。

三、铜器

1.古钱

A.五铢钱十二枚，内无郭者二枚，薄小者二枚，余者以古泉学之见地考证之，似属后汉物。与白铜镜残部同区出土。

B.北宋钱数十枚。年号颇多，惟全为北宋后半期物，且模文颇新，似未经久用者，与铁镞骨壶同出土于铁路线东方，约一米之地层中。

2.白铜镜残部

乳孔部分，体不甚薄，花文全体不明。惟据其质地文样作法观之，其为汉镜无疑，惜不得窥其全形为恨耳。

四、玉器

牙状玉器

器为白玉制成，长四厘米，体如兽齿而稍薄。下端尖锐，上部一孔，润泽可爱。

五、瓦器

1.粗质瓦器

本类瓦器，多罐杯钵等。全用手指制作，不用陶钧。形式拙笨可笑。质含大量石英，呈灰赤色。底部厚重，有稍呈圆底者。有纹饰者少，完全品亦不多，常在灶迹处发现。完品仅瓦罐三个，中一枚出土时，尚有兽骨鹿角及鹿头盖骨少设。稍完之瓦缶二个，底之内部附有环鼻，制作奇特，今人难推其用法。

2. 纹样瓦器

种类繁多，色彩复杂。器表每用篦状物押印或围画各式花纹，其中花纹最发达者为波状纹。又有用汉新莽之货泉及后汉五铢为纹样者，此等瓦器片不特饶有趣味，实亦吾人应注意者。

3. 色画瓦器

破片数枚，用黑色画于灰色器上，色彩对比不甚显明。文多网目形，或呈横缓水波文状。且前者器内部亦有网状文。类量虽少。殊足引起吾人之注意也。

六、铁器

1. 铁镞

四枚，同环镫等一地层中出土。柳叶式者二，一残品长一〇厘米，原形全长不明。一完品较小，长八厘米。体圆尖现舌状者一，长一六点〇厘米。方锥形者一枚，长一二点〇厘米。

2. 马镫

二枚，形如圆环，底部稍平，复分为二股；环上直柱甚长，上端开横孔，盖为系韦绳之属者。

3. 铁斧

出土于中坑西部，形如今世之铲，两肩微阔，上有圆裤，可以装柄。腐坏过甚，残部长一三点〇厘米，幅八厘米。

**帽儿山出土物**

一、铜器

1. 金铜面（口绘参照）

山前田中出土。青铜范制，表涂黄金。面形微长，顶上椎髻及左耳已残。张口露齿，口上下微有髭须，鼻高目细，额上现刻文三道，神气狞恶，里面有环鼻，可系绳索。长一三点八厘米，宽九点三厘米。

2. 铜饰物

出土地同上。计十数枚，大小不一，可分两类；一种如蛋壳纵切之一面，中空于切口处有二横柱或一横柱，似便连缀者。一种形式微大而二枚连比，二壳间连一横板，其用当与第一种之横柱同。表露涂金，与铜面制作质地，出土地全同，或为同时之物。第一种最长者长二点五厘米，第二种最长者长四厘米。

3. 铜扣

一枚，出土地同上。青铜造，如笠子状。中空连二环。体径宽三点五厘米，环端至笠顶长二点六厘米弱。

4. 铜环

一枚，形小不能容一指。体内扁外圆；色青绿，滑润苍碧如玉。

二、玉珠

1. 玛瑙珠

种类甚多，大小亦不一。色多亦绀，制作拙劣。计有白玉，管玉、竹节玉、算子玉、圆珠玉、枣核玉、栀花玉，纽扣形之类。大者长三点四厘米，小者不及一厘米。

2. 琥珀珠

量甚少，色白黄，如脑状。以上玉珠多同金饰物一同出土。

三、铁器

1. 铁辔

残坏颇甚，仅数环相连，一竭附活环，环之他揭开一横孔，备系皮索，全长二二点〇厘米，一望之下，任何人皆可知其为马辔也。

2. 铁斧

刃部腐坏，全形不明。上端有矩形裤，备装木柄。裤之上端围起线文三道为饰。长一〇厘米强，阔七厘米强，裤深四点五厘米。

3. 铁毂

体如圆柱，一端微粗，粗端横贯一孔。两端外各饰线文三道。长七点五厘米，粗端径六点五厘米，他端四厘米。中空之两端各三点五厘米。（又据该山土民云，耕地尝得刀、剑、古钱、铜像之属，惜未及见故不列。再石斧一枚，瓦豆等数事虽皆述者手采，但非本区主要遗物亦不详述。）

以上为龙潭山遗迹遗物之大体情形，就述者所见外貌，拉杂记之，挂漏单简，势难避免。又加写真画图不甚正确充分，读者实不能精确明白。凡吾同志如能实地调查，更为吾国文化之幸，如示以指正，则正为述者所殷望者矣。

对此遗物之主人，究为若何之民族？文化如何？亦即此遗迹之相对年代，及绝对年代如何？个人意见当另文发表。惟对此文化宝藏之今后，有应唤起注意者数事列后，幸吾文化当局及同志留意焉。

一、对此遗迹应加保护，以免文化史迹之毁灭。

二、吾吉林市教育者，以乡土史重要的见地，应唤起学生及市民对此遗迹爱护研究之趣味及注意。

三、同好研究家对此遗迹视查后，应发表意见，早得学术上合理真实之结论。

四、本遗迹与吉林仅隔一江，交通便利，风致尤美，如划为公园，则古迹名胜兼而有之，不独可保遗迹之不灭，于吾古都吉林之都市文化上亦增光不少；又笔者对此研究之趣味，则京城帝大鸟山、藤田二教授，南满医大黑田、山下二博士，及满日文协杉村主事等之指导、教益奖勉处甚多，除早夜不敢自怠外，借此铭谢。

〔原载《满洲史学》一卷二期〕

（见附图 50—56）

# 附　图

图一　完颜娄室墓地现存东龟趺首

图二　完颜娄室墓地现存西龟趺全貌

图三　完颜希尹神道碑碑文

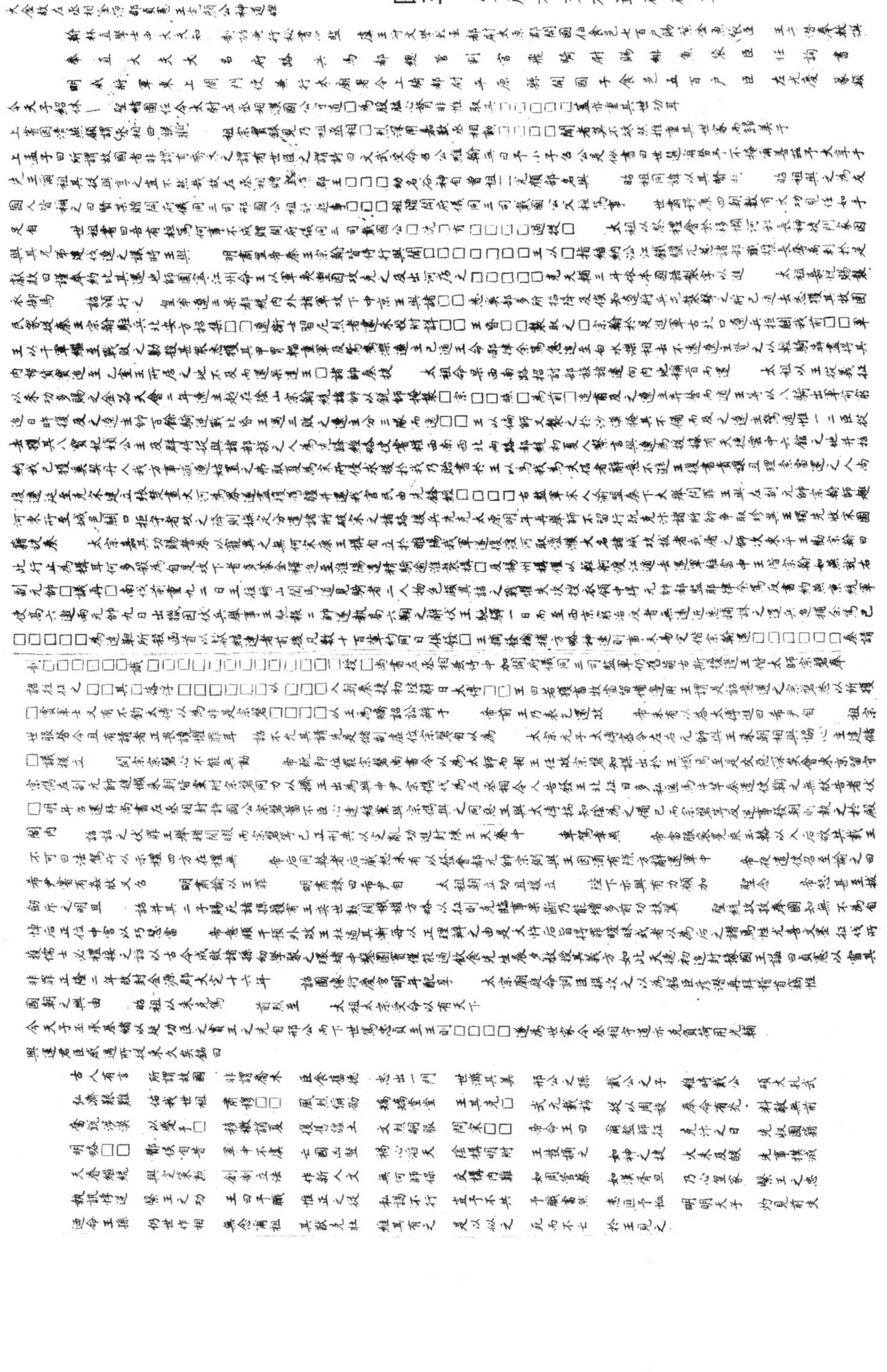

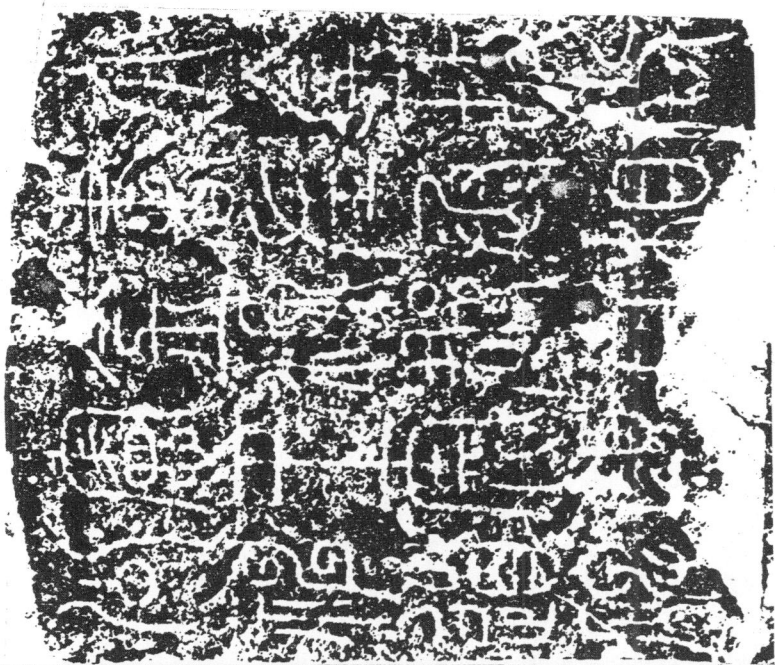

图四 完颜希尹神道碑碑额

碑 阳

碑 阴

图五 完颜希尹神道碑碑拓

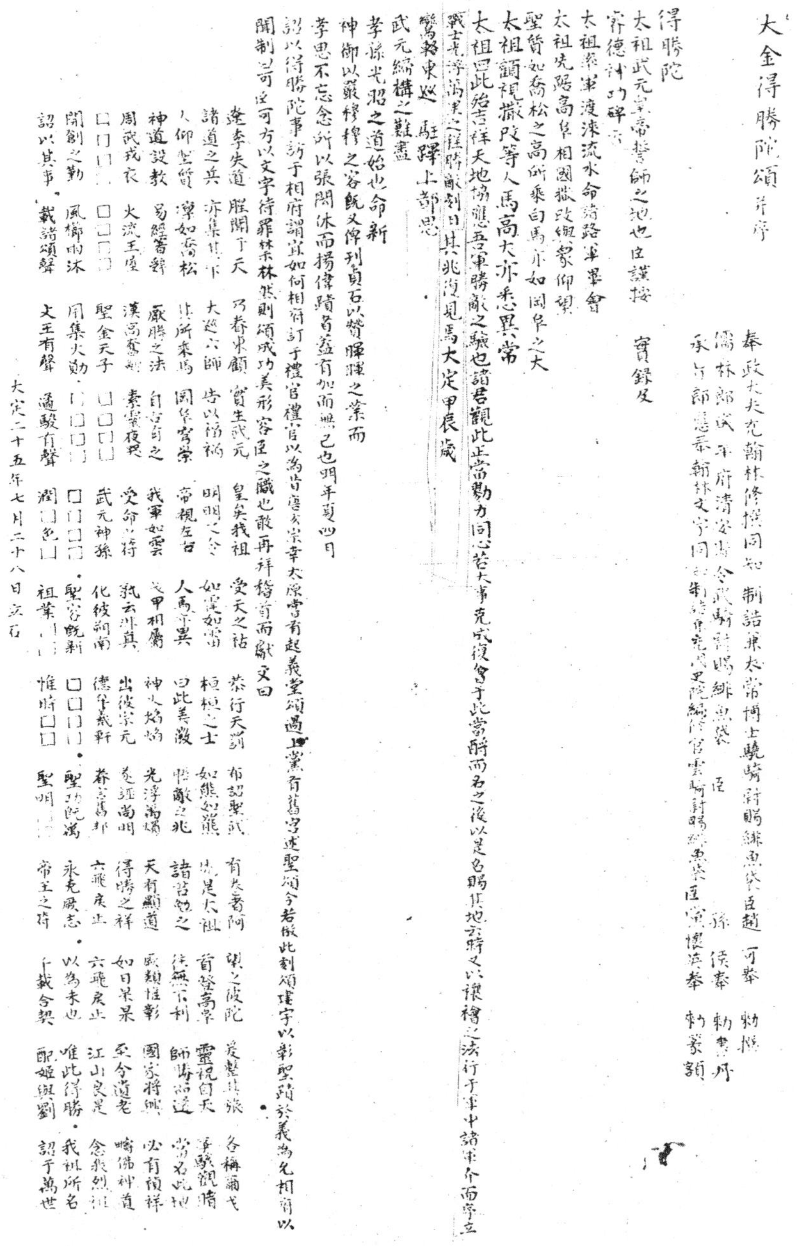

大金得勝陁頌 并序

奉政大夫充翰林修撰同知制誥兼太常博士驍騎尉賜緋魚袋臣趙可奉勅撰

儒林郎試平府清安縣令武騎尉賜緋魚袋臣孫侯奉勅書丹

承直郎應奉翰林文字同知制誥兼充國史院編修官雲騎尉賜緋魚袋臣黨懷英奉勅篆額

得勝陁

太祖武元皇帝誓師之地也臣謹按 實錄及

睿德神功碑云

太祖率軍渡淶流水命諸路軍畢會

太祖先臨高阜國相撒改與衆仰望

聖質如喬松之高所乘白馬亦如岡阜之大

太祖顧視撒改等人馬高大亦悉異常

太祖曰此殆吉祥天地協應吾軍勝敵之驗也諸君觀此正當勠力同心若大事克成復會于此當酹而名之後以是名賜其地云時又以讓穆之法行于軍中諸軍介而序立

戰士光浮萬人之程時敵列日 其兆復見焉大定甲辰歲

鑾輅東巡 駐蹕上都思

武元締構之難盡

孝孫光昭之道始也命新

神御以嚴穆穆之容旣又俾刊貞石以贊輝煇之業而

孝思不忘念所以張闡休而揚偉蹟者益有加而無已也明年夏四月

詔以得勝陁事訪于相府謂宜如何相府訂于禮官禮官以為昔唐玄宗幸太原嘗有起義堂頌過上黨有舊宮述聖頌今若倣此刻頌建宇以彰聖蹟於義為允相府以

聞制曰可臣可方以文字待罪禁林然則頌成功美形容臣之職也敢再拜稽首而獻文曰

遼季失道 腥聞于天 乃眷東顧 實生武元 皇矣我祖 受天之祜 恭行天罰 布昭聖武 有赫旁阿 號之陂陀 爰整其旅 各稱爾戈

諸道之兵 亦集其下 大遼六師 告以禍福 明明之令 如霆如雷 桓桓之士 如熊如羆 於是太祖 首登高阜 靈視自天 爭驗觀情

人仰聖質 凜如喬松 其所乘馬 岡阜穹崇 帝視左右 人馬亦異 曰此美徵 惟敵之兆 諸君勉之 往無不利 師勝而還 當名此地

神道設教 易經著辭 厥勝之法 自古有之 我軍如雲 戈甲相屬 神火焰焰 光浮萬燭 天有顯道 厥類惟彰 國家將興 必有禎祥

周武戎衣 火流王屋 漢高奮劍 素靈夜哭 受命之符 孰云非真 出彼宗元 發祉尚明 得勝之祥 如日杲杲 至今遺老 嘖佛神道

□□□□ □□□□ 聖金天子 □□□□ 武元神孫 化被湖南 德參羲軒 恭言舊邦 六飛戾止 六飛戾止 江山良是 念我烈祖

闡創之勤 風櫛雨沐 同集大勛 □□□□ □□□□ 聖容既新 □□□□ 聖功既灑 永光厥志 以為未也 唯此得勝 我祖所名

詔以其事 載諸頌聲 文王有聲 遹駿有聲 濯□色□ 祖業□□ 惟時□□ 聖明□□ 帝王之符 千載合契 配姬與劉 詔于萬世

大定二十五年七月二十八日立石

图六 大金得胜陀颂碑碑文

图七 大金得胜陀颂碑全貌

图八 大金得胜陀颂碑碑额

155

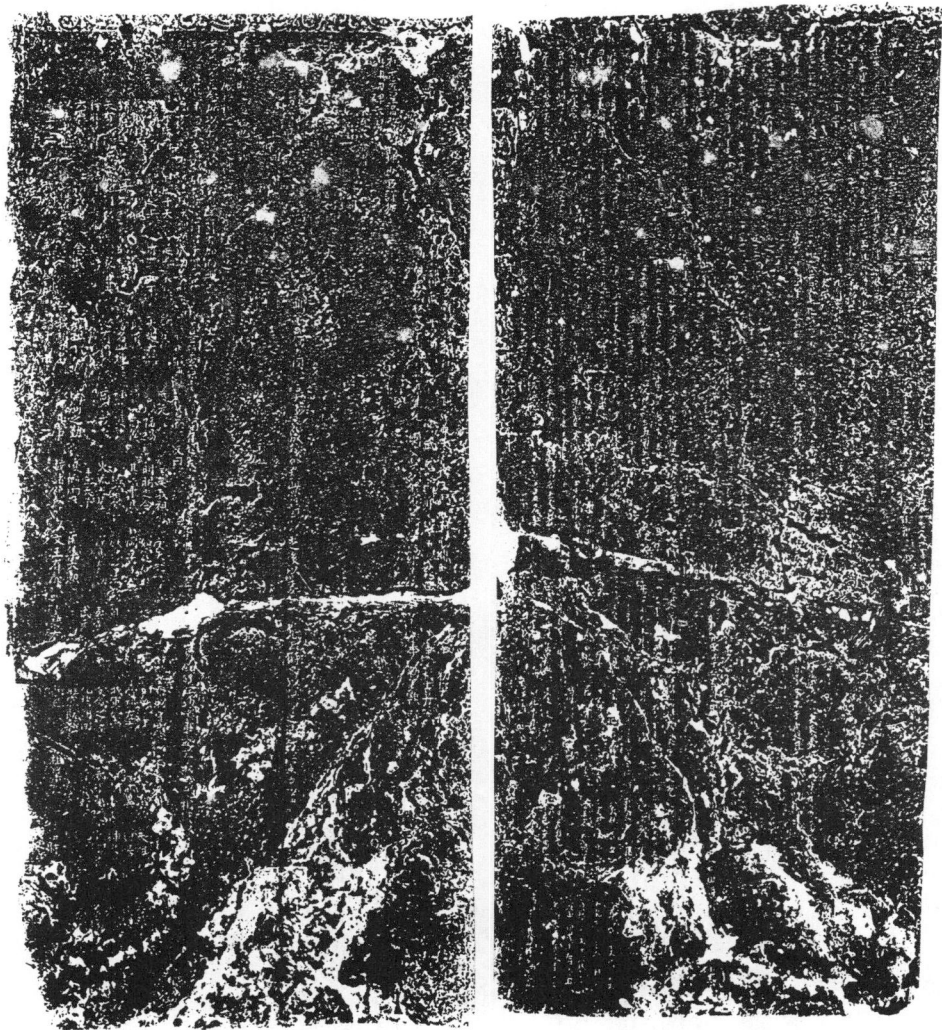

图九 大金得胜陀颂碑文拓片 汉文（左）女真文（右）

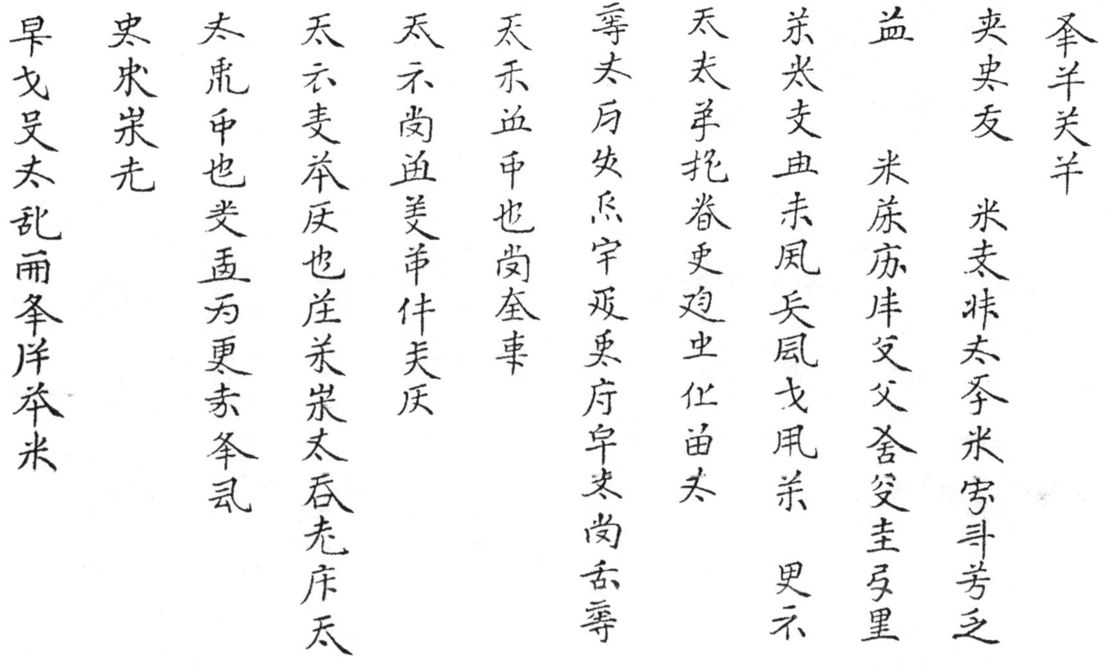

图十　大金得胜陀颂碑女真文

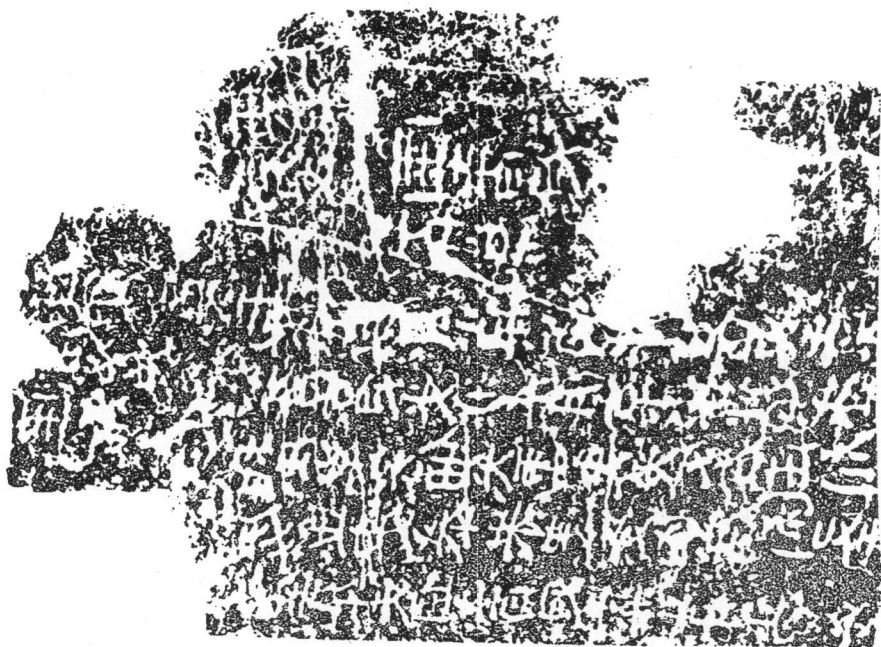

图十一 海龙女真摩崖石刻女真字

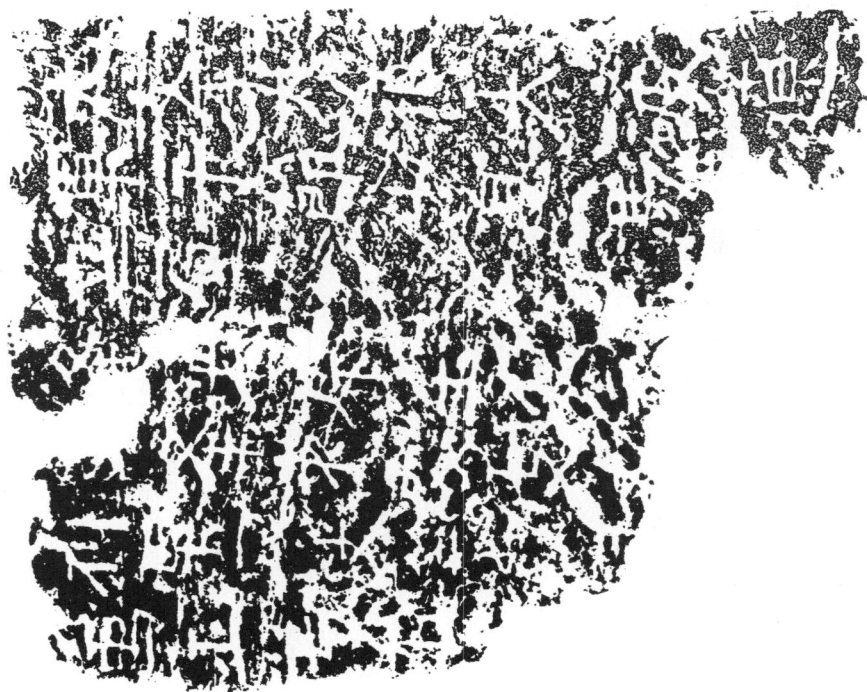

图十二 海龙女真摩崖石刻汉字

宴臺金源國書碑釋文　　羅福成

图十三—三十　宴台金源国书碑释文

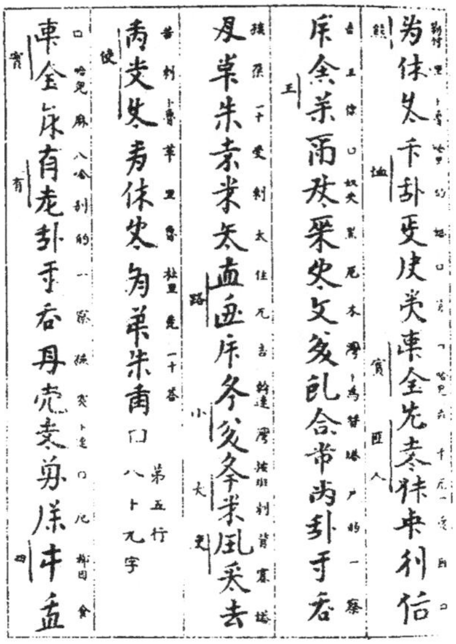
第五行八十九字

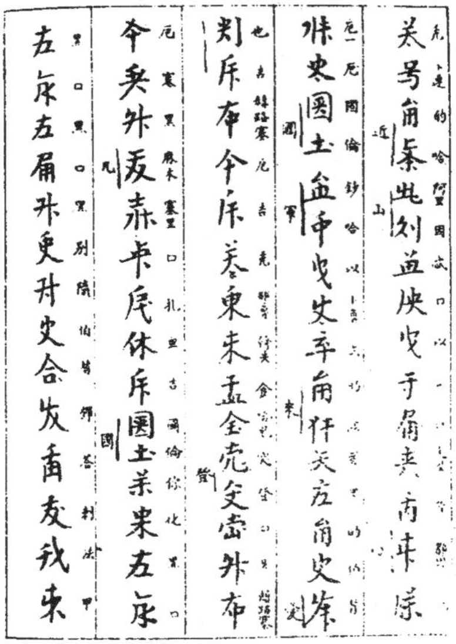

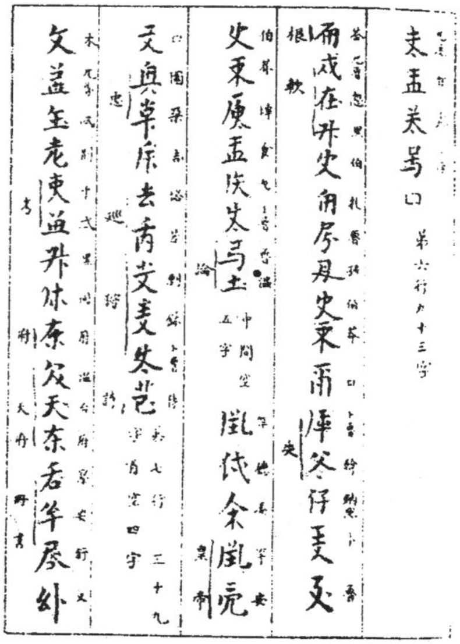
第六行五十三字
中間空五字
第七行三十九字首空四字

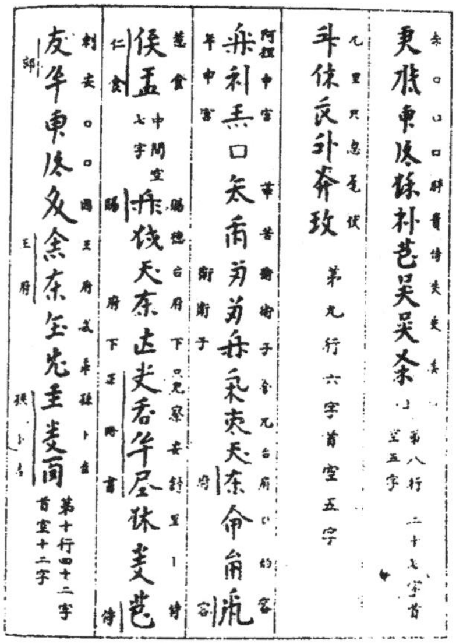
第八行二十七字首空五字
第九行六字首空五字
中間空七字
第十行四十二字首空十二字

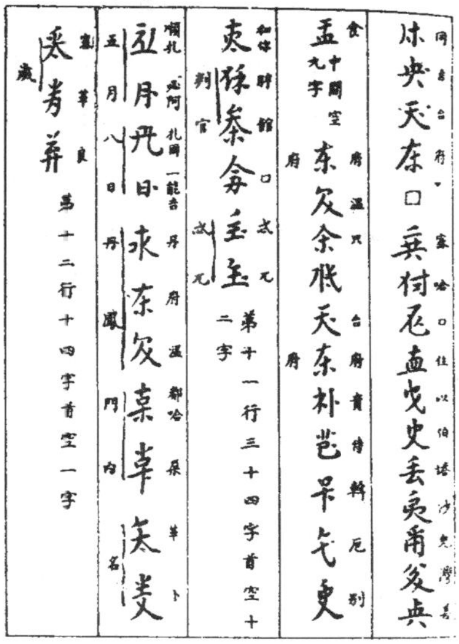

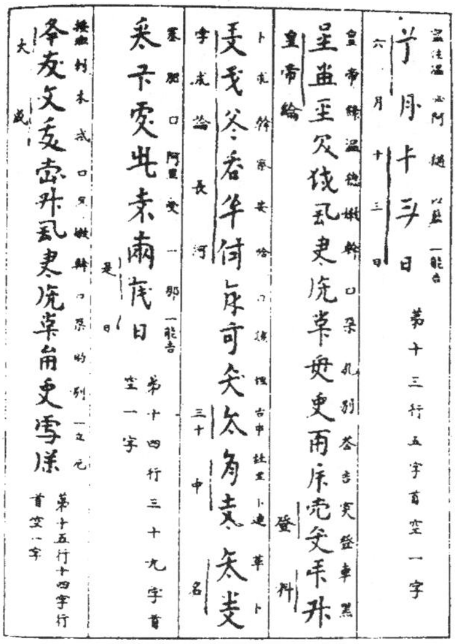

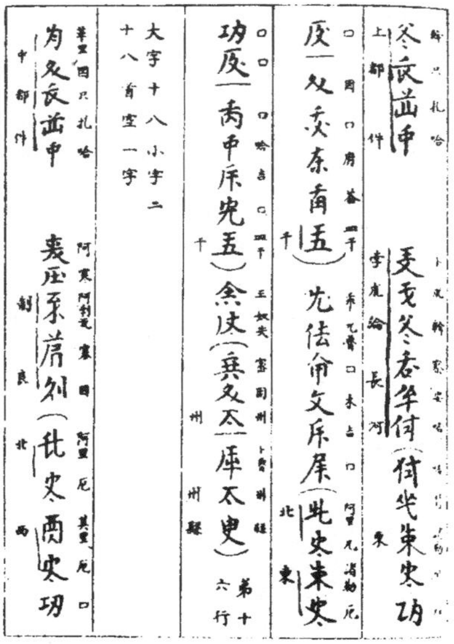

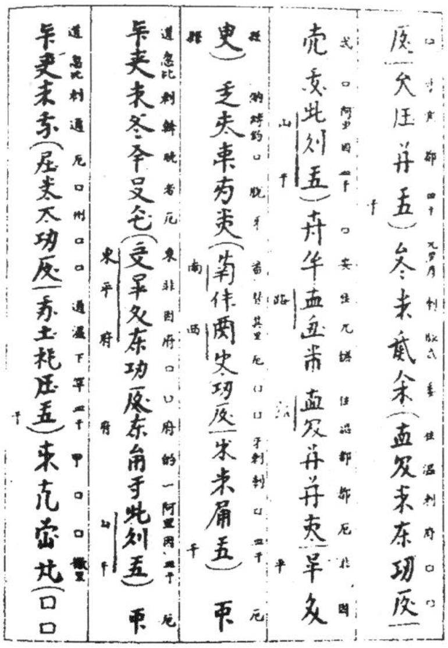

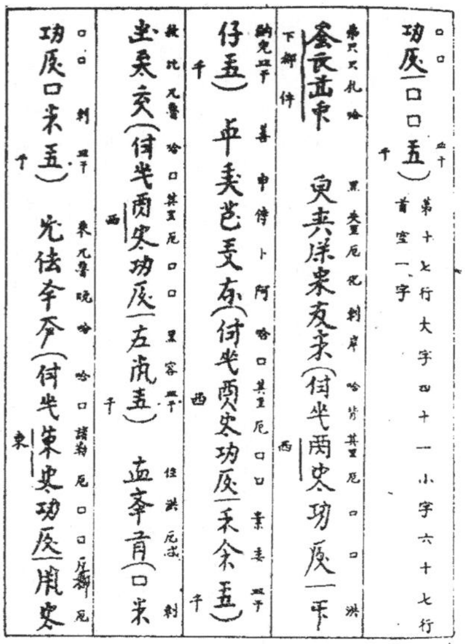
第十七行大字四十一小字六十七行
首空一字

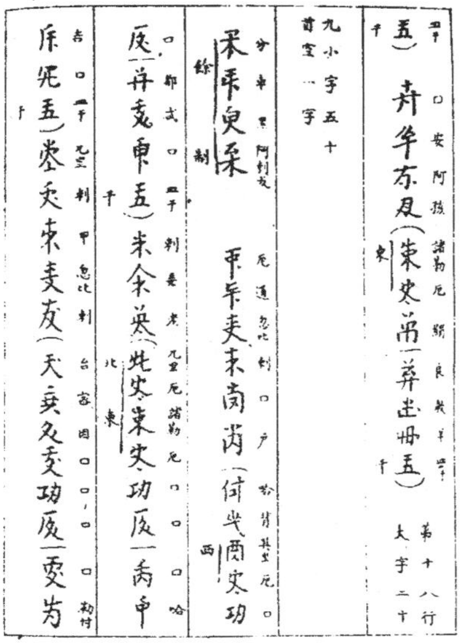
第十八行大字二十
九小字五十
首空一字

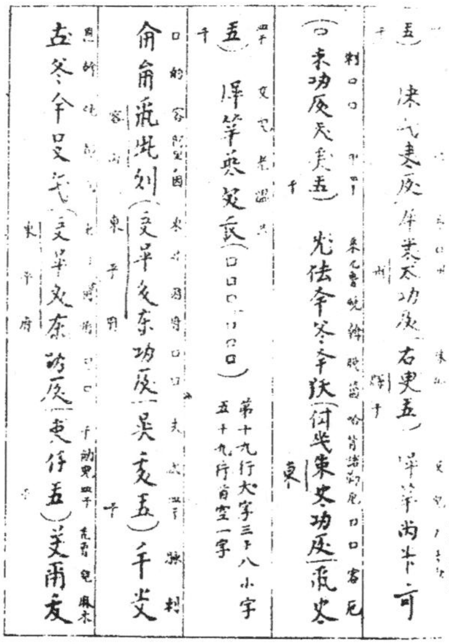
第十九行大字三十八小字
五十九行首空一字

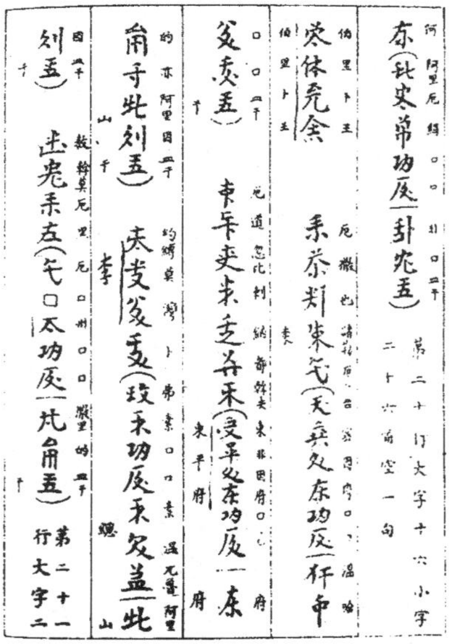
第二十行大字十六小字
二十六首空一句
第二十一行大字二

十四 小字四十
一首 空一字

東金□□□□□□□月十□日尚欠□□□

正□元年六月十□日□

□見□□判 只見阿□育溫□門越讀凡一記吉 户 溫 武恩□

首題□□□□□□引□□□□更吉
首□憶 學衛王□

東金□□□□□□□月十□日尚欠□□□

□□□雨□□其□□□□金□□□□

□□開吉□□□中下□□□□九口□□帛□□
第二十二行三十二字行首空二十八字

□阿
□東
字行首空二十八字

□□貢□□□□□□□其生命□□□□
□□
□□

十三行十六字行
首空工十九字

## 金泰和题名残石（释文）

罗福成

〔编者按：原刊有碑石拓本略〕

第一行：

第二行：

第三行：

〔原载《东北丛刊》17期，1931年5月〕

图三十一——三十三　金泰和题名残石释文

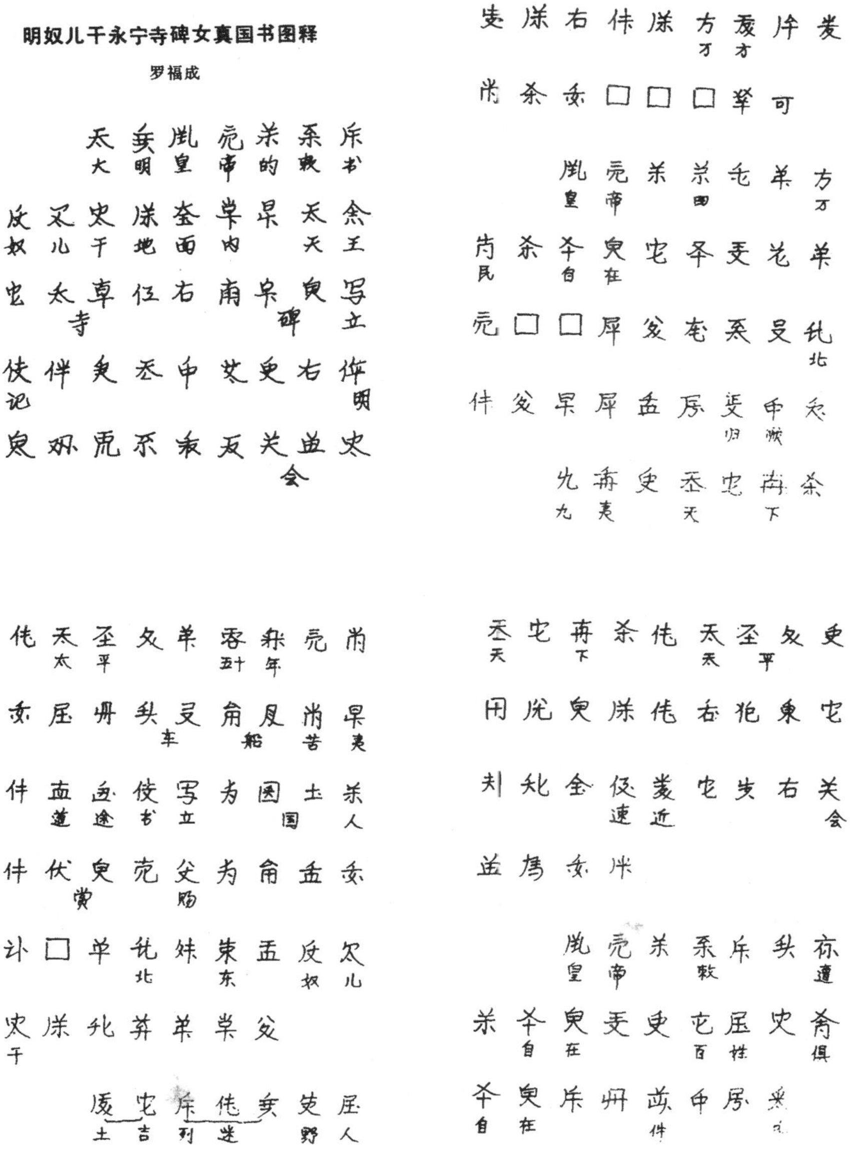


图三十四—四十六　明奴儿干永宁寺碑女真国书图释

金汇碑释

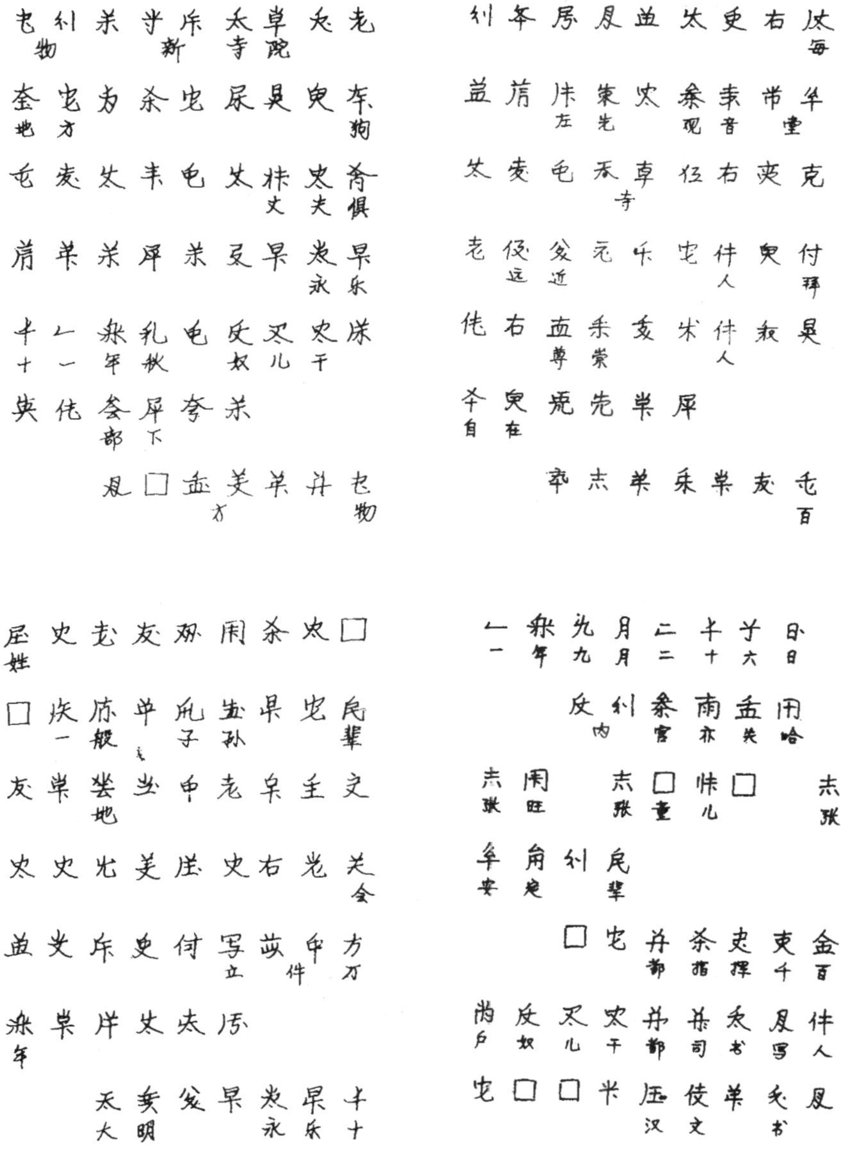

莽辽　体　昃书　伎文　乱真　代父有　更出东

民举　付世　血女真　氛真　杀之　父　出东

原载《满洲学报》第5辑，1937年12月

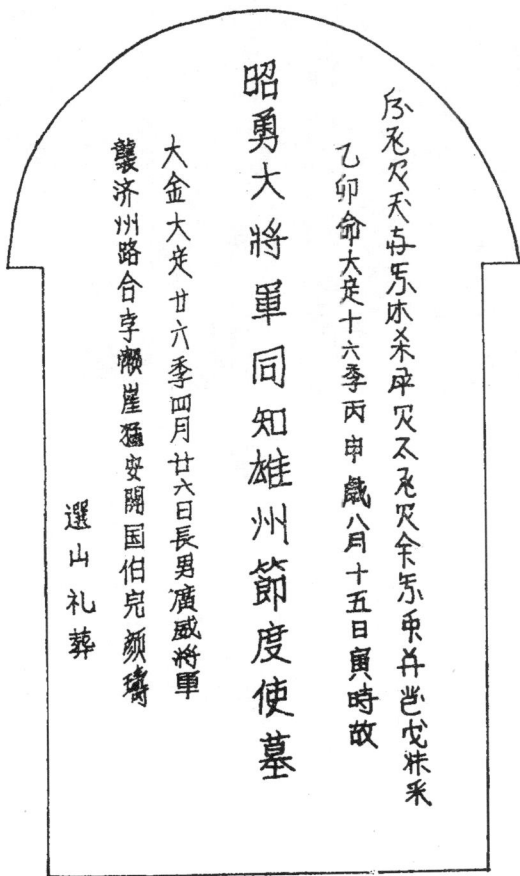

图四十七　昭勇大将军同知雄州节度使墓碑

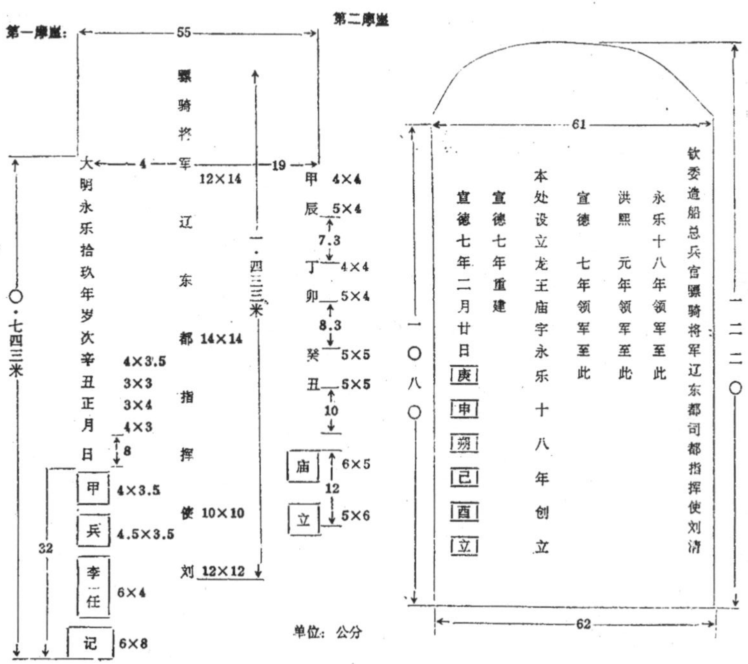

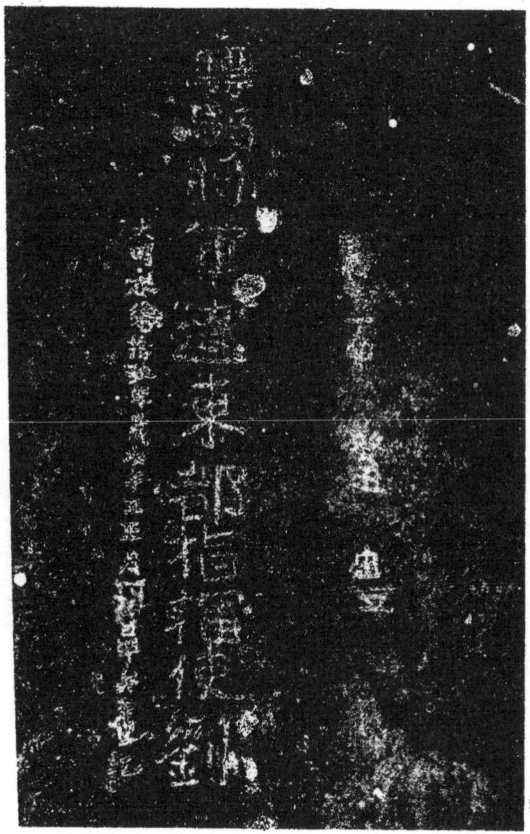

碑释汇金

一一三〇

钦差造船总兵官骠骑将军辽东都司都指挥使刘清

永乐十八年领军至此

洪熙元年领军至此

宣德七年领军至此

本处设立龙王庙宇永乐十八年创立

宣德七年重建

宣德七年二月廿日 庚申酉巳酉立

61　62

一〇八一

第二碑壁

甲 4×4　辰 5×4　7.3　丁 4×4　卯 5×4　8.3　癸 5×5　丑 5×5　10　庙 6×5　12　立 5×6

单位：公分

墨骑将军 12×14　立东都 14×14　都 指挥 14×14　捬 10×10　刘 12×12

一·四三米　19　55　4

第一碑壁

大明永乐拾玖年岁次辛丑正月日

甲 4×3.5　丙 4.5×3.5　李任 6×4　记 6×8　8　32

〇·七四三米

◇图四十八　阿什哈达摩崖石刻

◇图四十九　阿什哈达摩崖第一碑

图五十　帽儿山全貌

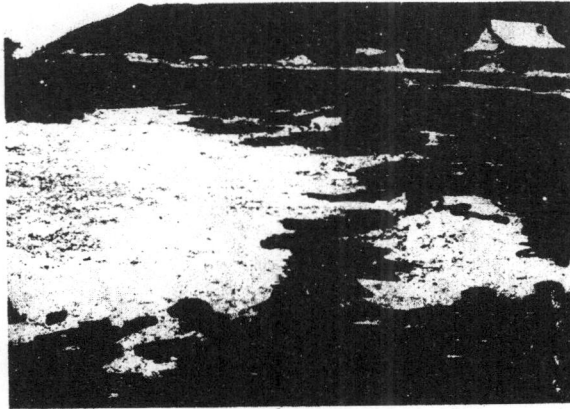

图五十一　龙潭山站及北坑

图五十二　东团山子全貌

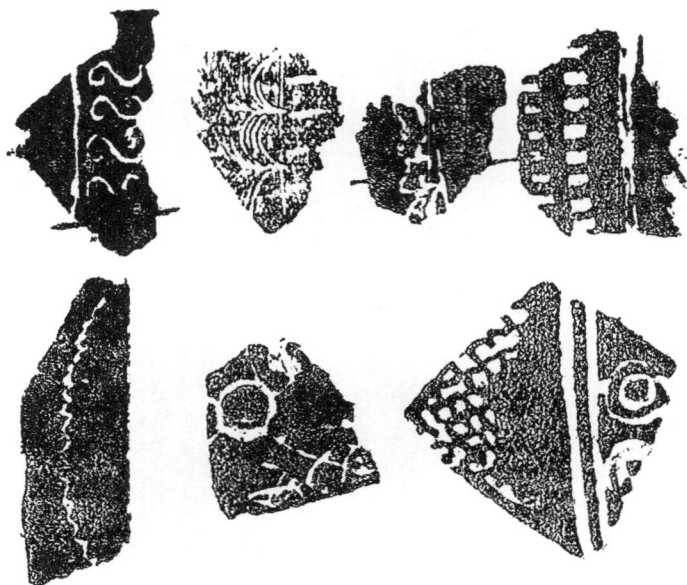

图五十四 龙潭山出土瓦器片拓本

图五十三 龙潭山附近地图

图五十五 龙潭山出土砖文

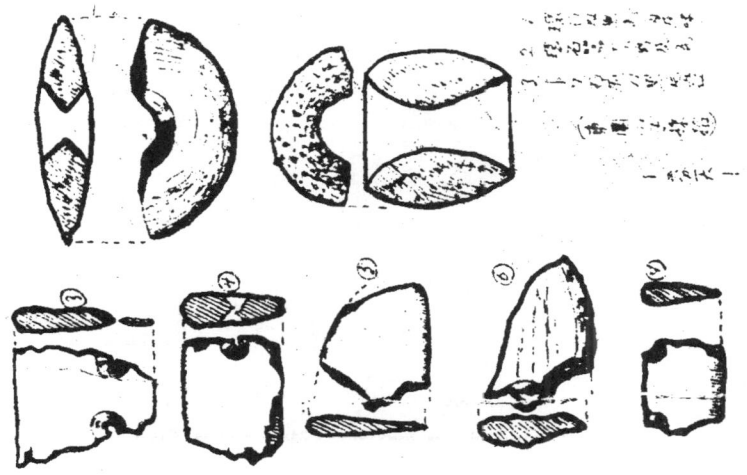

图五十六 龙潭山遗迹文物图片

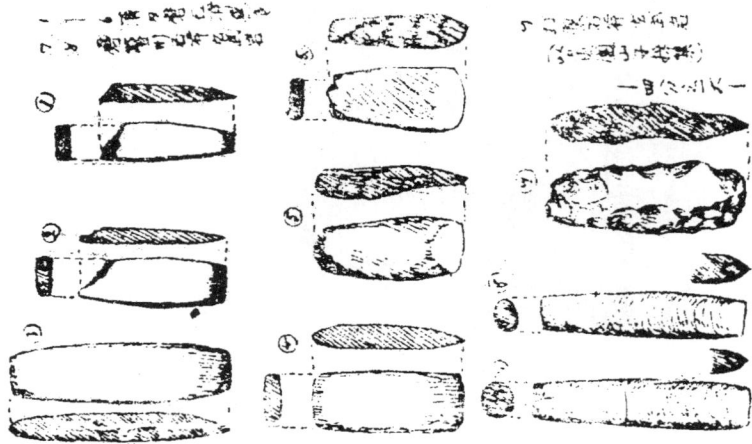

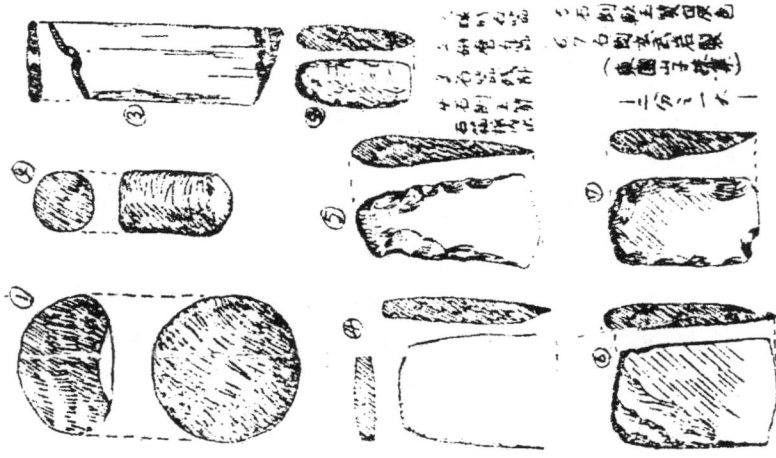